布老虎散文

河流的秘密

苏童 著

张学昕 主编

北方联合出版传媒（集团）股份有限公司
春风文艺出版社
·沈阳·

图书在版编目（CIP）数据

河流的秘密/苏童著；张学昕主编. —沈阳：春风文艺出版社，2019.11
（布老虎散文）
ISBN 978-7-5313-5649-3

Ⅰ.①河… Ⅱ.①苏… ②张… Ⅲ.①散文集—中国—当代 Ⅳ.①I267

中国版本图书馆CIP数据核字（2019）第180511号

北方联合出版传媒（集团）股份有限公司
春风文艺出版社出版发行
http://www.chunfengwenyi.com
沈阳市和平区十一纬路25号 邮编：110003
辽宁新华印务有限公司印刷

责任编辑：姚宏越	责任校对：曾 璐
封面设计：杨光玉	幅面尺寸：145mm×210mm
字　　数：240千字	印　　张：10
版　　次：2019年11月第1版	印　　次：2019年11月第1次
书　　号：ISBN 978-7-5313-5649-3	
定　　价：40.00元	

版权专有 侵权必究 举报电话：024-23284393
如有质量问题，请拨打电话：024-23284384

目 录

自行车之歌 …………………………………001
三 棵 树 …………………………………007
雨 和 瓦 …………………………………012
金 鱼 热 …………………………………015
城北的桥 …………………………………018
苏州北局 …………………………………023
船 …………………………………026
河流的秘密 …………………………………030
飞 沙 …………………………………036
女 儿 红 …………………………………041
女 裁 缝 …………………………………045
女人和声音 …………………………………049
露天电影 …………………………………062
童年的一些事 …………………………………065
初入学堂 …………………………………069
九岁的病榻 …………………………………073

母　校	076
过去随谈	079
六十年代，一张标签	084
二十年前的女性	087
水缸回忆	091
关于冬天	096
夏天的一条街道	100
鬼　故　事	104
一个城市的灵魂	106
南方是什么	111
错把异乡当故乡	118
南腔北调	121
沉默的人	123
口头腐化	126
自我保护	128
薄　醉	130
说　茶	132
出嫁论	134
狗刨式游泳	136
直面人脸	138
人吓人	140

败家子 …………………………………… 142

父　爱 …………………………………… 144

自助旅行 ………………………………… 146

饶舌的益处 ……………………………… 148

纸上的美女 ……………………………… 150

不拘小节的人 …………………………… 152

苍老的爱情 ……………………………… 154

时光隧道 ………………………………… 156

莱比锡日记七篇 ………………………… 158

吃　客 …………………………………… 173

螺　蛳 …………………………………… 176

卤　菜 …………………………………… 179

鱼　头 …………………………………… 182

绸　布 …………………………………… 185

点　心 …………………………………… 188

白铁铺子 ………………………………… 191

理发店 …………………………………… 194

肉　铺 …………………………………… 197

卖　药 …………………………………… 200

茶馆店 …………………………………… 203

虚构的热情 ·················205
散文的航行 ·················208
寻找灯绳 ···················210
我的读书生涯 ···············212
读纳博科夫 ·················215
镜子与自传 ·················219
美声唱法、信天游和镲铐 ······221
短篇小说,一些元素 ··········225
把他送到树上去
——卡尔维诺《树上的男爵》读后 ···230
如何与世界开玩笑
——辛格《卢布林的魔术师》读后 ···235
我为什么写《妻妾成群》 ······239
谁是谁的卧室 ···············242
谈谈《包法利夫人》 ··········246
周作人的"夏夜梦" ···········265
王琦瑶的光芒
——谈王安忆《长恨歌》的人物形象 ···268
小说是灵魂的逆光 ············280
童年生活在小说中 ············285
文学作品中现实生活的魅力 ····298

自行车之歌

一条宽阔的缺乏风景的街道，除了偶尔经过的公共汽车、东风牌或解放牌卡车，小汽车非常罕见，繁忙的交通主要体现在自行车的两个轮子上。许多自行车轮子上的镀光已经剥落，露出锈迹，许多穿着灰色、蓝色和军绿色服装的人骑着自行车在街道两侧川流不息，这是一部西方电影对二十世纪七十年代北京的描述——多么笨拙却又准确的描述。所有人都知道，看到自行车的海洋就看到了中国。

电影镜头遗漏的细部描写现在由我来补充。那些自行车大多是黑色的，车型为二十六寸或者二十四寸，后者通常被称为女车，但女车其实也很男性化，造型与男车同样地显得憨厚而坚固。偶尔会出现几辆红色和蓝色的跑车，它们的刹车线不是裸露垂直的钢丝，而是一种被化纤材料修饰过的交叉线，在自行车龙头前形成时髦的标志。彩色自行车的主人往往是一些不同寻常的年轻人，家中或许有钱，或许有权。这样的自行车经过某些年轻人的面前时，有时会遇到刻意的阻拦。拦车人用意不一：有的只是出于嫉妒，故意给你制造一点麻烦；有的年轻人则很离谱，他们胁迫主人下车，然后争先恐后地跨上去，借别人的车在街道上风光一回。

　　我们现在要说的是普通的黑色的随处可见的自行车，它们主要由三个品牌组成：永久、凤凰和飞鸽。飞鸽是天津自行车厂的产品，在南方一带比较少见。我们那里的普通家庭所梦想的是一辆上海产的永久或者凤凰牌自行车，已经有一辆永久的人家毫不掩饰地告诉别人，还想搞一辆凤凰；已经有一辆男车的人家很贪心地找到在商场工作的亲戚，说，能不能再弄到一辆二十四寸的女车？然而在一个物资匮乏的时代，这样的要求就像你现在去向人家借钱炒股票，只能引起对方的反感。

　　有些刚刚得到自行车的愣头青在街上"飙"车，为的是炫耀他们的车和车技。看到这些家伙风驰电掣般地掠过狭窄的街道，泼辣的妇女们会在后面骂：去充军哪！骑车的听不见，他们就像如今的赛车手在环形赛道上那样享受着高速的快乐。也有骑车骑得太慢的人，同样惹人侧目。我一直忘不了一个穿旧军装的骑车的中年男人，也许是因为过于爱惜他的新车，也许是车技不好，他骑车的姿势看上去很怪，歪着身子，头部几乎要趴在自行车龙头上，他大概想不到有好多人在看他骑车。不巧的是这个人总是在黄昏经过我们街道，孩子们都在街上无事生非，不知为什么那个人骑车的姿势引起了孩子们一致的反感，认为他骑车姿势像一只乌龟。有一天我们突然冲着他大叫起来：乌龟！乌龟！我记得他回过头向我们看了一眼，没有理睬我们。但是这样的态度并不能改变我们对这个骑车人莫名的厌恶。第二天我们等在街头，当他准时从我们的地盘经过时，昨天的声音更响亮更整齐地追逐着他：乌龟，乌龟！那个无辜的人终于愤怒了，我记得他跳下了车，双目怒睁向我们跑来，大家纷纷向自己家逃散。我当然也是逃，但我跑进自家大门时向他望了一眼，正好看见他突然站住，他也在回头张望，很明显他对倚在墙边的自行车放心不下。我忘不了他站在街中央时的犹豫，最后他转过身跑向他的自行车。这个可怜的男人，为了保卫自行车，他承受了一群孩子无端的污辱。

　　我父亲的那辆自行车是二十世纪六十年代出产的永久牌。从我记事到八十年代离家求学，我父亲一直骑着它早出晚归。星期天的早晨我总是能看见父亲在院子里用纱线擦拭他的自行车。现在我是以感恩的心情想起了那辆自行车，因为它曾经维系着我的生命。童年多病，许多早晨和黄昏我坐在父亲的自行车上来往于去医院的路上。曾经有一次我父亲用自行车带着我骑了二十里路，去乡村寻找一个握有家传秘方的赤脚医生。我难以忘记这二十里路，大约十里是苏州城内的那种石子路、青石板路（那时候的水泥沥青路段只是在交通要道装扮市容），另外十里路就是乡村地带海浪般起伏的泥路了。我像一只小舢板一样在父亲身后颠簸，而我父亲就像一个熟悉水情的水手，他尽量让自行车的航行保持通畅。就像自信自己的车技一样，他对我坐车的能力表示了充分的信任，他说：没事，没事，你坐稳些，我们马上就到啦！

　　多少中国人对父亲的自行车怀有异样的亲情。多少孩子在星期天骑上父亲的自行车偷偷地出了门，去干什么？不干什么，就是去骑车！我记得我第一次骑车在苏州城漫游的经历。我去了市中心的小广场，小广场四周有三家电影院，一家商场。我在三家电影院的橱窗前看海报，同一部样板戏，画的都是女英雄柯湘，但有的柯湘是圆脸，有的柯湘却画成了个马脸，这让我很快对电影海报的制作水平做出了判断。然后我进商场去转了一圈，空荡荡的货架没有引起我的任何兴趣。等我从商场出来，突然感到十分恐慌，巨大的恐慌感恰好就是自行车给我带来的：我发现广场空地早已成为一片自行车的海洋，起码有几千辆自行车摆放在一起，黑压压的一片，每辆自行车看上去都像我们家的那一辆。我记住了它摆放的位置，但车辆管理员总是在擅自搬动你的车，我拿着钥匙在自行车堆里走过来走过去，头脑中一片眩晕，我在惊慌中感受了当时中国自行车业的切肤之痛：设计雷同，不仅车的色泽和款式，甚至连车锁都是一模一样的！我找不到我的自行车了，我的钥匙能够捅进好多自行车的车锁眼里，最后却不能把锁打开。车辆管理员在一边制止我盲目的行为，她一直在向我嚷嚷：是哪一辆，你看好了再开！可我恰恰失去了分辨能力，这不怪我，令人不可思议的事情总是发生在自行车上。我觉得许多半新不旧的"永久"自行车的坐垫和书包架上，都散发出我父亲和我自己身上的气息，怎能不让我感到迷惑？

　　自行车的故事总与找不到自行车有关，不怪车辆管理员们，只怪自行车太多了。相信许多与我遭遇相仿的孩子都在问他们的父母：自行车那么难买，为什么外面还有那么多的自行车？这个问题大概是容易解答的，只是答案与自行车无关。答案是：中国，人太多了。

　　到了二十世纪七十年代末期，一种常州产的金狮牌自行车涌入了市场。人们评价说金狮自行车质量不如上海的永久和凤凰，但不管怎么说，新的自行车终于出现了。购买"金狮"还是需要购车券。打上"金狮一辆"记号的购车券同样也很难觅。我有个邻居，女儿的对象是自行车商场的，那份职业使所有的街坊邻居感兴趣，他们普遍羡慕那个姑娘的婚姻前景,并试探着打听未来女婿给未来岳父母带了什么礼物。那个将做岳父的也很坦率,当场从口袋里掏出一张盖着蓝印的纸券,说:没带什么,就是金狮一辆!

自行车高贵的岁月仍然在延续,不过应了一句革命格言:排除万难,去争取胜利。我们街上的许多人家后来品尝了自行车的胜利,至少拥有了一辆金狮,而我父亲利用了一切能利用的关系,给我们家的院子推进了第三辆自行车——他不要"金狮",主要是源于对新产品天生的怀疑,他迷信"永久"和"凤凰",情愿为此付出多倍的努力。

第三辆车是我父亲替我买的,那是一九八〇年我中学毕业的前夕,他们说你假如考不上大学,这车就给你上班用。但我考上了。我父母又说,车放在家里,等你大学毕业了,回家工作后再用。后来我大学毕业了,却没有回家乡工作。于是我父母脸上流露出一种失望的表情,说:那就只好把车托运到南京去了,反正还是给你用。

一个闷热的初秋下午,我从南京西站的货仓里找到了从苏州托运来的那辆自行车。车子的三角杠都用布条细致地包缠着,是为了避免装卸工的野蛮装卸弄坏了车子。我摸了一下轮胎,轮胎鼓鼓的,托运之前一定刚刚打了气,这么周到而细致的事情一定是我父母合作的结晶。我骑上我的第一辆自行车离开了车站的货仓,初秋的阳光洒在南京的马路上,仍然热辣辣的,我的心也是热的,因为我知道从这一天起,生活将有所改变,我有了自行车,就像听到了奔向新生活的发令枪,我必须出发了。

那辆自行车我用了五年,是一辆黑色的二十六寸的凤凰牌自行车，与我父亲的那辆"永久"何其相似。自行车国度的父母，总是为他们的孩子挑选一辆结实耐用的自行车，他们以为它会陪伴孩子们的大半个人生。但现实既令人感伤又使人欣喜，五年以后我的自行车被一个偷车人骑走了。我几乎是怀着一种卸却负担的轻松心情，跑到自行车商店里，挑选了一辆当时流行的十速跑车，蓝色的，是我孩提时代无法想象的一辆漂亮的威风凛凛的自行车。

这世界变化快——包括我们的自行车，我们的人生。许多年以后我仍然喜欢骑着自行车出门，我仍然喜欢打量年轻人的如同时装般新颖美丽的自行车，有时你能从车流中发现一辆老"永久"或者老"凤凰"，就像老人的一张写满沧桑的脸，让你想起一些行将失传的自行车的故事。我曾经跟在这么一辆老"凤凰"后面骑了很长时间，车的主人是一个五十来岁的男人，他的身边是一个同样骑车的背书包的女孩，女孩骑的是一辆目前非常流行的捷安特，橘红色的山地车，很明显那是父女俩。我也赶路，没有留心那父女俩一路上说了些什么，但我要告诉大家的是，两辆自行车在并驾齐驱的时候一定也在交谈，两辆自行车会说些什么呢？其实大家都能猜到，是一种非常简单的交流——

黑色的老"凤凰"说：你走慢一点，想想过去！

橘红色的"捷安特"却说：你走快一点，想想未来！

三 棵 树

很多年以前我喜欢在京沪铁路的路基下游荡,一列列火车准时在我的视线里出现,然后绝情地抛下我,向北方疾驰而去。午后一点钟左右,从上海开往三棵树的列车来了。我看着车窗下方的那块白色的旅程标志牌:上海——三棵树;我看着车窗里那些陌生的处于高速运行中的乘客,心中充满嫉妒和忧伤。然后去三棵树的火车消失在铁道的尽头。我开始想象三棵树的景色:是北方的一个小火车站,火车站前面有许多南方罕见的牲口,黑驴、白马、枣红色的大骡子,有一些围着白羊肚毛巾、脸色黝黑的北方农民蹲在地上,或坐在马车上,还有就是树了,三棵树,是挺立在原野上的三棵树。

三棵树很高很挺拔,我想象过树的绿色冠盖和褐色树干,却没有确定树的名字,所以我不知道三棵树是什么树。

树令我怅惘。我一生都在重复这种令人怅惘的生活方式:与树擦肩而过。我没有树。西双版纳的孩子有热带雨林,大兴安岭的伐木者的后代有红松和白桦,乡村里的少年有乌桕和紫槐,我没有树。我从小到大在一条狭窄局促的街道上走来走去,从来没有爬树掏鸟蛋的经历。我没有树,这怪不了城市,城市是有树的,梧桐或者杨柳一排排整齐地站在人行道两侧,可我偏偏是在一条没有人行道的小街上长大——也怪不了这条没有行道树的小街,小街上许多人家有树,一棵黄桷、两棵桑树静静地长在他的窗前院内,可我家偏偏没有院子,只有一个巴掌大的天井,巴掌大的天井仅供观天,不容一树,所以我没有树。

我种过树。我曾经移栽了一棵苦楝的树苗,是从附近的工厂里挖来的,我把它种在一只花盆里——不是我的错误,我知道树与花草不同,花入土,树入地,可我无法把树苗栽到地上——是我家地面的错误,天井、居室、后门石埠,不是水泥就是石板,它们欢迎我的鞋子、我的箱子、我的椅子,却拒绝接受一棵如此幼小的苦楝树苗。我只能把小树种在花盆里。那时我是一个小学生。我把一棵树带回了家。它在花盆里,但是我的树,因此成为我的牵挂,我把它安置在临河的石埠上。一棵五寸之树在我的身边成长,从春天到夏天,它没有长高,却长出了一片片新的叶子,我知道它有多少叶子,没有一片叶子的成长能逃过我的眼睛。后来冬天来了,我感觉到树苗的不安一天天在加深,河边风大,它在风中颤索,就像一个哭泣的孩子。我以为它在向我请求着阳光和温暖,我把花盆移到了窗台上,那是我家在冬天唯一的阳光灿烂的地方。就像一次误杀亲子的戏剧性安排,紧接着我和我的树苗遭遇了一夜狂风。狂风大作的时候我在温暖的室内,在温暖的梦境中,可是我的树苗在窗台上,在凛冽的大风中,人们了解风对树的欺凌,却不会想到风是如何污辱我和我的树苗的——它把我的树从窗台上抱起来,砸在河边石埠上,然后又把树苗从花盆里拖出来,推向河水里,将一只破碎的花盆和一抔泥土留在岸上，留给我。

这是我对树的记忆之一。一个冬天的早晨，我站在河边向河水深处张望，依稀看见我的树在水中挣扎，挣扎了一会儿，我的树开始下沉，我依稀看见它在河底寻找泥土，摇曳着，颤索着，最后它安静了。我悲伤地意识到我的树到家了，我的树没有了。我的树一直找不到土地，风就冷酷地把我的树带到了水中，或许是我的树与众不同，它只能在河水中生长。

我没有树。没有树是我的隐痛和缺憾。像许多人一样，成年以后我有过游历名山大川的经历。我见到过西双版纳绿得发黑的原始森林，我看见过兴安岭上被白雪覆盖的红松和桦树，我在湘西的国家森林公园里见到了无数以往只闻其名未见其形的珍奇树木。但那些树生长在每个人的旅途上，那不是我的树。

我的树在哪里？树不肯告诉我，我只能等待岁月来告诉我。

一九八八年对于我是一个值得纪念的年份，那年秋天我得到了自己的居所，是一栋年久失修的楼房的阁楼部分，我拿着钥匙去看房子的时候一眼就看见了楼前的两棵树，你猜是什么树？两棵果树，一棵是石榴，一棵是枇杷！秋天午后的阳光照耀着两棵树，照耀着我一生得到的最重要的礼物。伴随我多年的不安和惆怅烟消云散，这个秋天的午后，一切都有了答案，我也有了树，我一下子有了两棵树，奇妙的是，那是两棵果树！

果树对人怀着悲悯之心，石榴的表达很热烈，它的繁茂的枝叶和灿烂的花朵，以及它的重重叠叠的果实都在证明这份情怀；枇杷含蓄而深沉，它绝不在意我的客人把它错当成一棵玉兰树，但它会在初夏季节告诉你，它不开玉兰花，只奉献枇杷的果实。我接受了树的恩惠。现在我的窗前有了两棵树,一棵是石榴,一棵是枇杷。我感激那个种树的素未谋面的前房东。有人告诉我两棵树的年龄,说是十五岁。我想起十五年前我的那棵种在花盆里的苦楝树苗的遭遇,我相信一切并非巧合,这是命运补偿给我的两棵树,两棵更大更美好的树。我是个郁郁寡欢的人,我对世界的关注总是忧虑多于热情,怀疑多于信任。我的父母曾经告诉过我,我有多么幸运,我不相信;朋友也对我说过,我有多么幸运,我不相信;现在两棵树告诉我,我最终是个幸运的人,我相信了。

我是个幸运的人。两棵树弥合了我与整个世界的裂痕。尤其是那棵石榴,春夏之际的早晨,我打开窗子,石榴的树叶和火红的花朵扑面而来,柔韧修长的树枝毫不掩饰它登堂入室的欲望。如果我一直向它打开窗子,不消三天,我相信那棵石榴会在我的床边、在我的书桌上驻扎下来,与我彻夜长谈。热情似火的石榴哇,它会对我说,我是你的树,是你的树!

树把鸟也带来了,鸟在我的窗台上留下了灰白色的粪便。树上的果子把过路的孩子引来了,孩子们爬到树上摘果子,树叶便沙沙地响起来,我及时地出现在窗边,喝令孩子们离开我的树,孩子们吵吵嚷嚷地离开了,地上留下了幼小的没有成熟的石榴。我看见石榴树整理着它的枝条和叶子,若无其事,树的表情提醒我那不是一次伤害,而是一次意外,树的表情提醒我树的奉献是无边无际的,我不仅是你的树,也是过路的孩子的树!

整整七年,我在一座旧楼的阁楼上与树同眠,我与两棵树的相互注视渐渐变成单方面的凝视,是两棵树对我的凝视。我有了树,便悄悄地忽略了树。树的胸怀永远是宽容和悲悯,树不做任何背叛的决定，在长达七年的凝视下两棵树摸清了我的所有底细，包括我的隐私，但树不说，别人便不知道。树只是凝视着我，七年的时光做一次补偿是足够的了。两棵树有点疲惫，我没有看出来。窗外的两棵树后来有点疲惫了，一场春雨轻易地把满树石榴花打落在地，我出门回家踩在石榴的花瓣上，对石榴的离情别意毫无察觉。我不知道，我的两棵树将结束它们的这次使命，七年过后，两棵树仍将离我而去。

城市建设的蓝图埋葬了许多人过去的居所，也埋葬了许多人的树。一九九五年的夏天，推土机将一个名叫上乘庵的地方夷为平地，我的阁楼、我的石榴树和我的枇杷树消失在残垣瓦砾之中。拆房的工人本来可以保留我的两棵树，至少保留一些日子，但我不能如此要求他们，我最终知道两棵树必将消失。七年一梦，那棵石榴，那棵枇杷，它们原来并不是我的树。

现在我的窗前没有树。我仍然没有树。树让我迷惑，我的树到底在哪里？我有过一棵石榴，一棵枇杷，我一直觉得我应该有三棵树，就像多年以前我心目中最遥远的火车站的名字，是三棵树，那还有一棵在哪里呢？我问我自己，然后我听见了回应，回应来自童年旧居旁的河水，我听见多年以前被狂风带走的苦楝树苗向我挥手示意：我在这里，我在水里！

雨 和 瓦

二十年前的雨听起来与现在有所不同。雨点落在更早以前出产的青瓦上,室内的人便听见一种清脆的铃铛般的敲击声。毫不矫饰地说,青瓦上的雨声确实像音乐,只是隐身的乐手天生性情乖张喜怒无常,突然地它失去了耐心,雨声像鞭炮一样当空炸响。你怀疑如此狂暴的雨是否怀着满腔恶意,然后忽然地它又倦怠了,撒手不干了,于是我们只能听见郁积在屋檐上的雨水听凭惯性滴落在窗前门外,小心翼翼的,怀着一种负疚的感觉。这时候沉寂的街道开始苏醒,穿雨衣或打伞的人踩着雨的尾巴,走在回家的路上。有个什么声音在那里欢呼起来:雨停啦!回家啦!

智利诗人聂鲁达是个爱雨的人,他说:雨是一种敏感、恐怖的力量。他对雨的观察和总结让我感到惘然。是什么东西使雨敏感?又是什么东西使雨变得恐怖?我对这个无意义的问题充满了兴趣。请想象一场大雨将所有行人赶到了屋檐下,请想象人们来到室内,再大的雨点也不能淋湿你的衣服和文件,那么是什么替代我们去体会雨的敏感和恐怖呢?

二十年前我住在一座简陋的南方民居中,我不满意于房屋格局与材料的乏味，我对我家的房屋充满了一种不屑。但是有一年夏天我爬上河对面水泥厂的仓库屋顶，准备练习跳水的时候，我头一次注意到了我家屋顶上的那一片蓝黑色的小瓦，它们像鱼鳞那样整齐地排列着，显出一种出人意料的壮美。对于我来说那是一次奇特的记忆，奇特的还有那天的天气，一场暴雨突然来临，几个练习跳水的男孩干脆冒雨留在高高的仓库顶上，看着雨点急促地从天空中泻落，冲刷着对岸热腾腾的街道和房屋，冲刷着我们自己的身体。

那是我唯一一次在雨中看见我家的屋顶，暴雨落在青瓦上，溅出的不是水花，是一种灰白色的雾气。然后雨势变得小一些了，雾气就散了，那些瓦片露出了它简洁而流畅的线条。我注意到雨水与瓦的较量在一种高亢的节奏中进行，无法分辨谁是受伤害的一方。肉眼看见的现实是雨洗涤了瓦上的灰土，因为那些陈年的旧瓦突然焕发出崭新的神采，在接受了这场突如其来的雨水冲洗后，它们开始闪闪发亮，而屋檐上的瓦楞草也重新恢复了植物应有的绿色。我第一次仔细观察了雨水在屋顶上制作音乐的过程，并且有了一个新的发现：不是雨制造了音乐，是那些瓦对于雨水的反弹创造了音乐。

说起来是多么奇怪，我从此认为雨的声音就是瓦的声音，无疑这是一种非常唯心的认识，这种认识与自然知识已经失去了关联，只是与某个记忆有关。记忆赋予人的只是记忆。我记得我二十年前的家，除了上面说到的雨中的屋顶，还有我们家洞开的窗户，远远地，隔着茫茫的雨帘，我从窗内看见了母亲，她在家里，正伏在缝纫机上赶制我和我哥哥的衬衣。

现在我不记得那件衬衣的去向了，我母亲也早已去世多年。但是二十年前的一场暴雨使我对雨水情有独钟。假如有铺满青瓦的屋顶，我不认为雨是恐怖的事物；假如你母亲曾经在雨声中为你缝制新衬衣，我不认为你会有一颗孤独的心。

这就是我对于雨的认识。

这也是我对于瓦的认识。

金 鱼 热

一个东南亚的国王到我们那个城市去游览了三天，走的时候带走了一缸金鱼中的极品，这是二十世纪七十年代的事。我在街头听人议论这个国王，还有那些金鱼。我没有记住那些金鱼的名称，但是我记得很清楚的是，赠送金鱼给国王的是一个普通的市民，有人认识他，说他人很笨，就是养鱼养出了名堂。大家议论的不仅是国王和金鱼，还有那个市民的光荣。

金鱼热随后悄悄地在我们城市兴起。

我突然发现城市里有那么多人养金鱼，我却一条也没有，这使我闷闷不乐。那是一个容易失去却难以拥有的年代，没有地方出售金鱼，就像没有地方出售鲜花一样。我总是在一个邻居家的鱼池边用攫取的目光亲近那些美丽的鱼类，无法拥有渴望的东西是孩子们最大的心事，连我的家人也渐渐知道了我的心事。我姐姐一定不止一次地告诉别人：我弟弟一直想要几条金鱼！我母亲则告诉她在工厂的同事：我儿子想要金鱼想疯了！

我头一次得到金鱼的狂喜只持续了短短的五天。是我姐姐带回了那四条品相优美的五彩珍珠。我记得那四条金鱼的红色脊背上洒满白色的斑点，有邻居孩子告诉我，五彩珍珠是很好的品种。我记得那四条红色的脊背上洒满白色斑点的金鱼，记得这些金鱼带给我的五天的喜悦。那五天里我出没在养鱼人出没的水塘和护城河边，我拼命打捞鱼虫，为金鱼囤积食粮，我不知道我的金鱼饱食过度濒临死亡的边缘。

我一直记得我拥有五彩珍珠的准确时间，是短短的五天。第五天下午我放学回家，看见的是四条翻了肚子的金鱼。我至今羞于提及我当时的表现，在一场惊天动地的痛哭声中，我忘了追寻金鱼的死因。我从未见过死去的金鱼，死去的金鱼是如此丑陋，从美丽到丑陋，仿佛是一个狡诈的骗局。我觉得自己受到了嘲弄，不仅失去，同时也受到了伤害。我的痛苦一定使我父母感到震惊了，我记得我母亲一反平时不许诺的习惯，告诉我一定帮我找到新的金鱼。

后来我母亲就把那条歪尾巴的小金鱼带回了家，它当时混在几条稍大的被人们称为丹玉的金鱼中，显得那么卑琐而低贱。所有的金鱼都还没有变色，而"歪尾巴"只有半指大小，黑乎乎的，甚至看不出它是什么品种。它太特殊了，尤其是那条歪尾巴，它与金鱼之美背道而驰，我以一种嫌厌的心情给它取了这个名字：歪尾巴。

我的养鱼生涯到了后来是三心二意的，不是因为金鱼不再可爱，而是因为随着青春期的到来，我有了其他更大的心事。金鱼热在城市里渐渐退潮，我的那批丹玉在几个月中纷纷离我而去。可是我注意到"歪尾巴"的生命力，它在我的鱼缸里越来越显示出一种主人翁的姿态，在孤独和饥饿中成长着，身子悄然泛出了红色，而它额头上方越长越大的眼睛正用矜持的态度告诉我，我不是"歪尾巴"，我是一条"朝天龙"！

我要说的就是这条歪尾巴的"朝天龙"。在所有美丽的金鱼逃离我的鱼缸后,在我对金鱼渐渐地失去兴趣之后,它一直伴随了我四年时光。四年之后我已经远离家乡,在北京的学府里寒窗苦读,那些日子里我从来没有想起过我的歪尾巴金鱼。有一天我收到我姐姐的来信,信中提到了我的最后一条金鱼,说"歪尾巴"死了。她总结的"歪尾巴"的死因是一把梳子,她梳头时不小心将梳子掉进了鱼缸,梳子与金鱼一起待了一会儿,梳子没事,金鱼却死了。

我承认是歪尾巴金鱼的死让我重新回顾了我短暂的养鱼生涯。我最终对这些小生命充满了歉意,一切都是命定的,就像我对金鱼的饲养注定不能修得正果,我不能将极品金鱼奉献给任何国王,我的歪尾巴金鱼甚至不能奉献给我自己。这是一条世界上最倔强的金鱼,它最终背叛了应该背叛的人,将自己奉献给了一把梳子。

城北的桥

苏州城自古有六城门之说，城市北端的齐门据说不在此范围之中，但我却是齐门人氏，准确地说我应该是苏州齐门外人氏。

我从小生长的那条街道在齐门吊桥以北，从吊桥上下来，沿着一条狭窄的房屋密集的街道朝北走，会走过我的家门口。再走下去一里地，城市突然消失，你会看见郊区的乡野景色，菜地、稻田、草垛、池塘和池塘里农民放养的鸭群，所以我从小生长的地方其实是城市的边缘。

即使是城市的边缘，齐门外的这条街道依然是十足的南方风味，多年来我体验这条街道也就体验到了南方，我回忆这条街道也就回忆了南方。

齐门的吊桥从前真的是一座可以悬吊的木桥，它曾经是古人用于战争防御的设施。请设想一下，假如围绕苏州城的所有吊桥在深夜一起悬吊起来，护城河就真正地把这个城市与外界隔绝开来，也就把所有生活在城门以外的苏州人隔绝开来了。所幸我没有生活在那个年代，事实上在我很小的时候齐门吊桥已经改建成一座中等规模的水泥大桥了。

但是齐门附近的居民多年来仍然习惯把护城河上的水泥桥叫作吊桥。

从吊桥上下来,沿着一条碎石铺成的街道朝北走,你还会看见另外两座桥,首先看见的当然是南马路桥,再走下去就可以看见北马路桥了。关于两座桥的名称是我沿用了齐门外人们的普通说法,我不知道它们是否有更文雅更正规的名称,但我只想一如既往地谈论这两座桥。

两座桥都是南方常见的石拱桥,横卧于同一条河汊上,多年来它们像一对姐妹遥遥相望。它们确实像一对姐妹,都是单孔桥,桥孔下可容两船共渡,桥堍两侧都有伸向河水的石阶,河边人家常常在那些石阶上洗衣浣纱,桥堍下的石阶也是街上男孩们戏水玩耍的去处。站在那儿将头伸向桥孔内壁观望,可以发现一块石碑上刻着建桥的时间,我记得北马路桥下的石碑刻的是清代道光年间,南马路桥的历史也许与其相仿吧。它们本来就是一对形神相随的姐妹桥。

人站在南马路上遥望北马路桥却是困难的,因为你的视线恰恰被横卧两桥之间的另一座庞然大物所阻隔。那是一座钢灰色的直线形铁路桥,著名的京沪铁路穿越苏州城北端,穿越齐门外的这条街道和傍街而流的河汊,于是出现了这座铁路桥,于是我所描述的两座桥就被割开了。我想那应该是六十年以前的事了,也许修建铁路桥的是西方的洋人,也许那座直线形的钢铁大桥使人们感到陌生或崇拜,直到现在我们那条街上的人们仍然把那座铁路桥称作洋桥,或者就称铁路洋桥。

铁路洋桥横亘在齐门外的这条街道上,齐门外的人们几乎每天都从铁路洋桥下面来来往往，火车经常从你的头顶轰鸣而过，溅下水汽、煤屑和莫名其妙的瓜皮果壳。

被阻隔的两座石拱桥依然在河上遥遥相望，现在让我来继续描述这两座古老的桥吧。

南马路桥的西侧被称为下塘，下塘的居民房屋夹着一条更狭窄的小街，它与南马路桥形成丁字走向。下塘没有店铺，所以下塘的居民每天都要走过南马路桥，到桥这侧的街上买菜办货。下塘的居民习惯把桥这侧的街道称为街，似乎他家门口的街就不是街了。下塘的妇女在南马路桥相遇打招呼时，一个会说：街上有新鲜猪肉吗？另一个则会说：街上什么也没有了。

南马路桥的东侧也就是齐门外的这条街了，桥堍周围有一家糖果店、一家煤球店、一家肉店，还有一家老字号的药铺，有一个类似集市的蔬菜市场。每天早晨和黄昏，近郊的菜农挑来新摘的蔬菜沿街一字摆开，这种时候桥边很热闹，也往往造成道路堵塞，使一些急于行路的骑车人心情烦躁而怨言相加。假如你有心想听听苏州人怎么斗嘴吵架，桥边的集市是一个很好的地点。而且南马路桥附近的妇女相比北马路桥的妇女似乎刁蛮泼辣了许多，这个现象无从解释。在我的印象中，南马路桥那里是一个嘈杂的惹是生非的地方。

也许我家离北马路桥更近一些，我也就更喜欢这座北马路桥。我所就读的中学就在北马路桥斜对面不远的地方。我每天都要从桥下走过，有时候去母亲的工厂吃午饭或者洗澡，就要背着书包爬过桥，数一数台阶，一共十一级，当然总是十一级。爬过桥就是那条洁净而短促的横街了，横街与北马路桥相向而行，与齐门外的大街却是垂着的或者说是横着的,所以它就叫横街。我不知道为什么从小就喜欢这条横街,或许是因为它街面洁净房屋整齐,或许因为我母亲每天都从这里走过去工厂上班,或许只是因为横街与齐门外的这条大街相反而成,它真的是一条横着的街。

北马路桥边是一家茶馆,两层的木楼,三面长窗中一面对着河水,一面对着桥,一面对着大街。记忆中茶馆里总是一片湿润的水汽和甘甜的芳香,茶客多为街上和附近郊区的老人,围坐在一张张破旧的长桌前,五六个人共喝一壶绿茶,谈天说地或者无言而坐,偶尔有人在里面唱一些弹词开篇,大概是几个评弹的票友。茶馆烧水用的是老虎灶,灶前堆满了砻糠。烧水的老女人是我母亲的熟人,我母亲告诉我她就是茶馆从前的老板娘,现在不是了,现在茶馆是公家的了。

北马路桥边的茶馆被许多人认为是南方典型的风景,曾经有几家电影厂在这里摄下这种风景,但是摄影师也许不知道桥边茶馆已经不复存在了,前年的一场大火把茶馆烧成一片废墟。那是炎夏七月之夜,齐门外的许多居民都在河的两岸目睹了这场大火,据说火因是老虎灶里的砻糠灰没有熄灭,而且渗到了灶外。人们赶来只能眼睁睁地看着大火烧掉桥边茶馆,当然,茶馆边的石桥却完好无损。

现在你从北马路桥上走下去,桥堍左侧的空地就是茶馆遗址,现在那里变成了一些商贩卖鱼卖水果的地方。

苏州城北是一个很小的地域,城北的齐门外的大街则是一个弹丸之地,但是我想告诉人们那里竟然有四座桥。按照齐门外人氏的说法,从南至北数去,它们依次为吊桥、南马路桥、铁路洋桥、北马路桥,冷静地想这些名字既普通又有点奇怪,是吗?

我之所以简略了对铁路洋桥的描述,是因为它在我童年的记忆中充满了血腥和死亡的气息。我在铁路洋桥看见过七八名死者的尸体,而在吊桥上,在南马路桥和北马路桥上,我从来没看见过死者。

苏州北局

北局，光是这个地名就透出了莫名的沧桑感，让人不敢忽略其中沉淀的故事。但我大概是不擅讲古的文人，所以我要说的仍然是我自己与北局的故事。

苏州人知道所谓北局就是著名的观前街后面的小广场，是一个并无特色甚至有点沉闷无趣的广场。这个地方的存在当然是很有些年头了，我不知道从前的北局是何等模样，但自从我有记忆以来，这个地方一直是我心目中苏州的中心。我在异乡生活多年，只要想起苏州城，很自然地就想起北局这个地方，想起北局的人民商场，开明、大光明、延安三家影剧院以及那个我未进去过的苏州书场，甚至还会想起我在广场边的大堆自行车群中急切地寻找我父亲的自行车时的窘状——我从学会骑车以后就经常将我父亲心爱的自行车骑到北局去，不记得都是去干什么的，只是记得在那里荒废半天时光以后，天就快黑了，天色渐晚就慌忙赶回家，偏偏就找不到自行车了。

对北局的记忆始于"文革"后期的普及样板戏浪潮，我上小学的时候，学校经常组织孩子们去看电影院里周而复始的《红灯记》

《沙家浜》，一群住在苏州城北的小学生，排着队，唱着革命歌曲，穿过大街小巷，步行大约三公里路程，来到北局，有时在长征（就是现在的大光明）电影院，有时在延安（现在保留了原名）电影院，看早已耳熟能详的电影，心中仍然充满节日般的快乐。不得不说的是孩子们在提倡艰苦朴素的年代里也表现出了人贪图享受的本性，所有的孩子都希望能在延安电影院看电影，原因很简单，因为那里的座椅是沙发座，而斜对面的长征电影院每一张座椅都是硬板凳。

现在我仍不能解释为什么在少年时期一次次骑车去北局，其原因或许很简单，因为我住的那条街上除了几家卖油盐酱醋的店铺，除了一些日久生厌的人脸，什么也没有。当我来到北局就来到了苏州城的中心，看到一个热闹的人来人往的地方对我很有必要，听到人群中有人操东北口音、上海口音、北京口音，我就觉得苏州在中国，中国在地球上，而地球很大。这种联想使我振奋，因此在东张西望之余，我在北局一次次憧憬着我的未来，一次次地想象我将来的生活。

我想不起当年在北局的梧桐树下发生过什么大事情了。我与我妻子热恋的时候已在外地工作，于苏州成为一个匆匆过客，偶尔相携去当时开明戏院楼下的西餐馆吃一番，还带着我上中学的妻妹，不是通常的苏州青年相约小公园的味道。现在让我回味的倒是一个姓刘的戴眼镜的少年，二十年过去了，我还记得他的脸——是另外一个中学的学生，很聪颖也很沉默。我们相识于一个语文夏令营里，在夏令营里我年龄最小，又兼生性乖僻不会与人相处，本不指望结交朋友，但刘姓少年却不嫌弃我，总是与我走在一起（大概他觉得我们俩交朋友合适）。营期结束临别时他借给我《钢铁是怎样炼成的》看，约好三天后将书还他，见面地点就定在北局小公园。我记得三天后我们在小公园见面的情景，他从书场那边的弄堂里走来，脸上带着拘谨的笑意，我大概也一样，我把书还给他，甚至不知道要谢谢人家。什么话也没有，我们俩站在小公园的中央，面面相觑地坚持了一分钟，他说：我走了。我说：我也走了。就分手了。

我当年在北局有可能丢失了一个朋友，像我这种性格的人，好不容易遇到一个可以做朋友的同类，却看着他从北局消失了，而且是从我生活中永远消失了——我以后再也没见过这个姓刘的少年。想想总是有点酸楚，觉得自己几乎是一个傻瓜。后来我不止一次地想起刘姓少年，尤其是来到北局的时候，我问自己：你站在这里，看看你，看看他，又不和别人说话，到底是想干什么呢？

其实我至今不能描述当年的心情，我记住的只是北局这个地方。一个人的生命在许多地方能够留下痕迹，生活本身就洗涤一些，另一些留住了，留住的你必须记住。

船

到常熟去的客船每天早晨经过我家窗外的河道，是轮船公司的船，所以船只用蓝色和白色的油漆分成两个部分，客舱的白色和船体的蓝色泾渭分明，使那条船显得气宇轩昂。每天从河道里经过无数的船，我最喜欢的就是去常熟的客船。我曾经在美术本上画过那艘轮船，美术老师看见那份美术作业，很吃惊，说，没想到你画船能画得这么好。

孩提时代的一切都是易于解释的，孩子们的涂鸦往往在无意中表露了他的挚爱，而我对船舶的喜爱甚至一直延续到了今天。

我记忆中的苏州内河水道是洁净而明亮的，二十世纪六七十年代经济迟滞不动，我家乡的河水却每天都在流动，流动的河水中经过了无数驶向常熟太仓或昆山的船。最常见的是运货的驳船队，七八条驳船拴接在一起，被一条火轮牵引着，突突地向前行驶。我能清晰地看见火轮上正在下棋的两个工人，看见后面的驳船上的一对对夫妇和他们的孩子。让我关注的就是驳船上的那一个个家，一个个年龄与我相仿的孩子，这种处于漂浮和行进中的生活在我眼里是一种神秘的诱惑。

我热衷于对船的观察或许隐藏了一个难以表露的动机，这与母亲的一句随意的玩笑有关。我不记得那时候我有多大，也不知道母亲是在何种情况下说了这句话，她说：你不是我生的，你是从船上抱来的。这是母亲们与子女间常开的漫无目的的玩笑，当你长大成人后你知道那是玩笑，母亲只是想在玩笑之后看看你的惊恐的表情，但我当时还小，我还不能分辨这种复杂的玩笑。我因此记住了我的另一种来历，尽管那只是一种可能。我也许是船上人家的孩子，我真正的家也许是在船上！

我不能告诉别人我对船的兴趣有自我探险的成分，有时候我伏在临河的窗前，目送一条条船从我眼前经过，我很注意看船户们的脸，心里想，会不会是这家呢？会不会是那家呢？怀着隐秘打量世界总是很痛苦的。在河道相对清静的时候，我常常看见一条在河里捞砖头的小船，船上是母女俩，那个母亲出奇地瘦小，一条腿是残疾的，她的女儿虽然健壮高挑，但脸上布满了雀斑，模样很难看。这种时候我几乎感到一种恐怖，心想，我万一是这家人的孩子怎么办？也是在这种时候我才安慰自己：这是不可能的事，这是胡思乱想，有关我与船的事情都是骗人的谎话。

我上小学时一个真正的船户的孩子来到了隔壁我舅舅家。我舅舅家只有女孩没有男孩，那男孩的父母就通过几道人情关系把儿子送到了我舅舅家。是一个老实而显得木讷的男孩，脖子上戴着船户子弟常戴的银项圈。我对那男孩的船户背景有一种狂热的兴趣，我一边嘲笑他脖子上的项圈，一边还向他提出各种问题，问他为什么不待在船上，跟他父母在一起，我问他难道在船上不如在我舅舅家好玩吗？那个男孩只是回答我，他要在街上上学。

他不愿意跟我谈话，似乎也不愿意跟我做朋友，这使我觉得有点颓丧。

有一天我听见窗外的河道响起一片嘈杂声，跑出去一看，一条大木船向我舅舅家的石埠前慢慢靠拢，船上的那对夫妇忙着要靠岸，而一个小男孩站在船头拼命地向岸上挥手，嘴里大叫着：哥哥，哥哥，哥哥！我随后就看见我舅妈拉着那男孩站在石埠上，我知道这就是那男孩家的船，船上的男女是他的父母，那个大叫大嚷的小男孩是他的弟弟。我几乎是怀着一种嫉妒的心情看着眼前这一幕，但我发现那男孩一点也不高兴，他仍然哭丧着个脸，面对着满脸喜色的家人。我觉得他不知好歹，他母亲眉眼周正，他父亲英俊魁梧，他的家在一条船上，可他还哭丧着个脸！

那船户的儿子在我舅舅家住了一个学期后就被他祖父接走了。奇怪的是他一走我对自己身世的想象也停止了，或许是我长大了。或者是一个真实的船户的儿子清洗了我内心对船的幻想。至此船在河道上行驶时我成了一个旁观者，我仍然对船展开着与年龄有关的想象，但那几乎是一种对航行和漂泊的想象了。在寂静的深夜或者清晨，我有时候被窗外的橹声惊醒，有的船户是喜欢大声说话的，一个大声地问：船到哪里去？另一个会大声地答：到常熟去。我就在被窝里想，常熟太近了，你们的船要是能进入长江，一直驶到南京、武汉，一直驶到山城重庆就好了。

我初中毕业报考过南京的海员学校，没有考上，这就注定了我与船舶和航行无缘的命运。我现在彻底相信我与船并没有什么特殊的关系，在我唯一的一次海上旅途中，我像那些恐惧航行的人一样大吐不止，但我仍然坚信船舶是世界上最抒情最美好的交通工具。假如我仍然住在临河的房屋里,假如我有个儿子,我会像我母亲一样向他重复同样的谎言:你是从船上抱来的,你的家在一条船上。

关于船的谎言也是美好的。

河流的秘密

对于居住在河边的人们来说,河流是一个秘密。

河床每天感受着河水的重量,可它是被水覆盖的,河床一直蒙受着水的恩惠,它怎么能泄露河流的秘密?河里的鱼知道河水的质量,鱼的体质依赖于河流的水质,可是你知道鱼是多么忍辱负重的生灵,更何况鱼类生性沉默寡言,而且孤僻,它情愿吐出无用的水泡,却一直拒绝与河边的人们交谈。

河流的秘密始终是一个秘密。"亲爱的,我永远也不会对你讲,河水为什么这么缓慢地流淌。"这是西班牙诗人加西亚·洛尔迦的诗句。这是一个热爱河流的诗人卖关子的说法,其实谁又能知道河水流得如此缓慢,是出于疲惫还是出于焦虑,是顺从的姿态还是反抗的预兆,是因为河水昏昏欲睡还是因为河水运筹帷幄?

岸是河流的桎梏。岸对河流的霸权使它不屑于了解或洞悉河流的内心,岸对农田、运输码头、餐厅、房地产业、散步者表示了亲近和友好,对河流却铁面无情。很明显这是河与岸的核心关系。岸以为它是河流的管辖者和统治者,但河流并不这么想。居住在河边的人们都发现河流的内心是很复杂的,即使是清澈如镜的水,也有一个深不可测的大脑器官。河流的力量难以估计，它在夏季与秋季会适时地爆发一场革命，湮没傲慢的不可一世的河岸。这时候河与岸的关系发生了倒置，由于这种倒置关系，一切都乱套了。居住在河边的人们人心惶惶，他们使用一切可能使用的建筑材料来抵挡河水的登门造访。不怪他们慌张失态，他们习惯了做水的客人，从来没有欢迎河水来登堂做客的准备。河边的居民们在夏季带着仓皇之色谈论着水患，说洪水在一夜大雨之后夺门而入，哪些人家的家具已经浮在水中了，哪些街道上的汽车像船一样，在水中抛锚了。他们埋怨洪水破坏了他们的生活，他们没有意识到与水共眠或许该是他们正常生活的一部分。河水与人的关系被人确立，河水并没有发表意见，许多人便产生了种种误会。其实本着公平交易的原则，河流的行为是可以解释的，试想想，你如果经常去一个地方寻找欢乐，那么这地方的主人必将回访。回访是一种礼仪。水的性格和清贫决定了它所携带的礼物：水，仍然是水。

　　河流在洪水季节中获得了尊严，它每隔几年用漫溢流淌的姿势告诉人们，河流是不可轻侮的。然后洪水季节过去了。河边的居民们发现深秋的河流水位很高，雨水的大量注入使河水显示出新鲜和清澈的外貌，秋天的河流与岸边的树木做反向运动，树木在秋风中枯黄了，落叶了，而河流显得容光焕发、朝气蓬勃。如果你站在某座横跨河流的大桥上俯瞰秋天的流水，你会注意到水流的速度、水流的热情足以让你感到震撼：那是野马的奔腾；是走出囚室的思想者在旷野中的一次长篇演讲；那是河流对这个世界的一年一度的倾诉，它告诉河岸，水是自由的不可束缚的，你不可拦截不可筑坝，你必须让我奔腾而下。河流告诉岸上的人群：你们之中，没有人的信仰比水更坚定，没有人比水更幸运。河流的信仰是海洋，多么纯朴的信仰啊！海洋是可靠的，它广阔而深邃的怀抱是安全的，海洋接纳河流，不索香火金钱，不打造十字架，不许诺天堂。它说，你来吧。于是河流就去了。河流奔向大海的时候一路高唱水的国歌，是三个字的国歌，听上去响亮而虔诚：去海洋，去海洋！

谁能有柔软至极雄壮至极的文笔为河流谱写四季歌？我不能。你恐怕也不能。我一直喜欢阅读所有关于河流的诗文篇章，所有热爱河流关注河流的心灵都是湿润的，有时候那样的心灵像一盏渔灯，它无法照亮岸边黑暗的天空，但是那团光与水为友，让人敬重。谁能有锋利如篙的文笔直指河流的内心深处？我没有，恐怕你也没有，我说过河流的秘密不与人言说，赞美河流如何能消解河流与我们日益加剧的敌意和隔阂？一个热爱河流的人常常说他羡慕一条鱼，鱼属于河流，因此它能够来到河水深处，探访河流的心灵。可是谁能想到如今的鱼与河流的亲情日益淡薄，新闻媒体纷纷报道说河流中鱼类在急剧减少，所有水与鱼的事件都归结为污染，可污染两个字怎么能说出河流深处发生的革命，谁知道是鱼类背叛了河流，还是河流把鱼类逐出了家门？

现在我突然想起了童年时代居所的后窗。后窗面向河流——请容许我用河流这么庄重的词语来命名南方多见的一条瘦小的河，这样的河往往处于城市外围或者边缘。有一个被地方志规定的名字却不为人熟悉，人们对于它的描述因袭了粗犷的不拘小节的传统：河，河边，河对岸。这样的河流终日梦想着与长江、黄河的相见，却因为路途遥远交通不便而抱恨终生，因此它看上去不仅瘦小而且忧郁。这样的河流经年累月地被治理，负担着过多的衔接城乡水运、水利疏导这样的指令性任务，河岸上堆积了人们快速生产发展的房屋、工厂、码头、垃圾站，这一切使河流有一种牢骚满腹自暴自弃的表情，当然这绝不是一种美好的表情——让我难忘的就是这种奇特的河水的表情。

从记事起，我从后窗看见的就是一条压抑的河流，一条被玷污了的河流，一条患了思乡病的河流。一个孩子如何判断一条河是否快乐并不难，他听它的声音，看它的流水，但是我从未听见河水奔流的波涛声，河水大多时候是静默的。只有在装运货物的驳船停泊在岸边时，它才发出轻微的类似呓语的喃喃之声。即使是孩子，也能轻易地判断那不是快乐的声音，那不是一条河在欢迎一条船，恰好相反，在孩子的猜测中，河水在说，快点走开，快点走开！在孩子的目光中，河水的流动比他对学习的态度更加懒惰更加消极，它怀有敌意，它在拒绝作为一条河的责任和道义。看一眼春天肮脏的河面你就知道了，河水对乱七八糟的漂浮物持有一种多么顽劣的坏孩子的态度：油污、蔬菜、塑料、死猫、避孕套，你们愿意在哪儿就在哪儿，我不管！孩子发现每天清晨石埠前都有漂浮的垃圾，河水没有把旧的垃圾送到下游去，却把新的垃圾推向河边的居民，河水在说，是你们的东西，还给你们，我不管！在我的记忆中河流的秘密曾经是不合道德的秘密。我记得在夏季河水相对洁净的季节里，我曾经和所有河边居民一样在河里洗澡、游泳，至今我还记得第一次在水底下睁开眼睛的情境，我看见了河水的内部，看见的是一片模糊的天空一样的大水，就像天空一样，与你仰望天空不同的是，水会冲击你的眼睛，让你的眼睛有一种刺痛的感觉。这是河流的立场之一，它偏爱鱼类的眼睛，却憎恨人的眼睛——人们喜欢说眼睛是心灵的窗户，河流憎恨的也许恰好是这扇窗户。

我很抱歉描述了这么一条河流来探索河流的心灵。事实上河流的心灵永远比你所能描述的丰富得多，深沉得多，就像我母亲所描述的同一条河流，也就是我们家后窗能看见的河流。那是一个多么神奇的故事：有一年冬天河水结了冰，我母亲急于赶到河对岸的工厂去，她赶时间，就冒失地把冰河当了渡桥。我母亲说她在冰上走了没几步就后悔了，冰层很脆很薄，她听见脚下发出的危险的碎冰声，她畏缩了，可是退回去更危险，于是我母亲一边祈求着河水一边向河对岸走。你猜怎么着，她顺利地过了河！对于我来说这是天方夜谭的故事，我不相信这个故事。我问我母亲她当时是怎么祈求河水的，她笑着说，能怎么祈求？我求河水，让我过去，让我过去，河水就让我过去了！

如果你在冬天来到南方，见到过南方冬天的河流，你会相信我母亲的故事吗？你也会像我一样，对此心怀疑窦。但是关于河流的故事也许偏偏与人的自以为是在较量，这个故事完全有可能是真实的，请想一想，对于同一条河流，我母亲做了多么神奇多么瑰丽的描述！

河水的心灵漂浮在水中，无论你编织出什么样的网，也无法打捞河水的心灵，这是关于河水最大的秘密。多少年来我一直难以忘记我老家一带流传的关于水鬼的故事，我一直相信那些湿漉漉的浑身发亮的水鬼掌握了河水的秘密，原因简单极了，那些溺死的不幸者最终与河水交换了灵魂。他们看见了河水的心灵，这就是水鬼们可以自由出入于水中不会再次被溺的原因，他们拿到了一把钥匙，这把钥匙能够打开河流的秘密之门。

可是在传说之外我们从来没有与水鬼们邂逅过，不管是在深夜的河岸边，还是在沿河航行的船上。水鬼如果是人类的使者，那他们一定背叛了人类，忠实于水了，他们不再上岸是为了保持河流的秘密。水鬼已经被水同化，如今他们一定潜伏在河流深处，高昂着绿色的不屈的头颅，为他们的祖国发出了最后的呐喊：岸上的人们哪，你们去征服月球，去征服太空吧，但是请记住，水是不可征服的！

飞 沙

安德烈·纪德的《人间食粮》用热烈、华丽、自我满足的词汇记录了他的北非之行。美丽的风景和美丽的少年都是这个法国人追逐的对象。棕榈树下的牧羊人、无人照料的阿拉伯花园、灰红色巨石上的蜂巢,以及绿洲中清凉的水井——对异国风情无所保留的赞美后面跳动着一颗赤子之心,苍白多病的纪德在北非的阳光下情欲满腔,爱意无限,遍体发散出金黄色的光芒。

然后他写到了沙漠。

"第二天,我的心里充满了对沙漠的爱。"第二天属于沙漠。穿白袍的阿拉伯美少年开始退场,沙漠出现了,纪德瞪大了眼睛,很明显是沙漠使他变得庄严而神圣起来,他惊呼道:"我的灵魂哪,你在沙漠上看见了什么?"

你在沙漠上看见了什么?

黄沙漫漫的沙漠。海浪般的流沙,不断移动的沙丘。爬上一座沙丘,想极目远眺地平线,看见的却是另一座沙丘。黄沙漫漫的沙漠。生命灭绝,只有风和热浪颤动。沙子在阴影下异常柔软,傍晚火烫,早晨则像冷灰。骑马穿过沙漠峡谷,马蹄立刻被沙子掩埋——这是纪德看见的沙漠,其实也是所有的沙漠旅行者对于沙漠的记忆,所有人的足迹都被沙子掩埋了。

可是对于沙漠的记忆在成长,那是旅行者们一生中唯一的金黄色记忆。

撒哈拉沙漠使我想起了塔克拉玛干沙漠。我想起了此生唯一的一次沙漠旅行。我们沿着新建的沙漠公路穿越塔克拉玛干沙漠,从北疆到南疆的和田去。漫漫黄沙。沙丘连着沙丘。热风热浪。无论我如何别出心裁,对沙漠的描述也难以区别纪德的描述,除了红柳和梭梭柴。我不知道那两种植物是否是塔克拉玛干沙漠特有的,但正是那两种生于沙长于沙的植物提醒我,沙漠里的生命并未灭绝,正如海洋中有鱼,沙漠中有草,这是公平的。如果说沙漠荒凉,我觉得这种荒凉还留着余地;如果说沙漠奇异,奇异的不是沙漠,是人们在沙漠中的旅行。

奇异的是这些穿越沙漠的旅行者,他们不是丝绸之路上的商队,不是牵着骆驼寻找绿洲的游牧部落,这些人来自远离沙漠的沿海地带,他们穿越沙漠,只是为了看一看沙漠。

你在沙漠上看见了什么?

沙漠商队早已经消失在地平线的尽头。那些在沙漠中跋涉的骆驼和商人都不见了。就像海市蜃楼在沙漠中稍纵即逝,沙漠商队也消失了。"有些商队向东方行走,去寻找檀香、珍珠、巴格达蜜糕、象牙和刺绣品。有些商队向南行走,去寻找玛瑙、麝香、金粉和鸵鸟羽毛。有的商队向西行走,黄昏时分上路,消失在炫目的夕阳中。"那些商队最终找到了他们的东西,所以他们从沙漠中消失了,一点也不顾沙漠对人的相思之苦。

沙漠对人的思念和牵挂是确凿无疑的。我想起在沙漠中的那些日子，风吹流沙，沙子都乘风而来，跑到公路上，在路面上组成一圈圈波浪形沙环，就是这些沙之花环，引导着汽车行驶的方向。风吹流沙，沙子拍打着车窗，轻柔的动作毫无敌意，如果不是一种欢迎的仪式，那又是什么呢？隔着车窗望沙漠，沙漠令人疲倦，旅行者们在一种黄色的反光中昏昏欲睡，然后司机例行的停车时间到了，旅行者们跳下车，很快发现包围他们的不是荒凉，是那些热情好客的充满善意的沙子。沙子匍匐在男人的旅游鞋和女人的高跟鞋上，那么柔软温情，充满爱意。你若洞悉沙子对人的相思之情，试着捧起一把沙子，便会感觉到沙子的热量与你的体温相仿，沙子之轻盈和幼小则让你感到意外，浩瀚的黄尘滚滚的沙漠，幼小的多情的沙子，它们互为因果，多么奇妙的组合！

在沙漠中手捧一把沙子，我想起多情的纪德对沙子的提问，他问道："沙子，你还记得什么生命吗？还记得你是什么样的爱情分解出来的吗？"

可让沙子如何回答这艰深的问题？沙子的苦恼在于它无法申辩，为生命，为爱情。沙子是什么样的爱情分解出来的？也许是海水和地壳青春期相爱的分泌物，也许不是，沙子不会记得这些陈年往事，沙子只记得自己的爱情。它们爱过每一个旅行者，可旅行者们一去不返，让沙子举证它的爱情，沙子束手无策，人证在遥远的地方见异思迁，而物证对沙漠是多么的不利。那些不知是何年何月留下的白骨证明的是死亡，不管是骆驼还是商贾牧人，他们如今保持着沉默，他们不能说明沙漠是用干旱燥热杀害了他们，还是用多情的怀抱收留了他们。沙漠很苦恼，于是它在夜晚发出哀伤的叹息。那天夜里我和旅伴们在沙漠腹地的油田指挥部投宿,清晰地听见窗外的流沙响彻夜空,流沙声使沙漠的夜晚显得湿润而哀伤,也让人难以入眠。我来到窗边,看见月光洗涤着远处近处的沙丘,沙丘静止不动,在我看来这种肃穆端庄的姿态难掩其重重心事。沙漠的心事是被遗弃者的心事,也是相思者的心事,而夜晚的流沙声是它对旅行者发出的叹息。

我该如何证明沙漠对旅行者的爱恋呢?

以我裤子口袋里的那把黄沙?我在和田的玉器铺里准备购买纪念品,在裤子口袋里意外地摸到了那把黄沙,是一大把黄沙。那时候我们告别塔克拉玛干沙漠足有两天了,那把黄沙却还一直躲在我的裤子口袋里,不肯离去!以我背包里的那把黄沙证明沙漠的这份感情?我是在回到南京的一个星期后发现那些沙子的,我要出门,找出那只背包,又发现了一把黄沙!我不知道这把黄沙是什么时候钻进我的背包的,这也许是世界上最为痴情的一把黄沙,它竟然跟着我千里迢迢地回了家!但是我不想用两把黄沙证明一份博大的爱意,我必须向每一个人陈述我在今年五月的一次遭遇——一个令人永生难忘的五月的下午,我看见南京的天空突然变得浑黄一片,狂风骤起,没有任何电话和信件的通知,漫天黄沙奔涌到我的窗前,沙沙地拍打我的窗子,那是一种狂喜的老友重逢的手势,是一种亢奋的梦想成真的欢呼。我看见了一次壮观的奇迹,是一片野马般奔腾的沙漠,凭借着几千年的相思之情来到城市,探望那些离开沙漠一去不回的旅行者。我的狂喜回应了这份旷世奇情,而且在黄沙飞旋的时候我听见了沙漠热情洋溢的声音:旅行者呀,我们来看望你们了!

五月的这个下午,气象学家是这么记载的:沙尘暴袭击本市。但许多去过沙漠的人做出了另外一种记录:沙漠探亲,下午五点到达本人窗前。是飞沙。从沙漠飞来的使团。只有沙漠的朋友能辨别出空气中沙漠的气味。

居住在蓝色海岸边的安德烈·纪德触摸过沙漠的灵魂,他说,沙粒也希望人赞美它。然后他心有灵犀地想起了《圣经》中的扫罗,他说,扫罗,你在沙漠里寻找母驴,没有找到,却得到了你无意寻求的王位。

沙漠中没有母驴,却藏着秘密的王位。旅行者怎么能理解如此玄妙的故事?也许应该去问问扫罗,遗憾的是扫罗也已经被历史的飞沙掩埋在沙漠深处了。

女 儿 红

　　她们三个人之所以给我留下如此深刻的记忆，只因为她们是另类——当然二十多年前大家不用这种词汇。在我生活的保守而世故的街道上，人们怀着暧昧的心情将她们称为骚女人（注意，此处的"骚"主要是指风骚，或者是风情万种的意思，男人们发这个音时有一种莫名其妙的喜悦，女人们则大多是咬牙切齿）。

　　是什么样的"骚"女人呢？她们容貌出众，这是不言而喻的。按照三个人的外表特征，暂且把她们分为古典派、西洋派和上海派。需要解释的是那个上海派，她是上海人，听说来自上海的某条弄堂，举手投足自有一种大都市美女特有的懒散，这种懒散在一个平庸的女人身上是令人讨厌的毛病，在她身上却构成了奇妙的风韵。上海派嫁了一个荷兰华侨，华侨丈夫在附近的水泥厂工作，她就只能出淤泥而不染，每天面对小城小街一惊一乍的世俗生活。这个女人上街买菜用的是一只蓝白相间的藤编挎包，里面经常没有任何蔬菜，只有水果。常有好事的邻居上前研究她的包，说：什么菜都没买呀？今天吃什么？上海派说：无所谓，蔬菜不新鲜，今天就不吃饭，吃水果！

谈及女人当然一定要谈她们的衣着打扮。二十世纪七十年代的美女们生不逢时，但我在此回忆的三个女人不甘心让自己的美丽沦落，她们处心积虑地打扮自己，在灰暗的沉闷的街道上她们是三块流动的风景。别人穿工装和军装的时候她们穿着高领毛衣和白色的喇叭裤；当高领和喇叭裤在所有年轻人中间流行起来时，她们穿出了旗袍和呢料的裙子；当别的女人清一色地短发齐耳时，她们的头发被烫成种种波浪的形状；当其他人开始热衷于烫发，女子理发店宾客盈门时，她们的头发变成了自然清新的"清汤挂面"。就是这样，这三个女人几乎是残酷地剥夺了其他小家碧玉在服饰发型上的想象力。她们很倨傲，她们很团结，她们偶尔地会在街头碰面，拍拍打打着，说些悄悄话，但她们不像美丽的孔雀，从来不在众人面前竞相开屏。这也因为三个人的生活际遇不同：上海派和西洋派已婚，而古典派比那两位年轻多了，当时正待字闺中。

西洋派的故事现在想起来就像一部法国电影，既浪漫、感伤而又不乏深度。西洋派顾名思义，能想象出她的容貌，她在我们街上土生土长，不知为什么看上去却像一个意大利美女。三个女人中她性格是最粗放的，嘴里经常冒出一些脏话，让崇拜她的少年们感到又兴奋又有点紧张。她的传奇在于她的爱情故事，在于她的身后一个瘦削的苍白的男人的脸。当夏日的午后西洋派穿着睡裙在她家门口百无聊赖地观望街景时，那双情感泛滥的眼睛使过路的异性产生一种幸福的错觉。但有个男人会在她身后幽暗的夹弄里出现，搔首弄姿的女人守望着街道，沉默寡言的男人守望着他的妻子，这是我一直无法忘怀的一种爱情画面。我们街上的人都知道，西洋派还是个少女时生活作风就有大问题——就是现在所说的问题少女。她经常被喊到派出所去，当时审问她的是一个年轻的户籍警，没想到年轻的户籍警坠入情网，从此一直追随着他的审问对象。你大概已经猜到了，这个年轻的户籍警就是西洋派的丈夫，就是那个男人。当然你要是从那个年代过来，就知道一个贪图美色的人必将受到他人的制约。据我们所知，西洋派的丈夫为了这场爱情遭人白眼，最终离开了令人羡慕的公安队伍，这男人脸色如此苍白，苍白得是有道理的。

　　最终还是要说到古典派，而她的故事是我最不愿提及的。我当年上学时天天走过古典派家的门口，常常看到她。若说这女孩是闭月羞花之貌一点也不过分，她怕羞，似乎一直在为自己的美丽而感到不知所措，因此走路的时候都低垂着头，说她古典其实就是指那种内敛的风情。何况她在家里还很孝顺，她的从前开肉店的父亲说女儿出去会朋友之前，总是先把晚饭做好了放在桌上。朋友是谁？是个退役将军的儿子。人们私下传说古典派和将军的儿子在搞"腐化"（这么评价男女关系是当时人们的习惯，并不带有很深的恶意）。"腐化"是有后果的，后果就是一些妇女互相咬耳朵说的事："肉店家的女儿有喜了！"这样的传说使年轻男性追逐古典派的目光越发地狂热，也越发地失落。但谁能想到这个怕羞的女孩在郊区的一片竹林里会向男友逼婚，并且打了他三个巴掌！后来有人说三个巴掌害了女儿家的卿卿性命，这是自作聪明的说法。将军之子，五大三粗的小伙子，应该可以承受一个女孩的巴掌，但他坚持认为女孩怀了孕他们也可以分手，是这观点让古典派气得疯狂，她要打他耳光，他就扼住她的脖子——这是古典派不幸的爱情，她在一个冬夜被男友扼死在郊区的竹林里，竹林不远处是她男友的工厂。消息灵通人士私下传说，那天夜里他们还做爱了（虽说是法医的鉴定，这鉴定仍然显得无耻）。

人的命运包括美丽的命运就这样南辕北辙，我在多年以后的一个下午写下这篇文章，纪念的是一些我自己都不能分辨的零落的记忆。我没有再见过那三个女人，但是我现在仍然记得二十多年前的一个下午，我去街上的杂货店买东西，看见古典派倚在柜台上和女营业员聊天。那大概是她活着的最后一个秋天，她把几张彩色照片拿给女营业员看，那是刚刚移居香港的上海派给她寄来的照片。我偷偷地瞟了一眼，看见照片上的上海派靠在一棵树上，仍然是那么懒散地微笑着，周围好像是一片花园，因为照片是当时罕见的彩色胶卷，格外地鲜艳夺目。我还记得古典派在柜台上的感叹，她说：香港，多好哇！你看她，看上去多漂亮啊！

女 裁 缝

  这个女裁缝有点奇怪，她是专业上门为别人做衣服的，主业是做传统的中式棉袄、棉袄罩衫，副业兼做老人的寿衣。我母亲曾经把她请到我家做衣服，做我父亲的中式驼绒棉袄，也做我外婆的寿衣。女裁缝当时六十多岁，头发已经斑白，梳一个油亮亮的一丝不苟的发髻，穿一种我们称为大襟衣裳的黑袄，胸襟上别着一朵白兰花。她每天早晨挎着一只篮子来工作，我父亲卸了一扇房门做她的工作台。她坐在那里一针一线地缝纫，戴一副老花眼镜，微微张开嘴，似乎配合穿针引线的节奏。我注意到她的门牙是空的，怪不得她说话时漏风，听上去特别响亮却又特别容易引起歧义。她不是那种饶舌的老妇人，尤其工作时候很少说话，但她喜欢哼一哼小曲什么的。这个女裁缝自恃手艺高超，对伙食的要求也很高，天天要求有肉吃，这样的要求倒是成全了我的口福，她在我们家干活的那几天，我也跟着吃了好几天的红烧肉。有一次我注意到她垫在篮子底部的一本发黄的画报，抽出来一看，竟然是一本二十世纪三十年代的电影画报，上面有许多陌生的矫揉造作的女明星。这本画报一看就是稀罕物，我向她索要，她把画报拿过来抖了几下，没有抖出什么有用的东西，便很大度地说：拿去好了。

虽然那个女裁缝给我留下了意外的礼物，我母亲对她却没有好感，因为最后结算工钱的时候，算出一个五角钱来，女裁缝坚决不肯放弃那五角钱，让人觉得她冷酷而不近人情。

女裁缝家在昆山，不知为什么会跑到我们那里去，在什么地方租了一间房子。她经常出现在我们那条街道上，有几次我上学时看见她像个孩子似的端坐在化工厂门口，让另一个老妇人为她梳头，梳那个毫无必要的一丝不苟的髻子。她的篮子就放在长凳下面，里面是一个针线盒、一把剪刀、一把尺子，估计那是她没有针线可做的空闲的日子。

第二年女裁缝租了我们一个邻居的房子，这样也就成了我们的邻居。每年寒暑假的时候，会有两个操昆山话的小孩来到那间出租屋里，也不跟街上的孩子玩，姐姐和弟弟关在屋里又打又闹。一个面目清癯文质彬彬的老人手拿一张报纸，看管着两个孩子，据说两个孩子是女裁缝的孙子孙女，老头是她的丈夫。女裁缝的生活因此引起我们广泛的兴趣，这把年纪的老人，老夫老妻天各一方的，是什么意思呢？有人这么去问女裁缝，女裁缝挥挥手说，烦死人了，我不要跟他们一起过，过两天我就把他们全赶走！

事实上我们不知道女裁缝对亲人们的厌倦是否真切，但假期一过，女裁缝的丈夫和孙子孙女便回了昆山，剩下这个女裁缝挎着篮子又开始在我们街上游荡。也许是因为年龄偏大老眼昏花的关系，不知从哪一年开始，也不知是哪个精明的主妇发现了，女裁缝的缝纫手艺严重退化，她做的棉袄袖子会一长一短，便有妇女在她身后议论说，做的什么活，以后再也不请她了！

后来好像是没有什么人请女裁缝去家里做活了，女裁缝的身体也大不如从前，有一次我看见她出门去老虎灶打开水，步履蹒跚，一副风烛残年的样子。而且她的脑门上还一左一右地贴着两张红纸膏药，她打量我们街道行人的表情充满厌恶感，殊不知她自己那副模样看上去也令我们厌恶。

那年春节前夕，昆山来了人，是一个戴眼镜的中年男人和一个女干部模样的中年女人，原来是女裁缝的儿子媳妇。他们绷着个脸，把病歪歪的女裁缝和一个大蓝印花包裹塞到了一辆黄鱼车上，然后女裁缝就离开了我们那条街道，向火车站方向去了。我们看见女裁缝整个脸包在一块围巾里，只露出一双眼睛，那双眼睛不知为什么充满了愤恨，那样的眼神不知是针对她的儿子媳妇还是针对我们这些围观者的，她甚至不向人们道声再见。

人去屋空，小孩子们好奇地闯进女裁缝租住的屋子一看，看见阴暗潮湿的屋里垃圾成堆，墙上的画像被烟气熏成了黄黑色，床底下则是满地的新近烧过的纸钱，眼尖的孩子在墙角处发现了一只紫铜香炉，发现了蜡烛台，还有两截市面上少见的红色蜡烛，你能猜到这个古怪的老妇人昨天干了什么，她在烧香，她在拜佛，她在大搞封建迷信呢！面对这样的"现场"孩子们群情激愤，都觉得这是一件非常严重的事情，批斗她是可以的，拿她游街也未尝不可，只可惜女裁缝走运，她逃之夭夭了。

关于这个女裁缝的身世，我一直觉得有什么故事可挖，这个老妇人最后的眼神令我浮想联翩。仇恨是神秘的。有一次我曾经向母亲问起过女裁缝的事情，我母亲说，她的嘴紧，从来不说自己家的事情。但是我母亲又肯定地说，他们工厂有个昆山人认识那个女裁缝,她以前是庵堂里的尼姑。

我至今不能相信,在循规蹈矩的二十世纪七十年代,在我所见过的特立独行的人中间,竟然有这么个苍老的女裁缝。说起来也怪,每当那个女裁缝的面容出现在记忆中,我总是想起二十年前暮色中的街道,有个挎篮子的老妇人在遍地夕照中独自回家,而且我总是毫无来由地想起毛主席诗词中的两句:苍山如海,残阳如血。

女人和声音

屈指数来,我在苏州完整的生活也只有十八年。我生长在一条市井气息浓郁的街道上,我们那条街上没有什么深宅大院,因此也不了解苏州的大家闺秀。小家碧玉是有一些的,但那种女孩子羞答答的,平时把闺房门一关,她整天在干些什么,只有天知道。所以如果让我来谈苏州的女人,我有信心描述的其实是一些市井女人,而且我一直固执地认为此地女人与彼地女人,造成她们之间主要差异的,其实只是语言和声音。也许对不起一些严格的读者了,我就从声音说起,说三个苏州女人的声音的故事。

第一个女人,她的声音与苏州著名的评弹艺术有关——

如果你走在街上遇见敏儿他妈,你不会猜到她是个说评弹的女艺人,但是如果有人告诉你,严某某,就是那个围白丝巾的女人,她以前是评弹团的演员,你会说,这就对了,她一定是说评弹的——怎么去分辨一个人是否是说评弹的呢?我也说不清楚,大致是:声音清脆,而且拖着一丝歌唱性韵脚,眼睛也会说话,更重要的是这些艺人会用眼睛微笑。

我印象中这个姓严的女人非常喜欢阳光,主要表现在她对晒被子、晒毛衣、晒萝卜干甚至晒拖鞋的极度热衷上。她如此珍惜阳光，而她丈夫却天天浪费阳光，他常常端着一只茶杯坐在家门口与别人下棋。敏儿他妈就拿着藤拍子从丈夫的身边穿过来绕过去的，她的婆婆也坐在门口，不是下棋，也不看棋，她漠然地看着媳妇忙碌，有时候整理一下盖在膝盖上的一块毯子。看上去老妇人觉得媳妇如此忙碌是天经地义的，她的眼神在说：我忙了一辈子啦，现在轮到你啦。媳妇也任劳任怨，我记得她在阳光下上下左右地用力拍打晾竿上的棉被，用她特有的歌唱般的声音对邻居们说：天气好得来，被子要晒晒！

说评弹的女人有两个儿子，一个在苏北农场插队，逢年过节才回来，长得像母亲，很英俊的，可是不知为什么看上去脸色苍白，神情总是郁郁寡欢的。小儿子就是敏儿，也是相貌堂堂，不过却是街上有名的问题青年，隔三岔五地惹是生非。别人家的父母找上门来，找家长大人说理，这时候敏儿他爸照例是退到一边，向屋里喊，你快出来，快出来呀！做妈的就应声掀开了门帘，端端正正地走出来面对来人——不是一般的出来，是像上台说书一样，微笑着仪态万方地走出来，就像艺人面对听众那样，面对动了肝火的邻居。开场白是相似的，女人先把自己的儿子数落一顿，然后评说这件事情的来龙去脉——有时仅仅是猜测或者分析，但让对方感到小辈的顽劣历历在目。当你开始点头称是，从前的女艺人话锋柔软地向左歪或者向右对齐了，她能说出一种令人信服的道理，意思是一只碗不响，两只碗才乒乒乓乓，更深的意思是孩子就是孩子，在外面打架斗气是正常的，做大人的不必大惊小怪的，吵来吵去倒伤了街坊邻居的和气。职业性的叙事手法使她的一字一句都心平气和，即使对方听着并不是真正的受用，却无法再计较，因此总是讪讪而去。由于她在处理此类事情上成绩卓著，街上的其他妇女也经常围过去听她是怎么打发上门算账的人，但是效果你也能预料，没有用，许多事情是没法取经送宝的；再说，也不是每一个女人都像敏儿他妈那样，说过评弹。

当时我们那里的评弹团好像是解散了的。姓严的女人不知道在哪里上班，我有时候看到她提一只布兜匆匆忙忙地从街上走过，沿途用她清亮的声音和一些人打招呼，心里便暗想，她在书场里说评弹时什么样子，搭档是谁？她会不会唱那个余红仙的"我失骄杨君失柳"？当然我无从知道关于她作为评弹艺人的任何细节。我知道许多吃艺术饭的人都要吊嗓子，她却不吊，那么好的嗓子全浪费在与女邻居谈论阳光和被子上了。这样的生活是不是有点可惜？我也不能去问她，她就那么在家门口晒这晒那，在街上走来走去。过了好几年，我们城市的评弹团恢复演出了，市中心的书场门口经常贴出演出海报，还有演员的名字，我路过那里时不免要留意严某某这个名字，但是节目换了一档又一档，我从来就没有找到敏儿他妈妈的名字。我问我母亲，不是说敏儿他妈妈说评弹有点名气吗，怎么不见她演出？我母亲也不知究竟，光是推测说敏儿他妈妈大概离开评弹团了。

评弹后来在我们那里是老调重弹，不光是书场里、广播喇叭里，甚至在一些茶馆里，都有有名或者无名的艺人在那里不紧不慢地说，嗯嗯呀呀地唱，姓严的女人却缺席，她一直留在自己家里。奇怪的是后来她不再忙于晒这晒那的了，我有一次看见她披一件黑色的呢子大衣，站在门口，指挥她丈夫收一匾萝卜干。她丈夫无法把竹匾顺利地搬进狭小的门洞,她婆婆在一边颤颤巍巍地帮忙,帮的是倒忙,萝卜干纷纷地掉在了地上。让我奇怪的是姓严的女人对此的反应,她一反常态,柳眉斜竖,用她依然清脆的嗓音说,笨杀哉,笨杀哉!我不来,你们搬点萝卜干都搬不来!

让姓严的女人生气的其实不是萝卜干,是她的病。我后来知道她不出来晒被子是因为得了病,乳腺癌。听说她的一只乳房被医生拿掉了。她的歌唱般的声音因此也被什么取走了。邻居们在街上拉住她儿子,就是那个叫敏儿的青年问,你妈妈的病怎么样了?敏儿头一拧,说,她生病,关你什么屁事?邻居们都吐舌头,说,严某某那么好的女人,怎么生了这么个儿子出来。

再后来姓严的女人就去世了。她的摄于二十世纪六十年代的照片作为遗像挂在白布上,着了色,很美很妩媚,嘴角眼里都是满满的笑意。我们那儿的殡葬是公开的,大家都去吊唁,看见死者的丈夫、婆婆还有她的不听话的儿子都在哭。怎么会不哭呢,这户人家的顶梁柱没有了。邻居们也哭,怎么不哭?以后不会有人用那么美妙的声音与你谈论家务事儿女事了。

坦率地说在她的灵床边我好奇多于悲伤,我心有旁骛,寻找着这个女人艺术生涯的实证。我在高高的雪白的山墙上发现一只琵琶,那只琵琶静静地挂在那儿,似乎已经挂了好多年了。在充斥着悲声哀诉的葬礼上,琵琶被所有人遗忘了,我想应该有人想到把它放在死者的身边,但是这样说明什么问题呢?我也说不清楚,我只是觉得这个女人的一半生活在我们街上,生活在琐碎的生活中,另一半却是逃逸的,逃到哪里去了呢?也许是在哪家书场的台子上,罩着一层灰尘,需要我想象的就是那另一半,包括她怀抱琵琶的样子,包括她的唱腔是哪个流派——我从来就没有听过她的评弹。我想让我去想象这件事有点荒诞,她既然是说评弹的,她既然就住在我们家的附近,我为什么从未听过她说评弹的声音呢?

这个疑团大概是不会有人来解答的,暂且让那个女人安息,我来描述第二个女人的声音——第二个女人的声音与评弹无关,但与广播喇叭有关。

这里所描述的女人,同样有着人们认为最甜美的声音。一点也不奇怪,她是我们家对面工厂的广播员,她的声音应该是甜美的,否则就不公平了,那家工厂有好多青年女工,大家都能说不卷舌的普通话,凭什么让她当广播员?她也一样不懂得如何卷舌,一样把"是"念成"四",把"阶级敌人"念成"阶级涤纶"。

早晨我经常被这个女广播员的声音从睡眠中说醒,我不用惊醒这个词,比较符合实际,一个动听绵软的声音是绝不会让人受到惊吓的。她在河对面的高音喇叭里说话,就像一只辛勤的蜜蜂在你的耳边嗡嗡地回旋,你慢慢地就醒了。我听见她在广播里说:文章说——这是在摘引报纸上的文章,如此的播音结构最正常不过,但当时年少无知,偏偏又爱较真,听到她说"文章说"就纳闷,心想这个女人是怎么回事,文章又不是人,文章没有嘴,怎么会说话呢?

我一直认为那个女广播员播音有误,完全是出于自身的错误和偏见。我母亲就在那家工厂工作,有时候我去那儿洗澡或者吃午餐,在厂区的路上偶尔会看见一个体态苗条梳两条辫子的年轻女子,穿的也是蓝色工装,但是不管是上衣还是裤子都明显修改过了,修改得非常合乎女人人体的曲线,而且她的身上没有粉尘和油污,手里拿着的不是劳动工具或者机器零件,而是一卷报纸或者一本杂志,这使她看上去有一种清水出芙蓉的自得表情。我知道她就是那个女播音员,就是那个"文章说"。"文章说"走在厂里,好多人,男的女的都踊跃与她打招呼,可见她是个受欢迎的人物,这也很正常。就我所知,不管是在工厂、农村还是学校,当时的广播员各方面都要"过得硬",群众关系不好,别人会凭什么让她坐在广播室里念稿子抓革命,让我们守着水泥窑汗流浃背地促生产?知识水平不高不行,否则你老是念错别字会歪曲了《人民日报》或者《红旗》杂志的精神!你的思想觉悟不高就更危险,万一你利用宣传阵地喊出一句反动口号,如何是好?所以我相信女广播员是个优秀分子,但对她的"文章说"我是持保留意见的,她就不能换一种说法吗?

有一年秋天,河对岸工厂的高音喇叭突然沉寂了几天,然后出现了一个陌生的姑娘的声音,那个姑娘说话结结巴巴,显示她是个播音战线的新兵。她用一种紧张的声音说:下面请听革命歌曲——等了半天,革命歌曲却始终响不起来,等得你心焦,她还没有把歌曲放出声音。于是那个紧张的声音更紧张了,亡羊补牢地说:今天的广播到此结束,同志们,再见。

新来的广播员让人丧气。凡事就怕比较,我猜在"文章说"从广播站突然消失的那些日子,在工厂的高音喇叭所辐射的区域内,一定有许多人像我一样,心中充满了疑问:"文章说"到哪里去了?"文章说"出什么事了吗?

我与河对岸的广播生物钟般的联系似乎是被强行中断了,不知不觉中我习惯并依赖了一个女人的声音,这结果我原先并不自知。

说我怀念那个女广播员的声音是词不达意的，但我讨厌新来的女广播员尖锐生硬的声音却是千真万确的。由此我也开始讨厌那个工厂的广播站，每天清晨《大海航行靠舵手》的前奏曲把我惊醒时，我总是在床上痛苦地捂紧耳朵，说，吵死人啦！

还是交代清楚那个女广播员的下落吧，这没什么关子可卖。那年元旦——或者春节？记不清了，反正是二十世纪七十年代初期的某个节日，母亲带我去一家剧场，去看文艺演出。文艺演出中样板戏总是重头戏，建材系统的文艺演出也是相同的模式，先是一个轰轰烈烈的大合唱，然后就是样板戏了，全本样板戏排练起来有困难，就来几个片段。《沙家浜》的智斗开始了，站在"春来茶馆"牌匾下的阿庆嫂是谁？我觉得那么面熟，猛地就听见我旁边的观众狂热而骄傲地报出了一个名字，说，我们厂的广播员哪！她演阿庆嫂！

果然就是那个消失了很久的女广播员。原来她到宣传队去了，这是更上一层楼的事。出于习惯我还是乐意当她的听众。我听她唱"这草包倒是一堵挡风的墙"就跟着哼了起来，我看她翘着食指指向胡传魁、刁德一，觉得这手势比洪雪飞的手势更加英姿勃发。这会儿她是阿庆嫂，我忘了她在广播里的不足之处，她不再说什么"文章说"，整个人就显得完美无缺。这还不算什么，《沙家浜》下面是《红灯记》，留长辫穿红袄的李铁梅粉墨登场了，我记得的是观众们的一片哗然，下面有人用惊叹句说：啊呀，又演小铁梅又演阿庆嫂哇！不得了！

依然是她，就是那个女广播员！那天坐在剧场的椅子上，我突然理解了她从广播站消失的必然性，她真不得了！二十世纪七十年代，人们还不懂得使用人才这个字眼，我也并不懂得如何去崇拜一个女人，但我从此对一个女人的才华铭记在心。这个"文章说"，她是一个广播员？她是阿庆嫂？她是李铁梅？她到底是谁？我想她就像一只万花筒，摇一摇，一定还能变出更多的花样。

现在请大家回忆一下《沙家浜》里刁德一对阿庆嫂的评价。刁德一很警惕又很佩服地说：这个女人不寻常——我听到这阴阳怪气的唱腔，就会想起那个女广播员，当然这说的是她的青年时代。后来呢？有人大概会追问。我其实不愿意描述女播音员的现状，现状的棱角显得那么尖锐，而且无趣，就像我们大多数人相仿的命运。阳光和辉煌有时候只在你的额角上亲吻一次，然后就无影无踪，就像我这里说的那女广播员。

她的现状不像我的文章一味追求完整——后来她结婚了，丈夫是宣传队里的另一个文艺骨干，他们结了婚却失去了同台演出的机会，不是他们不求上进，是宣传队解散了，大家都回到了工作岗位。女广播员不知怎么没有再进广播站，好像是在工会里做些难以总结的杂事。后来她有了个女儿，过了几年，又有个女儿，一晃多年，再后来她当了外婆。二十世纪九十年代的女广播员体形仍然苗条，但脸上的皱纹很多，给人饱经风霜的印象，这对一个女人的风韵来说并无多大益处。她上街买菜，抱着外孙去浴室洗澡，声音依然清脆甜美，但说的都是些家长里短，听着无聊。种种迹象表明我文章中的女广播员属于过去，而现在的她，生活越变越寻常了。从前的女广播员如今走在荒芜的濒临倒闭的工厂中，停产的厂区安静得出奇。但即使是那么安静，她也听不见年轻时候回荡在厂区的声音了，文章说——外面的报纸越来越多，文章越来越多，但文章说什么，与她有何相干？她管不了那么多，最近她要下岗了。

报纸上的文章说，竞争再上岗。不知这个女广播员现在跟谁竞争，也不知道她是否在考虑，去哪儿上岗对她最合适。

不说下岗上岗的事了，我这就说到了第三个女人——这个女人的生活也与声音相依为命，只不过她的声音用途更加粗鄙更加世俗一些。这个女人的声音并不动听，动听也没用，因为她的声音主要是用来叫卖蔬菜鱼鲜的。

她在街坊邻居的妇女堆中显得有点特别。特别处不在她的容貌，她的容貌很普通，甚至可以说有点粗俗；也不在她的衣着打扮，她的打扮也实在本分，大部分同龄妇女穿什么，她就穿什么。她的特别之处在于她的职业，在严禁城市人口从事私有经济的年代，她竟然以贩卖蔬菜为生，她是一个女贩子！

她是一个女贩子，这决定了她在孩子们眼中是一个形迹可疑鬼鬼祟祟的女人，投机倒把使她的眼神中有一种负罪感。但奇怪的是没有谁看见她在我们的视线里贩卖任何蔬菜。人们说她到很远的地方去收蔬菜，然后到很远的农贸市场将那些蔬菜卖掉。这些贩卖的细节都在人们的猜度中，却得不到亲眼所见的证实，这是女贩子最特别之处，也是一些邻居议论纷纷的焦点。有与她熟络的人说，人家怕羞，人家爱面子，她不愿意在街坊邻居面前丢那个人。

她丈夫是个工人，那个说话口吃性格木讷的男人把她从郊县农村娶进门，一口气与她生下三个孩子，却始终没能为妻子寻找到一个正当的工作。一个人的工资养家糊口很难，那个女人虽出身于农家，却并不愿意过什么艰苦朴素的生活，别人家有手表她也想有，别人家有缝纫机她也想有。街上别的妇女认为这是要强，要强就要行动，这女人有一天就行动了，干的是贩卖蔬菜的勾当。

女贩子行踪不定，有时候一连好多天看不见她的人影，这往往是她购销两旺的黄金季节。她早出晚归，除了她的家人，别人是看不见她的，即使看见她也没什么用。一般情况下她空着手在街上走（不知她是把蔬菜筐存在什么地方的），看她风尘仆仆的样子，与刚刚从纺织厂下班回家的女工没什么两样，但有时候她一连几天闲在家里，手里拿着针线，坐在门口与女邻居们东家长西家短地拉家常。作为一个市井妇女，她当然也有市井妇女特有的爱好，喜欢看热闹，谁家夫妻吵架父子斗殴她都要站在前面观看，只是不怎么发言，显然怕让别人倒拔葱，带出她的一把泥来。但看她的表情是很丰富的，同情或者谴责谁，站在谁的一边，脸上是一目了然。后来我们知道这种时候往往是打击投机倒把活动最热烈的当口，她按兵不动，在自家门口看看别人家的闲事，是非常明智的。

她是文盲，不识字，但是算账很快，左右邻居卖废品的时候，都要拉着她算一遍，这样才能确保不吃亏。这样的算术才能无疑得益于她的小贩生涯。她人缘很好，除了自己的丈夫和孩子（她经常痛骂他们的蠢笨和顽劣），从不得罪人，所以这个从事不法行当的妇女，得到了来自邻居的应有的尊重和理解。有一次街上的孩子们听见女贩子家传来了嘈杂的声音，这使他们很兴奋，都拥到她家门口，看看这户人家有什么事情，但女贩子的两个儿子一个女儿像铁将军一样挡在家门口，只让大人们进去，不让孩子进去，嘴里还不干不净的。他们好像明白母亲刚刚遭受的屈辱，她在市场上遭到了执法人员的粗暴对待，秤被折断了，蔬菜筐子被踩烂了，而且他们的母亲还被人打了。女贩子在屋里哭泣，她的子女就善解人意地放大人进去，让那些能言善劝的妇女去安慰他们的母亲，然而他们发现母亲的悲伤内容复杂，不是那么容易化解的。她在里面突然大叫一声，我命苦哇！这种凄厉的呐喊使孩子们摸不着头脑，也只有大人才得其中之味。但是女贩子的女儿虽然只有十四五岁，她一定懂得母亲做贩子的艰辛，所以她站在两个弟弟的后面，一边替他们挡着门，一边呜呜地回应着母亲哭泣起来。

这就说到了女贩子的几个孩子。女儿没什么可说的，人有点笨，却善良，以后嫁了一个老实巴交的小伙子。小伙子家境贫困，结果连新房里的家具都是女贩子打好了陪嫁过去，那姑娘嫁妆之丰厚让邻居们很是吃惊，他们都说没想到，没想到女贩子这几年贩蔬菜，贩出了个如此殷实的家底。没想到的事情尽出在女贩子家中，女贩子的大儿子长到血气方刚的年龄，正准备去下乡插队，有一天突然犯了心脏病，不明不白地就死在了床上。女贩子大病一场，过了一阵恢复过来了，对要好的邻居说，我这样躺下去不是件事情，大的没了，还有小的呢。我还要出去做。邻居知道她是什么意思，"出去做"就是指贩卖蔬菜。可怜天下父母心，女贩子为了小儿子，戴着大儿子的丧带，又出去"做"了。

小儿子长得英俊，讨人喜欢，就是不听话，典型的不爱学习爱打架的中学生，总是有别的孩子家长吵到门上来，说自家孩子被他欺负了。女贩子不在家，这事由她丈夫处理，那男人就朝自己儿子扇耳光。扇了好多年，突然有一天，做父亲的手被儿子牢牢抓住，做父亲的胸口挨了儿子重重的一拳，儿子说，×你妈，你还打我呀，小心我灭了你。

那就是女贩子唯一的儿子了。人们都预见了这个男孩的不妙的未来，只有女贩子盲目地为儿子构造着幸福的蓝图，后来这蓝图就被儿子亲手撕成两半。儿子终于在外面闯了大祸，他用西瓜刀把一个卖瓜人的肠子捅出来，警察当场就把他铐走。女贩子闻讯赶去要人，别人就指给她看西瓜摊前的血迹，女贩子不看血迹，一味地要儿子，警察当然不理她。那没脑子的儿子，最后送进了外地的一个劳动教养所。

邻居们记得女贩子又是一场大病。那一阵子她卧床不起。连她丈夫都怀疑她是否能挨过又一次打击，但是我已经介绍过了，这是个特别的女人，她的特别之处不仅在于职业，也在于她的坚强和信念。女贩子在探望过儿子以后，很快恢复了生活的信心。她向邻居们抱怨有些人执法不公，谁家的孩子打架打出人命都没进去，靠的都是关系。她没有关系，只能让孩子去吃苦。邻居们似乎都不忍心质疑她无私的母爱，就问她以后准备怎么办。女贩子抹去眼泪，嘴角浮现出坚忍的积极向上的微笑，说：我能怎么办？我就有两只手，出去做呀，赚点钱，等他出来了，要结婚要成家，还得靠我的两只手哇！

女贩子奇迹般地继续她的小贩生涯，随着改革开放的时代潮流，她也扩大了贩卖业务。后来听邻居们说，她不仅贩卖蔬菜，也贩卖鱼虾，在秋季她还来往于阳澄湖甚至洪泽湖，倒卖当红的大螃蟹。还有的邻居，亲眼看见她在百货公司购买金戒指和金项链，她一转身就否认，还骗人说，买不起，是看看解眼馋的。

她儿子后来从劳教所出来了，几年不见的不良少年，长成一个高大而英俊的青年。女贩子积存多年的母爱终于迎来了它的主人，这幸运的儿子用母亲的钱开了一家烟杂店，经过一番专政和教育的洗礼，他对打架斗殴失去了兴趣，对挣钱和享受则有了强烈的追求，无论如何算是走了一条较为安全的道路。因为外形出众，这儿子很快找到了女朋友，他不反对女朋友结婚的要求，而且非常诚实地告诉她，他母亲手里有五十万，都是他的。女贩子的儿子，一个幸运的儿子，让我们听听他是怎么安排女贩子的五十万家产的：

结婚用二十万够了吧，剩下三十万先存到我的长城卡上，慢慢花呗。什么？她不给？她敢！不给我就捅死这老×养的！

露天电影

直到现在我的记忆中还经常出现打谷场上的那块银幕。一块白色的四周镶着紫红色边的银幕，用两根竹竿草草地固定着，灯光已经提前打在上面，使乡村寂寞漆黑的夜生活中出现了一个明亮欢快的窗口。如果你当时还匆匆行进在通往打谷场的田间小路上，如果你从城里赶过来，如果新闻简报已经开始，赶夜路的人的脚步会变得焦灼而恐慌。打谷场上发亮的银幕对于他们好像是天堂的一扇窗，它打开了，一个原先是空虚的无所事事的夜晚便被彻底地充实了。

农用拖拉机、打谷机和一堆堆草垛被人湮没了。附近乡村的农民大多坐在前排，他们从家里搬来了长凳和小板凳，这样的夜晚他们很难得地成了特权阶层。更多的是一些像我们这样来历不明的孩子和青年人，他们在人群里站着，或者在一片骂声中挤到前排，在一个本来就拥挤的空间里席地而坐，对来自身边的推搡和埋怨置之不理。银幕的反面也有人坐着，那些人显得孤傲一些，为了不与他人拥挤和争吵，情愿欣赏一部"左撇子"电影。电影开始了，打谷场上的嘈杂声渐渐地消失，人们熟悉的李向阳挎着盒子枪来了，梳直发的让年轻姑娘群起效仿的女游击队党代表柯湘来了，油头粉面的叛徒王连举来了，阴险狡诈的日本鬼子松井大队长也来了，孩子们在他们出场之前就报道了他们的消息，大人让他们的孩子闭嘴，实际上这是一次人群与电影人物老友重逢的欢聚。打谷场上的人们凭借经验等待着那些朋友的到访，不管是英雄还是坏人，他们一视同仁，热情地报出你的名字。如果正是冬季，西北风会搞些恶作剧，那些出现在电影里的人，男的，女的，他们的嘴脸都随风歪斜着，不仅是坏人，好人或者英雄也被讨厌的大风吹歪了嘴脸。我记得在一个大风之夜，美丽的女英雄柯湘始终歪着嘴巴高唱着《乱云飞》。

打谷场上的欢乐随着银幕上出现一个"完"字而收场，然后是一片混乱。有的妇女这时候突然发现自己的孩子不见了，于是尖声叫喊着孩子的名字，也有血气方刚的小伙子突然扭打在一起，引得众人纷纷躲避，一问原因，说是在刚才看电影时结了怨，谁的脑袋挡着谁的眼睛，谁也不肯让一让，这会儿是秋后算账了。我那会儿年龄还小，跟着邻居家的大孩子来到一个个陌生的打谷场，等到电影散场时却总是找不到他们的人影了，因此关于露天电影的记忆也少不了那些令人恐惧的夜路。

我记得那些独自回家的夜晚，随着人流向田间小路走，渐渐地同行的人都折向了其他的村庄，只有我一个人走在漆黑的环城公路上。乡间的空气与工厂区完全是两种气息，干草的清香和农家肥的气味混杂在一起，扑进你的鼻孔。露天电影已经离你远去，这时候你才意识到回家的路是那么漫长，不安分的孩子开始为一部看过多次的电影付出代价了。代价是五里甚至十里夜路。没有灯光，只有萤火虫在田野深处盲目地飞行着，留下一些无用的光线。有几次我独自经过了郊外最大的坟地，亲眼看到了人们所说的鬼火（现在才知道是骨殖中的磷元素在搞鬼），而坟地特有的杂树乱草加深了我的恐惧。我摆脱恐惧的方法就是不向恐惧的事物张望，我向公路的另一边侧着脸，侧着脸狂奔，听见风呼呼地划过我的脸颊；所见坟地向身后渐渐地退去。当城郊接合部稠密的房屋像山岭一样出现在我的视线里时，我觉得那些有灯光的窗口就像打谷场上的银幕，成为我新的依靠。我急切地奔向我家的窗口，就像两个小时以前奔向打谷场的那块银幕一样。

童年的一些事

我们家以前住在一座化工厂的对面,化工厂的大门与我家的门几乎可以说是面面相觑的。我很小的时候因为没事可做,也不知道可以做什么,常常就站在家门口,看化工厂的工人上班,还看他们下班。

化工厂工人的工作服很奇怪,是用黑色的绸质布料做的,袖口和裤脚都被收了起来,裤子有点像习武人喜欢穿的灯笼裤,衣服也有点像灯笼——服?化工厂的男男女女一进厂门就都换上那种衣服,有风的时候,看他们在厂区内走动,衣服裤子全都鼓了起来,确实有点像灯笼。我至今也不知道为化工厂设计工作服的人是怎么想的,这样的工作服与当时流行的蓝色工装格格不入,也使穿那种工作服的人看上去与别的工人阶级格格不入。许多年以后当我看见一些时髦的女性穿着宽松的黑色绸质衣裤,总是觉得她们这么穿并不时髦,像化工厂的工人。

有一个女人,是化工厂托儿所的阿姨,我还记得她的脸。那个女人每天推着一辆童车来上班,童车里坐着她自己的孩子,是个女孩,起码有七八岁了,女孩总是坐在车内向各个方向咧着嘴笑,我很奇怪她那么大了为什么还坐在童车里。有一次那母亲把童车放在传达室外面,与传达室的老头聊天,我冲过去看那个小女孩,发现女孩原来是站不起来的,她的脖子也不能随意地昂起来。我模模糊糊地知道女孩的骨头有问题,大概是软骨病什么的,我还记得她的嘴边有一摊口水,是不知不觉中流出来的。

有一个男的,是化工厂的一个单身汉,我之所以肯定他是单身汉,是因为我早晨经常看见他嘴里嚼着大饼油条,手里还拿着一只青团子之类的东西,很悠闲地从大街上拐进工厂的大门。那个男人大概二十七八岁的样子,脸色很红润,我总认为那种红润与他每天的早点有直接的关系,而我每天都照例吃的是一碗泡饭,加上几块萝卜干,所以我一直羡慕那个家伙。早饭,能那么吃,吃那么多,那么好!这个吃青团子的男人一直受到我的注意,只是关心他今天吃了什么。有一次我在上学的路上看见他坐在点心店里,当然又是在吃,我实在想知道他在吃什么,忍不住走进去,朝他的碗里瞄了一眼,我看见了浮在碗里的两只汤圆,还有清汤里的一星油花。我可以肯定他是在吃肉汤圆,而且买了四只——我知道四只汤圆一毛四分钱,一般来说,不是两只就是四只、六只,买单数会多花一分钱,那是不合算的。我还记得我走出点心店以后的想法,我想,这家伙每天还吃四只汤圆,他怎么这样舍得吃,他的工资到底有多少?我想这种幸福只有一个解释,那就是他是单身汉,单身汉的钱全部可以用来买各种早点吃,想吃什么就吃什么!

我还依稀记得化工厂制造的产品是苯酐,苯酐好像又是用来做樟脑丸的,这一点不要介绍也能猜出来,因为我小时候每天都闻着一种类似樟脑的气味。它在我的印象中是从化工厂的大烟囱里喷出来的,这种气味不仅钻进你的鼻孔,还附着于我家或邻居晾晒在外面的衣服上。有时候我们觉得街道上的空气没有什么异样,但来自别的街区的人走过我们那条街道时会捂着鼻子说:哎呀,什么味?难闻死了!这种人往往使我很反感。

我喜欢闻空气中那种樟脑丸的气味,我才不管什么污染和污染对人体的危害呢——当然这话是现在说着玩的,当时我根本不懂得什么叫空气污染,不仅是我,大人们也不懂;即使懂也不会改变什么,你不可能为了一点气味动工厂一根汗毛。大人们有时候骂化工厂讨厌,我猜那只是因为他们有人不喜欢闻樟脑味罢了。

我家隔壁的房子是化工厂的宿舍,住着两户人家。其实他们两家的门才是正对着化工厂大门的。其中一家人有两个儿子一个女儿,两个儿子被他们严厉的父亲管教着,从来不出来玩,他们不出来玩我就到他们家去玩。一个儿子其实已是小伙子,很胖,像他母亲,另一个在我哥哥的班级里,很瘦,都是很文静的样子。我不请自到地跑到他们家,他们也不撵我,但也不理我。我看见那个胖的大的在写什么,我问他在写什么,他告诉我,他在写西班牙语。

这是真的,大概是一九七三年或者一九七四年,我有个邻居在学习西班牙语!我至今不知道那个小青工学习西班牙语是想干什么。

隔壁的房子从一开始就像是那两家人临时的住所,到我上中学的时候那两家人都搬走了。临河的房子腾出来做了化工厂的输油站,一根大油管从化工厂里一直架到我家的隔壁,准备把油船里的油直接接驳到工厂里。

·

　　来了一群农民工，他们是来修筑那个小型输油码头的。农民工们来自宜兴，其中有一个农民工很喜欢跟我家人聊天，还从隔壁的石阶上跳到我家来喝水。有一天他又来了，结果不小心把杯子掉在地上，杯子碎了，那个农民工很窘，他说的一句话让我始终觉得很有意思，他说：这玻璃杯就是不结实。

　　输油码头修好以后，我们家后门的河面上就经常停泊着一些油船，负责输油的两个工人我以前都是见过的，当然都穿着那种奇怪的黑色工作服，静静地坐在一张长椅子上看着压力表什么的。那个男的是个秃顶，面目和善，女的我就更熟悉了，因为是我的一个小学同学的母亲，我经常看见他们两个人坐在那里看油泵，两个人看上去关系很和睦，与两个不得不合坐的小学男生小学女生的关系是完全不同的。我不大关心他们，天黑以后我照例跑到后门对着河道撒尿，我不看他们，我相信他们也不看我。

　　那年夏天那个看油泵的女工，也就是我同学的母亲服了好多安眠药自杀了，听到这个消息我非常震惊。因为她一直是坐在我家隔壁看油泵的。我对于那个女工的自杀有许多猜测，许多稀奇古怪的猜测，但因为是猜测，就不在这里絮叨了。

　　回忆应该是真实而准确的，其他的都应该出现在小说里。

初入学堂

我第一次去学校不是去上学,是去玩或者是因为家中无人照看已经记不清了,那一年我大约五岁,我跟着大姐到她的学校去。依稀记得坐落在僻静小街上的一排泥砖校舍,一个老校工站在操场上摇动手里的铁铃铛,大姐拉着我的手走进教室。请设想一个学龄前的小孩坐在一群五年级女生中间,怯生生地注视着黑板和黑板前的教师。那个女教师的发式和服饰与我母亲并无二致,但清脆响亮的普通话发音使她的形象变得庄严而神圣起来,那个瞬间我崇敬她胜过我的母亲。

是一个阳光明媚的早晨,我滥竽充数地坐在大姐的教室里,并没有人留意我的存在。

我的手里或许握着一支用标语纸折成的纸箭,一九六七年的阳光透过玻璃窗洒在我的身上,我对阳光空气中血腥和罪孽的成分浑然不知,我记得琅琅的读书声在四周响起来,一遍又一遍地响起来,无论怎样那是我第一次感受了教育优美的秩序和韵律。

童稚之忆是否总有一圈虚假的美好的光环,扳指一算,当时正值"文革"最混乱的年月,大姐的学校或许并非那么温暖美好的。

我七岁入学，入学前父母带着我去照相馆拍了张全身相，照片上我身穿黄布仿制的军装，手执一本"红宝书"放在胸前，咧着嘴快乐地笑着，这张照片后来成为我人生最初阶段的留念。

我自己的小学从前是座耶稣堂，校门朝向大街，从不高的围墙上方望进去，可以看见礼拜堂的青砖建筑，礼拜堂早就被改成学校的小会堂了。一棵本地罕见的老棕榈树长在校门里侧。从一九六九年秋季开始，棕榈树下的这所小学成为我的第一所学校。

我记得初入学堂在空地上排队的情景，一年级的教室在从前传教士居住的小楼里，楼前一排漆成蓝色的木栅栏，木栅栏前竖着一块红色的铁质标语牌，"好好学习，天天向上"，标语的内容耳熟能详。学校里总是有什么东西给你带来惊喜，比如楼前的紫荆正开满了星状花朵，它的圆叶摊在手心能击打出异常清脆的响声；比如围墙下的滑梯和木马，虽然木质已近乎腐朽，但它们仍然是孩子们难得享用的大玩具，天真好动的孩子都拥上去，剩下一些循规蹈矩的乖孩子站着观望。

入学第一天是慌张而亢奋的一天，但我也有了我的不快，因为排座位的时候，老师把我和一个姓王的女孩排在一张课桌上，而且是第一排。我讨厌坐在第一排，第一排给人以某种弱小可怜的感觉；我更讨厌与那个女孩同桌，因为她邋遢而呆板，别的女孩都穿着花裙子，打扮得漂漂亮亮，唯独她穿着打了补丁的蓝裤子，而且她的脸上布满鼻涕的痕迹。我的同桌始终用一种受惊的目光朝我窥望，我看见她把毛主席的"红宝书"放在一只铝碗里，铝碗有柄，她就一直把铝碗端来端去的，显得有点可笑，但这样携带"红宝书"肯定是她家长的吩咐。

所以入学第一天我侧着脸和身子坐在课堂里，心中一直为我的不如意的座位愤愤不平。

启蒙老师姓陈，当时大约五十岁的样子，关于她的历史现在已无从查访，只记得她是湖南人，丈夫死了，多年来她与女儿相依为命住在学校的唯一一间宿舍里，其实也就是一年级教室的楼上。现在我仍然清晰地记得陈老师的齐耳短发已经斑白，颧骨略高，眼睛细长但明亮如灯，记得她常年穿着灰色的上衣和黑布鞋子，气质洁净而优雅，当她站在初入学堂的孩子们面前，他们或许会以她作为参照形成此后一生的某个标准：一个女教师就应该有这种明亮的眼神和善良的微笑，应该有这种动听而不失力度的女中音，她的教鞭应该笔直地放在课本上，而不是常常提起来敲击孩子们头顶。

一加一等于二。

b、p、m、f。

a、o、e、i。

这才是我一生中最美好的天籁，我记得是陈老师教会了我加减法运算和汉语拼音。一年级的时候我学会了多少汉字？二百个？三百个？记不清了，但我记得我就是用那些字给陈老师写了一张小字报。那是荒唐年代里席卷学校的潮流，广播里每天都在号召人们向××路线开火，于是我和另外一个同学就向陈老师开火了，我们歪歪斜斜地写字指出陈老师上课敲过桌子，我们认为那就是广播里天天批判的"师道尊严"。

我想陈老师肯定看见了贴在一年级墙上的小字报，她会做何反应？我记得她在课堂一如既往地微笑着，下课时她走过我身边，只是伸出手在我脑袋上轻轻抚摸了一下。那么轻轻的一次抚摸，是一九六九年的一篇凄凉的教育诗。我以这种荒唐的方式投桃报李，虽然是幼稚和时尚之错，但事隔二十多年想起这件事仍然有一种心痛的感觉。

上二年级的时候陈老师和女儿离开了学校。走的时候她患了青光眼，几乎失去了视力，都说那是长期在灯下熬夜的结果。记得是一个秋天的黄昏，我在街上走，看见一辆三轮车慢慢地驶过来，车上坐着陈老师母女，母女俩其实是挤在两只旧皮箱和书堆中间。看来她们真的要回湖南老家了，我下意识地大叫了一声陈老师，然后就躲在别人家的门洞里了。我记得陈老师喊着我的名字朝我挥手，我听见她对我喊：天快黑了，快回家去吧。我突然想起她患了眼疾看不清是我，怎么知道是我在街上叫喊？继而想到陈老师是根据声音分辨她的四十多个学生的，不管在哪里，不管什么时候，老师们往往能准确无误地喊出每一个学生的名字。

我以后再也没有见过陈老师，假如她还健在，现在已是古稀之年了。或许每个人都难以忘记他的启蒙老师，而在我看来，陈老师已经成为混乱年代里一盏美好的路灯，她在一个孩子混沌的心灵里投下了多少美好的光辉，陪他走上漫长多变的人生旅途。时光之箭射落岁月的枯枝败叶，有些事物却一年年呈现新绿的色泽，正如我对启蒙教师陈老师的回忆。我女儿眼看也要背起书包去上学了，每次带着她走过那所耶稣堂改建的学校时，我就告诉女儿，那是爸爸小时候上学的地方，而我的耳边依稀响起二十多年前陈老师的声音：天快黑了，快回家去吧。

天快黑了，快回家去吧。

九岁的病榻

我最初的生病经验产生于一张年久失修的藤条躺椅上,那是一个九岁男孩的病榻。

那年我九岁,我不知道为什么会得那种动不动就要小便的怪病,不知道小腿上为什么会长出无数红色疹块,也不知道白细胞和血小板减少的后果到底有多严重。那天父亲推着自行车,我坐在自行车后座上,母亲在后面默默扶着我,一家三口离开医院时天色已近黄昏,我觉得父母的心情也像天色一样晦暗。我知道我生病了,我似乎有理由向父母要点什么,于是在一家行将打烊的糖果铺里,父亲为我买了一只做成蜜橘形状的软糖,橘子做得很逼真,更逼真的是嵌在上方的两片绿叶,我记得那是我生病后得到的第一件礼物。

生病是好玩的,生了病可以吃到以前吃不到的食物,可以受到家人更多的注意和呵护,可以自豪地向邻居小伙伴宣布:我生病了,明天我不上学!但这只是最初的感觉,很快生病造成的痛苦因素挤走了所有稚气的幸福感觉。

生病后端到床前的并非美食。医生对我说,你这病忌盐,不能吃盐,千万别偷吃,有人偷吃盐结果就死了,你偷不偷吃?我说我不会偷吃,不吃盐有什么了不起的?起初也确实漠视了我对盐的需要。母亲从药店买回一种似盐非盐的东西放在我的菜里,有点咸味,但咸得古怪,还有一种酱油,也是红的,但红也红得古怪。我开始与这些特殊的食物打交道,没几天就对它们产生了恐惧之心,我想我假如不是生了不能吃盐的病该有多好,世界上怎么会有不能沾盐的怪病?有几次我拿了根筷子在盐罐周围徘徊犹豫,最终仍然未敢越轨,因为我记得医生的警告,我只能安慰自己,不想死就别偷吃盐。

生了病并非就是睡觉和自由。休学半年的建议是医生提出来的,我记得当时心花怒放的心情,唯恐父母对此提出异议,我父母都是信赖中医的人,他们同意让我休学,只是希望医生用中药来治愈我的病,他们当时认为西医是压病,中医才是治病。于是后来我便有了我的那段大啖草药汁炖破三只药锅的惨痛记忆,对于一个孩子的味蕾和胃口,那些草药无疑就像毒药。我捏着鼻子喝了几天,痛苦之中想出一个好办法,以上学为由逃避喝药,有一次在母亲倒药之前匆匆地提着书包蹿到门外,我想与其要喝药不如去上学,但我跑了没几步就被母亲喊住了。母亲端着药碗站在门边,她只是用一种严厉的目光望着我,我从中读到的是令人警醒的内容:你想死?你不想死就回来给我喝药。

于是我又回去了。一个九岁的孩子同样恐惧死亡。现在想来让我在九岁时候就开始怕死,命运之神似乎有点太残酷了,是对我的调侃还是救赎?我至今没有悟透。

九岁的病榻前的时光变得异常滞重冗长,南方的梅雨滴滴答答个不停,我的小便也像梅雨一样解个不停。我恨室外的雨,更恨自己的出了毛病的肾脏,我恨煤炉上那只飘着苦腥味的药锅,也恨身子底下咯吱咯吱乱响的藤条躺椅,生病的感觉就这样一天坏于一天。

有一天班上的几个同学相约一起来我家探病。我看见他们活蹦乱跳的模样,心里竟然是一种近似嫉妒的酸楚,我把他们晾在一边,跑进内室把门插上,我不是想哭,而是想把自己从自卑自怜的处境中解救出来,面对他们我突然尝受到了无以言传的痛苦。就在门后偷听外面同学说话的时候,我才真正意识到我是多么想念我的学校,我真正明白了生病是件很不好玩的事情。

病榻上辗转数月,我后来独自在家熬药喝药,凡事严守医嘱。邻居和亲戚们都说,这孩子乖,我父母便接着说,他已经半年没沾一粒盐了。我想他们都不明白我的想法,我的想法其实归纳起来只有两条,一是怕死,二是想返回学校和不生病的同学在一起,这是我的全部的精神支柱。

半年以后我病愈回到学校,我记得是一个秋高气爽的日子,我在操场上跳绳,不知疲倦地跳,变换着各种花样跳,直到周围站了许多同学,我才收起了绳子。我的目的已经达到,我只是想告诉大家,我的病已经好了,现在我又跟你们一模一样了。

我离开了九岁的病榻,从此自以为比别人更懂得健康的意义。

母　校

　　我从来不知道我童年时就读的小学的老师一直记着我。我的侄子现在就在那所小学读书，有一次回家乡时，我侄子对我说：我们老师知道你的，她说你是个作家，你是作家吗？我含糊其词，我侄子又说，我们×老师说，她教过你语文的，她教过你吗？我不停地点头称是，心中受到了某种莫名的震动。我想象那些目睹我童年成长的小学老师是如何谈论我的，想象那些老师现在的模样，突然意识到一个人会拥有许多不曾预料的牵挂你的人，他们牵挂着你，而你实际上已经把他们远远地抛到记忆的角落中了。

　　那所由耶稣堂改建的小学给我留下的印象是美好而生动的，但我从未想过再进去看一看，因为我害怕遇见教过我的老师。我外甥女小时候也在那所小学上学，有一次我去接她，走进校门口一眼看见了熟悉的礼堂，许多往事掠过眼前，脚步神奇地变得恍惚不定，我想继续往校园深处走，但走了没多远恰好看见校长从办公室出来，那个熟悉的身影竟然使我望而却步，大概在几秒钟的犹豫之后，我慌慌张张地退到了小学的大门外。

　　偶尔与朋友谈到此处，发现他们竟然也有类似的行为。我不知道这么做是不是好,我想大概许多人都有像我一样的想法吧,他们习惯于把某部分生活完整不变地封存在记忆中。

离开母校二十年以后,我收到了母校校庆七十周年的邀请函,母校竟然有这么长的历史,我以前并不知道,现在知道了,心里仍然生出了一些自豪的感觉。

但是开始我并不想回去,那段时间我正好琐事缠身。我父亲在电话里的一句话使我改变了主意,他说,他们只要半天时间,半天时间你也抽不出来吗?

后来我就去了,在驶往家乡的火车上我猜测着旅客们各自的旅行目的,我想那肯定都与每人的现实生活有密切关联,像我这样的旅行,一次为了童年为了记忆的旅行,大概是比较特殊的了。

一个秋阳高照的午后,我又回到了我的小学,孩子们吹奏着乐曲欢迎每一个参加庆典的客人。我刚走到教学楼的走廊上,一位曾教过我数学的女老师快步迎来,她大声叫我的名字,说,你记得我吗?我当然记得,事实上我一直记得每一位教过我的老师的名字,让我不安的是她这么快步向我迎来,而不是我以学生之礼叩见我的老师。后来我又遇见了当初特别疼爱我的一位老教师,她早已退休在家了,她说要是在大街上她肯定认不出我来了。她还说,你小时候特别文静,像个女孩子似的。我相信那是我留在她记忆中的一个印象,她对几千名学生的几千个印象中的一个印象,虽然这个印象使我有点窘迫,却让我为此感动。

就是那位白发苍苍的女老师紧紧地握着我的手,穿过走廊来到另一个教室,那里有更多的教过我的老师注视着我。或者说是我紧紧地握着女老师的手,在那个时刻我眼前浮现出二十多年前一次春游的情景,那位女老师也是这样握着我的手,把我领到卡车的司机室里,她对司机说,这孩子生病刚好,让他坐在你旁边。

一切都如此清晰。

我忘了说,我的母校两年前迁移了新址。现在的那所小学的教室和操场并无旧痕可寻,但我寻回了许多感情和记忆。事实上我记得的永远是属于我的小学,而那些尘封的记忆之页偶尔被翻动一下,抹去的只是灰尘,记忆仍然完好无损。

过去随谈

说到过去，回忆中首先浮现的还是苏州城北的那条百年老街。一条长长的灰石路面，炎夏七月似乎是淡淡的铁锈红色，冰天雪地的腊月里却呈现出一种青灰的色调。从街的南端走到北端大约要花费十分钟，街的南端有一座桥，以前是南方城池所特有的吊桥，后来就改建成水泥桥了。北端也是一座桥，连接了苏沪公路，街的中间则是我们所说的铁路洋桥。铁路桥凌空跨过狭窄的城北小街，每天有南来北往的火车呼啸而过。我们街上的房屋、店铺、学校和工厂就挤在这三座桥之间，街上的人也在这三座桥之间走来走去，把时光年复一年地走掉了。

现在我看见一个男孩背着书包滚着铁箍在街上走过，当他穿过铁路桥的桥洞时，恰恰有火车从头顶上轰隆隆地驶过，从铁轨的缝隙中落下火车头喷溅的水汽，而且有一只苹果核被人从车窗里扔到了他的脚下。那个男孩也许是我，也许是大我两岁的哥哥，也许是我的某个邻居家的男孩。但是不管怎么说，那是我童年生活的一个场景。

我从来不敢夸耀童年的幸福，事实上我的童年有点孤独，有点心事重重。我父母除了拥有四个孩子之外基本上一无所有。父亲在市里的一个机关上班，每天骑着一辆破旧的自行车来去匆匆；母亲在附近的水泥厂当工人，她年轻时曾经美丽的脸到了中年以后经常是浮肿着的，因为疲累过度，也因为身患多种疾病。多少年来父母亲靠八十多元钱的收入支撑一个六口之家，可以想象那样的生活多么艰辛。

我母亲现在已长眠于九泉之下，现在想起她拎着一只篮子去工厂上班的情景仍然历历在目。篮子里有饭盒和布纳鞋底，饭盒里有时装着家里吃剩的饭和蔬菜，有时却只有饭没有别的，而那些鞋底是预备给我们兄弟姐妹做棉鞋的。她心灵手巧却没有时间，必须利用工余休息时纳好所有的鞋底。

在漫长的童年时光里，我不记得童话、糖果、游戏和来自大人的过分的溺爱，我记得的是清苦，记得一盏十五瓦的暗淡的灯泡照耀着我们的家，潮湿的未浇水泥的砖地，简陋的散发着霉味的家具，四个孩子围坐在方桌前吃一锅白菜肉丝汤，两个姐姐把肉丝让给两个弟弟吃，但因为肉丝本来就很少，挑几筷子就没有了。

母亲有一次去酱油铺买盐掉了五元钱，整整一天她都在寻找那五元钱的下落。当她彻底绝望时我听见了她那伤心的哭声。我对母亲说：别哭了，等我长大了挣一百块钱给你。说这话的时候我大概只有七八岁，我显得早熟而机敏，它抚慰了母亲，但对于我们的生活却是无济于事的。

那时候最喜欢的事情是过年。过年可以放鞭炮、拿压岁钱、穿新衣服，可以吃花生、核桃、鱼、肉、鸡和许多平日吃不到的食物。我的父母和街上所有的居民一样，喜欢在春节前后让他们的孩子幸福和快乐几天。

当街上的鞭炮屑、糖纸和瓜子壳被最后打扫一空时,我们一年一度的快乐也随之飘散。上学、放学、作业、打玻璃弹子、拍烟壳——因为早熟或者不合群的性格,我很少参与街头孩子的这种游戏。我经常遭遇的是这种晦暗的难挨的黄昏,父母在家里高一声低一声地吵架,姐姐躲在门后啜泣,而我站在屋檐下望着长长的街道和匆匆而过的行人,心怀受伤后的怨恨:为什么左邻右舍都不吵架?为什么偏偏是我家常常吵个不休?

我从小生长的这条街道后来常常出现在我的小说作品中,当然已被虚构成"香椿树街"了。街上的人和事物常常被收录在我的笔下,只是因为童年的记忆非常遥远却又非常清晰,从头拾起令我有一种别梦依稀的感觉。

我初入学堂是在一九六九年秋季,仍然是动荡年代。街上的墙壁到处都是标语和口号,现在读给孩子们听都是荒诞而令人费解的了,但当时每个孩子都对此耳熟能详。我记得我生平第一次写下的完整句子都是从街上看来的,有一句特别抑扬顿挫:革命委员会好!那时候的孩子没有学龄前教育,也没有现在的广告和电视文化的熏陶,但满街的标语口号教会了他们写字认字,再愚笨的孩子也会写"万岁"和"打倒"这两个词组。

小学校是从前的耶稣堂改建的,原先牧师布道的大厅做了学校的礼堂,孩子们常常搬着凳椅排着队在这里开会,名目繁多的批判会或者开学典礼,与昔日此地的宗教仪式已经是南辕北辙了。这间饰有圆窗和彩色玻璃的礼堂以及后面的做了低年级教室的欧式小楼,是整条街上最漂亮的建筑了。

我的启蒙教师姓陈，是一个温和的白发染鬓的女教师，她的微笑和优雅的仪态适宜于做任何孩子的启蒙教师，可惜她年龄偏老，而且患了青光眼，到我上三年级时她就带着女儿回湖南老家了。后来我的学生生涯里有了许多老师，最崇敬的仍然是这位姓陈的女教师，或许因为启蒙对于孩子弥足珍贵，或许只是因为她有那个混乱年代罕见的温和善良的微笑。

读小学二年级的时候，因为一场重病使我休学在家，每天在病榻上喝一碗又一碗的中药，那是折磨人的寂寞时光。当一群小同学在老师的安排下登门慰问病号时，我躲在门后不肯出来，因为疾病和特殊化使我羞于面对他们。我不能去学校上学，我有一种莫名的自卑和失落感，于是我经常在梦中梦见我的学校、教室、操场和同学们。

说起我的那些同学们（包括小学和中学的同学），我们都是一条街上长大的孩子，彼此知道每人的家庭和故事，每人的光荣和耻辱。多少年后我们天各一方，偶尔在故乡街头邂逅，闲聊之中童年往事便轻盈地掠过记忆。我喜欢把他们的故事搬进小说，是一组南方少年的故事。我不知道他们是否会从中发现自己的影子，也许不会发现，因为我知道他们都已娶妻生子，终日为生活忙碌，他们是没有时间和兴趣去读这些故事的。

去年夏天回苏州家里小住，有一天在石桥上碰到中学时代的一个女教师，她看见我第一句话就是：你知道宋老师去世的消息吗？我很吃惊，宋老师是我高中的数学老师和班主任，我记得他的年纪不会超过四十五岁，是一位非常严谨而敬业的老师。女教师对我说：你知道吗他得了肝癌，都说他是累死的。我不记得我当时说了些什么,只记得那位女教师最后的一番话。她说:这么好的一位教师,你们都把他忘了,他在医院里天天盼着学生去看他,但没有一个学生去看他,他临死前说他很伤心。

在故乡的一座石桥上我受到了近年来最沉重的感情谴责,扪心自问,我确实快把宋老师忘了。这种遗忘似乎符合现代城市人的普遍心态,没有多少人会去想念从前的老师同窗和旧友故交了。人们有意无意之间割断与过去的联系,致力于想象设计自己的未来。对于我来说,过去的人和物事只是我的小说的一部分了。我为此感到怅然,而且我开始怀疑过去是否可以轻易地割断,譬如那个夏日午后,那个女教师在石桥上问我,你知道宋老师去世的消息吗?

说到过去,我总想起在苏州城北度过的童年时光。我还想起十二年前的一天,当我远离苏州去北京求学的途中那份轻松而空旷的心情。我看见车窗外的陌生村庄上空飘荡着一只纸风筝,看见田野和树林里无序而飞的鸟群,风筝或飞鸟,那是人们的过去以及未来的影子。

六十年代，一张标签

生于二十世纪六十年代，对我来说没什么可抱憾，也没什么值得庆幸的，严格地来说这是我父母的选择。假如我早出生十年，我会和我姐姐一样上山下乡，在一个本来与己毫不相干的农村度过青春年华；假如我晚生十年，我会对毛主席语录、"批林批孔"、反击右倾翻案风这些名词茫然不解，但又有什么关系？所有的历史都可以从历史书本中去学习，个人在历史中常常是没有注解的，能够为自己做注解的常常是你本人，不管你是哪一个年代出生的人。历史总是能恰如其分地湮没个人的人生经历，当然包括你的出生年月。

生于二十世纪六十年代，意味着我逃脱了许多政治运动的劫难，对劫难又有一些模糊而奇异的记忆。那时还是孩子，孩子对外部世界是从来不做道德评判的，他们对暴力的兴趣一半出于当时教育的引导，一半是出于天性。我记得上小学时听说中学里的大哥哥大姐姐让一个女教师爬到由桌子椅子堆成的"山"上，然后他们从底下抽掉桌子，女教师就从"山"顶滚落在地上。我没有亲眼见到那残酷的一幕，但是我认识那个女教师，后来我上中学时经常看见她，我要说的是这张脸我一直不能忘怀，因为脸上的一些黑紫色的沉积的疤瘢经过这么多年仍然留在了她的脸上。我要说我的那些大哥哥大姐姐中间许多人是有作恶的记录的，可以从诸多方面为他们的恶行开脱，但记录就是记录，它已经不能抹去。我作为一个旁观的孩子，没有人可以给我定罪，包括我自己，这是我作为一个一九六三年出生的人比他们轻松比他们坦荡的原因之一，也是我比那些对"文革"一无所知的七十年代人复杂一些世故一些的原因之一。

中国社会曾经是一个很特殊的社会，现在依然特殊，我这个年龄的人在古代已经可以抱孙子了，但目前仍然被习惯性地称为青年，这样的青年看见真正的青年健康而充满生气地在社会各界闯荡，有时觉得自己像一个假冒伪劣产品，这样的青年看到经历过时代风雨的人在报纸电视谈论革命谈论运动，他们会对身边的年轻人说，这些事情你不知道吧？我可是都知道。但是他们其实是局外人，他们最多只是目击者和旁观者。二十世纪六十年代出生的这些人，在当今中国社会处于承前启后的一代，但是他们恰恰是边缘化的一代人。这些人中有的在愤世嫉俗中随波逐流，有的提前迈入中老年心态，前者在七十年代人群中成为脸色最灰暗者，后者在处长科长的职位上成为新鲜血液，孤独地兀自流淌着，这些人从来不考虑生于六十年代背后隐藏了什么潜台词。这些人现在是上有老下有小的一代，同样艰难的生活正在悄悄地磨蚀他们出生年月上的特别标志。这一代人早已经学会向现实生活致敬，别的，随他去吧。

一代人当然可以成为一本书，但是装订书的不是年月日，是一个一个一个一个的人，写文章的人总是这样归纳那样概括，为赋新词强说愁，但是我其实情愿制造一个谬论：群体在精神上其实是不存在的。就像那些在某个时间某个妇产医院同时降生的婴儿，他们离开医院后就各奔东西，尽管以后的日子里这些长大的婴儿有可能会相遇，但有一点几乎是肯定的：他们谁也不认识谁。

二十年前的女性

对于女性的印象和感觉，年复一年地发生着变化。世界上基本只有两类性别的人，女性作为其中之一，当然也符合事物发展变化的基本规律，因此一切都是符合科学原理和我个人的推测预料的。

二十年前我作为男童看身边的女人，至今还有清晰的记忆。恰逢二十世纪七十年代的动荡社会，我的听觉中常常出现一个清脆又洪亮的女人的高呼声，×××万岁，打倒×××，那是街头上高音喇叭里传来的群众大会的现场录音，或者是我在附近工厂会场的亲耳所闻。女性有一种得天独厚的嗓音，特别适宜于会场上领呼口号的角色，这是当时一个很顽固的印象。

二十世纪七十年代的女性穿着蓝、灰、军绿色或者小碎花的上衣，穿着蓝灰军绿色或者黑色的裁剪肥大的裤子。夏天也有人穿裙子，只有学龄女孩穿花裙子，成年妇女的裙子则是蓝、灰、黑色的，裙子上小心翼翼地打了褶，最时髦的追求美的姑娘会穿白裙子，质地是白"的确良"的，因为布料的原因，有时隐约可见裙子里侧的内裤颜色。这种白裙引来老年妇女和男性的侧目而视，在我们那条街上，穿白裙的姑娘往往被视为"不学好"的浪女。

女孩子过了十八岁大多到乡下插队锻炼去了，街上来回走动的大多是已婚的中年妇女，她们拎着篮子去菜场排队买豆腐或青菜，我那时所见最多的女性就是那些拎着菜篮的边走边大声聊天的中年妇女。还有少数几个留城的年轻姑娘，我不知道谁比谁美丽，我也根本不懂得女性是人类一个美丽的性别。

我记得有一个五十岁左右的苍白而干瘦的女人，梳着古怪的发髻，每天脖子上挂着一块铁牌从街上走过，铁牌上写着"反革命资本家"几个黑字，我听说那女人其实是某个资本家的小老婆。令我奇怪的是她在那样的环境里仍然保持着爱美之心，她的发髻显得独特而仪态万方。这种发型引起了别人的愤慨，后来就有人把她的头发剪成了男人的阴阳头。显示着罪孽的阴阳头在街头上随处可见，那个剃了阴阳头的女人反而不再令人吃惊。

那时候的女孩子择偶对象最理想的就是军人，只有最漂亮的女孩子才能做军人的妻子，退而求其次的一般也喜欢退伍军人。似乎女孩子和他们的父母都崇尚那种庄严的绿军装、红领章，假如街上的哪个女孩被挑选当了女兵，她的女伴大多会又羡又妒得直掉眼泪。

没有哪个女孩愿意与"地、富、反、坏、右"的儿子结姻，所以后者的婚配对象除却同病相怜者就是一些自身条件很差的女孩子。多少年以后那些嫁与"狗崽子"的女孩恰恰得到了另外的补偿，拨乱反正和落实政策给她们带来了经济和住房以及其他方面的好处。多少年以后她们已步入中年，回忆往事大多有苦尽甘来的感叹。

有些女孩插队下乡后与农村的小伙子结为伴侣，类似的婚事在当时常常登载在报纸上，作为一种革命风气的提倡。那样的城市女孩子被人视为新时代女性的楷模。她们的照片几乎如出一辙：站在农村的稻田里，短发、戴草帽、赤脚，手握一把稻穗，草帽上隐约可见"广阔天地，大有作为"的一圈红字。

浪漫的恋爱和隐秘的偷情在那个年代也是有的，女孩子有时坐在男友的自行车后座上，羞羞答答穿过街坊邻居的视线。这样的傍晚时分女孩需要格外小心，他们或者会到免费开放的公园里去，假如女孩无法抵御男友的青春冲动，假如他们躲在树丛后面接吻，极有可能遭到联防人员的突袭，最终被双双带进某个办公室里接受盘诘或者羞辱。敢于在公园谈恋爱的女孩有时不免陷入种种窘境之中。

而偷情的女性有着前景黯淡的厄运，就像霍桑《红字》里的女主角，她将背负一个沉重的红字，不是在面颊上，而是在心灵深处。没有人同情这样的女性，没有人对奸情后面的动因和内涵感兴趣，人们鄙视痛恨这一类女人，即使是七八岁的小孩。我记得我上小学时有两个女同学吵架，其中一个以冷酷而成熟的语气对另一个说，你妈妈跟人轧姘头，你妈妈是个不要脸的贱货！另一个以牙还牙地回敬说，你妈妈才跟人轧姘头呢，让人抓住了，我亲眼看见的。

为什么没有人去指责或捏造父亲的通奸事实？对于孩子们来说这很奇怪。如此看来人类社会不管处于什么阶段，不管是在老人眼里还是孩子眼里，人们最易于挑剔女性这个性别，人们对女性的道德要求较之于男性高得多。

前几年读波伏娃的《第二性》，很认同她书中精髓的观点，在我的印象中，女性亦是一种被动的受委屈的性别，说来荒诞的是，这个印象是二十世纪七十年代我年幼无知时形成的，至今想来没有太多的道理。因为那毕竟是不正常的年代。

如今的女性与二十世纪七十年代的女性不可同日而语，相信每一个男性对此都有深刻的认识，不必细细赘述。我要说的是前不久在电视里观看南京小姐评选活动时我的感慨，屏幕上的女孩子可谓群芳斗艳，流光溢彩，二十年沧桑，还女性以美丽的性别面目，男人们都说，惊鸿一瞥。而我在为七十年代曾经美丽的女孩惋惜，她们是否在为自己生不逢时哀叹不已呢？如今她们都是中年妇女了，她们现在都在哪里呢？

水缸回忆

不知道为什么,最近很怀念我们家的大水缸。

那口雄壮憨厚的大水缸已经从我家门边消失很多年了,也从我的生活中消失已久,突然地对那么个粗笨而实用的容器产生怀念之心,也许与创作有关,也许仅仅与生活有关。

我幼年时期自来水还没有普及,一条街道上的居民共用一个水龙头,因此家家户户都有一口储水的水缸。我记得去水站挑水的大多是我的两个姐姐,她们用两只白铁皮水桶接满水,歪着肩膀把水挑回家,带着一种非主动性劳动常有的怒气,把水哗哗地倒入缸中。我自然是袖手旁观,看见水缸里的水转眼之间涨起来,清水吞没了褐色的缸壁,便有一种莫名的亢奋,现在回忆起来,那是典型的属于儿童的内心秘密,秘密的核心是水缸深处的一只河蚌。

请原谅我向大人们重复一遍这个过于天真的故事,故事说一个贫穷而善良的青年在河边捡到一只被人丢弃的河蚌,他怜惜地把它带回家,养在唯一的水缸里。按照童话的讲述规则,那河蚌自然不是一只普通的河蚌,蚌里住着仙女!不知是报知遇之恩,还是一下坠入了情网,仙女每天在青年外出劳作的时候从水缸里跳出来,变成一个能干的女子,给青年做好了饭菜放在桌上,然后回到水缸里去。而那贫穷的吃了上顿没下顿的青年,从此丰衣足食,在莫名其妙中摆脱了贫困。

我现在还羞于分析,小时候听大人们说了那么多光怪陆离的童话故事,为什么独独对那个蚌壳里的仙女的故事那么钟情?如果不是天性中有好逸恶劳的基因,就可能有等待天上掉馅饼的庸众心理。我不烧开水,可是我很喜欢去打开我家的水缸盖,缸盖揭开的时候,一个虚妄而热烈的梦想也展开了,水缸里的河蚌呢?河蚌里的仙女呢?我盼望看见河蚌在缸底打开,那个仙女从蚌壳里钻出来,一开始像一颗珍珠那么大,在水缸里上升,上升,渐渐变大,爬出来的时候已经是一个正规仙女的模样了。然后是一个动人而实惠的细节,那仙女直奔我家的八仙桌,简单清扫一下,她开始来往于桌子和水缸之间,从水里搬出了一盘盘美味佳肴,一盘鸡,一盘鸭,一盆炒猪肝,还有一大碗酱汁四溢香喷喷的红烧肉(仙女的菜肴中没有鱼,因为我从小就不爱吃鱼)!

很显然,我从来没有在我家的水缸里看见童话的再现,去别人家揭别人家的水缸也一样,除了水,都没有蚌壳,更不见仙女。偶尔我母亲从市场上买回河蚌,准备烧豆腐,我却对河蚌的归宿另有想法,我总是觉得应该把河蚌放到水缸里试验一下,我试了,由于河蚌在水里散发的腥味影响水质,试验很快被发现,家里人把河蚌从缸底捞出来扔了,说,你看看,辛辛苦苦挑来的水,不能喝了,你这孩子,聪明面孔笨肚肠!

我从来不认为自己笨,即使是这强迫性的幼年行为,我固执地剔除了智商因素,而把一切归咎于好奇心。我在费里尼的自传中读到过他幼年时代的好奇心,他肆无忌惮地回忆了儿时钻到餐桌底下打量女佣裙底春光的情景,还说"那里头又黑又难以亲近,对我而言毫无魅力"。我相信一个幼儿对女佣身体的探秘不是出于性欲,而是好奇,好奇心是一种奇妙的植物,即使长在幽暗的空间,最后也可能开出绚丽的花来。我在费里尼的电影里看见了好奇心开出的花朵,这也使我突然理解,为什么那么多艺术家都在作品中孜孜不倦地探索性、表达性,而唯独费里尼电影里的性那么童真,又那么亢奋,童真和亢奋结合,竟然变得那么温暖!对于费里尼同时代的其他孩子而言,最主要的影响来自带有法西斯主义思想的家庭、教会和学校,而对费里尼来说,性、马戏团、电影和意大利面条才是他幼时的影响来源,性欲是他的自我摸索,马戏团是旅途偶遇,意大利面条是日常生活,而电影院是他人生第一次"惊艳"的地方,这是一个简洁而令人意外的事实,在费里尼那里,童年时代所有的好奇心、所有童稚的热情最后都汇集在一起"惊艳",变成了艺术的冲动,变成了生产力。

我怀念那只水缸,其实是在怀念我的好奇心,我们那个时代的孩子,拥有毛泽东思想和狂热费解的政治生活以及简陋贫困的物质生活,并不吃亏,家家都有水缸,一只水缸足以让一个孩子的梦想在其中畅游,像一条鱼。孩子眼里的世界与孩子的身体一样有待发育,现实是未知的,如同未来一样,刺激性腺,刺激想象,刺激智力。什么样的刺激最利于孩子的成长?我不清楚,但我感激那只水缸对我的刺激。

不仅是水缸,我也感激那个年代流传在街头的所有浪漫神秘或者恐怖的故事,童话有各种各样的讲述方法,在无人讲述的时候,就去听听水缸说了些什么。我一直相信，所有成人一本正经的艺术创作与童年生活的好奇心可能是互动的，对于普通的成年人来说。好奇心是广袤天空中可有可无的一片云彩，这云彩有时灿烂明亮，有时阴郁发黑，有时则碎若游丝，对人对事对物，好奇心的运动方式也类似云的运动，貌似轻盈实则诡秘莫测，飘浮不定，残存在成年人身上的所有好奇心都变得功利而深奥，有的直接发展为知识和技术。对人事纠缠的好奇心导致了历史哲学等人文科学，对物的无限好奇导致了无数科学学科和科技发明，也让我们一步步地跨入了物质文明，针对人的好奇心一半跨入文化艺术的门槛，在高处登堂入室，另一半容易走入歧途，走到低处去化为街谈巷议飞短流长，有时不免被"誉"为窥伺、窥探，或者叫窥探欲窥伺狂，几乎是别人头顶上的一片乌云了。而所谓的作家，他们的好奇心是被刻意地挽留的，在好奇心方面扮演的角色最幸运也最蹊跷。他们似乎同时拥有幸运和不幸，作家的好奇心是被自己和他人怂恿过的，也被文字组织和人物心理所怂恿，他们的好奇心包罗万象，因为没有实用价值和具体方向而略显模糊。凭借一颗模糊的好奇心，却要对现实世界做出最锋利的解剖和说明，因此这职业有时让我觉得是宿命，是挑战，更是一个奇迹。

一个奇迹般的职业是需要奇迹支撑的，我童年时期对奇迹的向往都维系在一只水缸上了，时光流逝，带走了水缸，也带走了一部分奇迹。我从不喜欢过度美化童年的生活，也不愿意坐在回忆的大树上卖弄泛滥的情感，但我绝不忍心抛弃童年时代那水缸的记忆。水缸从我的生活中消失了，可是这么多年我其实一直在写作生活中重复那个揭开水缸的动作，谁知道这是等待的动作还是追求的动作呢？从一只水缸中看不见人生，却可以看见那只河蚌，从河蚌里看不见钻出蚌壳的仙女，却可以看见奇迹的光芒。

美国诗人E.E.卡明斯三十一岁时写了一首诗，差不多像一个孩子幼稚的涂鸦，我却莫名地喜欢，摘录几句如下：

> 谁知道月亮是不是
> 一只气球，来自天上的
> 一座漂亮城市——
> 那里到处是可爱的人们！

月亮肯定不是一只气球，天上的漂亮城市是有的，但肯定是海市蜃楼，漂亮的城市里人们都很可爱吗？我看不一定，再漂亮的城市里也会住着几个凶恶丑陋的杀人犯——可是这样写诗却是真的可爱！

我没有更多的修辞方法了，还是要说水缸。我最后要感激水缸的是它庞大芜杂的象征意味，我们的现实生活也是一只巨大的水缸，这水缸里的水一日少于一日，一日浑于一日，但有了那个蚌壳里的仙女的存在，我们可以乐观，既然她会做饭，应该也会提供饮用水或者生活用水，因此我们必须相信水缸。

相信水缸就是相信生活。

关于冬天

厄尔尼诺现象确实存在,一个最明显的例证是现在的冬天不如从前的冷了,前几年的冬天那么马虎地蜻蜓点水似的就过去了,让人不知是喜是忧。冬季里我仍然负责在中午时分送女儿去学校,偶尔会看见地上水洼里的冰将融未融,薄薄的一层,看上去很脆弱,不像冰,倒像是一张塑料纸。我问我女儿早晨妈妈送她的时候冰是否厚一些,我女儿却没什么印象,事实上她长这么大,从来没见过地上长出来的冰,那种厚厚的结结实实的冰。

北方人在冬天初次来到江南,几乎每个人都会用上当受骗的眼神瞪着你,说:怎么这么冷?你们这儿,怎么会这么冷?人们对江南冬季的错觉不知从何而来,正如我当年北上求学时家里人都担心我能否经受北方的严寒,结果我在十一月的一天,发现北师大校园内连宿舍厕所的暖气片也在吱吱作响,这使我对严冬的恐惧烟消云散。

记忆中冬天总是很冷。西北风接连三天在窗外呼啸不止,冬天中最寒冷的部分就来临了。母亲把一家六口人的棉衣从樟木箱里取出来,六个人的棉衣、棉鞋、帽子、围巾,不管你愿意不愿意,我们必须穿上散发着樟木味道的冬衣；不管你愿意不愿意，你必须走到大街上去迎接冬天的到来。

冬天来了，街道两边的人家关上了在另外三个季节敞开的木门，一条本来没有秘密的街道不得已中露出了神秘的面目。室内和室外其实是一样冷的，闲来无事的人都在空地上晒太阳。这说的是出太阳的天气，但冬天的许多日子其实是阴天，空气潮湿，天空是铅灰色的，一切似乎都在酝酿着关于寒冷的更大的阴谋，而有线广播的天气预报一次次印证这种阴谋。广播员不知躲在什么地方用一种心安理得的语气告诉大家，西伯利亚的强冷空气正在南下，明天到达江南地区。

冬天的街道很干净，地上几乎不见瓜皮果壳之类的垃圾，而且空气中工业废气的气味也被大风刮到了很远的地方，因此我觉得张开鼻孔能闻见冬天自己的气味。冬天的气味或许算不上一种气味，它清冽纯净，有时给鼻腔带来酸涩的刺激。街上麻石路面的坑坑洼洼处结了厚厚的冰，尤其是在雪后的日子，人们为了对付路上的冰雪花样百出，有人喜欢在胶鞋的鞋底上绑一道草绳来防滑，而孩子们利用路上的冰雪为自己寻找着乐子，他们穿着棉鞋滑过结冰的路面，以为那就叫滑冰。江南有谚语道，下雨下雪狗欢喜。也不知道那有什么根据，我们街上很少有人家养狗，看不出狗在雨雪天里有什么特殊表现。我始终觉得这谚语用在孩子们身上更适合，孩子们在冬天的心情是苦闷的寂寞的，但一场大雪往往突然改变了冬天乏味难熬的本质。大雪过后孩子们冲出家门冲出学校，就像摇滚歌星崔健在歌中唱的，他们要在雪地里撒点野，为自己制造一个捡来的节日。江南的雪让人想到计划生育，它很有节制，每年来那么一场两场，让大人们皱一皱眉头，也让孩子们不至于对冬天恨之入骨。我最初对雪的记忆不是堆雪人，也不是打雪仗，说起来有点无聊，我把一大捧雪用手捏紧了，捏成一个冰坨坨，把它放在一个破茶缸里保存，我脑子里有一个模糊的念头，要把那块冰保存到春天，让它成为一个绝无仅有的宝贝。结果可以想见，几天后我把茶缸从煤球堆里找出来，看见茶缸里空无一物，甚至融化的冰水也没有留下，因为它们已经从茶缸的破洞处渗到煤堆里去了。

融雪的天气是令人厌恶的，太阳高照着，但整个世界都是湿漉漉的，屋檐上的冰凌总是不慌不忙地向街面上滴着水。路上黑白分明，满地污水悄悄地向窨井里流去，而残存的白雪还在负隅顽抗，街道上就像战争刚刚过去，一片狼藉。讨厌的还有那些过分勤快的家庭主妇，天气刚刚放晴，她们就急忙把衣服、被单、尿布之类的东西晾出来，一条白色的街道就这样被弄得乱七八糟。

冬季混迹于大雪的前后，或者就在大雪中来临，江南民谚说邋邋遢冬至干净年，说的是情愿牺牲一个冬至，也要一个干净的无雨无雪的春节。人们的要求常常被天公满足，我记得冬至的街道总是一片泥泞的，江南人把冬至当成一个节日，家家户户要喝点东洋酒，吃点羊羹，也不知道出处何在。有一次我提着酒瓶去杂货店打东洋酒，闻着酒实在是香，就在路上偷偷喝了几口，回到家里面红耳赤的，棉衣后背上则溅满了星星点点的污泥，被母亲狠狠地训斥了一通。现在我不记得母亲是骂我嘴里的酒气还是骂我不该将新换上的棉衣弄那么脏，反正我觉得冤枉，自己钻到房间里坐在床上，不知不觉中酒劲上来，竟然趴在床上睡着了。

人人都说江南好，但没有人说江南的冬天好。我这人对季节气温的感受总是很平庸，异想天开地期望有一天我这里的气候也像云南的昆明，四季如春。我不喜欢冬天，但当我想起从前的某个冬天，缩着脖子走在上学的路上，突然听见我们街上的那家茶馆里传来丝弦之声，我走过去看见窗玻璃后面热气腾腾，一群老年男人坐在油腻的茶桌后面，各捧一杯热茶，轻轻松松地听着一男一女的评弹档说书，看上去一点也不冷。我当时就想，这帮老家伙，他们倒是自得其乐。现在我仍然记得那个冬天里的温暖场景，我想要是这么着过冬，冬天就有点意思了。

夏天的一条街道

　　街上水果店的柜台是比较特别的，它们做成一个斜面，用木条隔成几个大小相同的框子，一些瘦小的桃子，一些青绿色的酸苹果躺在里面，就像躺在荒凉的山坡上。水果店的女店员是一个和善的长相清秀的年轻姑娘，她总是安静地守着她的岗位，但是谁会因为她人好就跑到水果店去买那些难以入口的水果呢？人们因此习惯性地忽略了水果在夏季里的意义，他们经过寂寞的水果店和寂寞的女店员，去的是桥边的糖果店。糖果店的三个中年妇女一年四季在柜台后面吵吵嚷嚷的，对人的态度也很蛮横，其中一个妇女的眉角上有一个难看的刀疤，孩子走进去时她用沙哑的声音问你：买什么？那个刀疤就也张大了嘴问你：买什么？但即使这样糖果店在夏天仍然是孩子们热爱的地方。

　　糖果店的冷饮柜已经使用多年，每到夏季它就发出隆隆的欢叫声。一块黑板放在冷饮柜上，上面写着冷饮品种：赤豆棒冰四分，奶油棒冰五分，冰砖一角，汽水（不连瓶）八分。女店员在夏季一次次怒气冲冲地打开冷饮机的盖子，掀掉一块棉垫子，孩子就伸出脑袋去看棉垫子下面排放得整整齐齐的冷饮。他会看见赤豆棒冰已经寥寥无几，奶油棒冰和冰砖却剩下很多，它们令人艳羡地躲避着炎热，待在冰冷的雾气里。孩子也能理解这种现象，并不是奶油棒冰和冰砖不受欢迎，主要是它们的价格贵了几分钱。孩子小心地揭开棒冰纸的一角，看棒冰的赤豆是否很多，挨了女店员一通训斥，她说：看什么看？都是机器做出来的，谁还存心欺负你？一天到晚就知道吃棒冰，吃棒冰，吃得肚子都结冰！

孩子嘴里吮着一根棒冰，手里拿着一个饭盒，在炎热的午后的街道上拼命奔跑。饭盒里的棒冰哐哐地撞击着，毒辣的阳光威胁着棒冰脆弱的生命，所以孩子知道要尽快地跑回家，好让家里人享受到一种完整的冰冷的快乐。

最炎热的日子里，整个街道的麻石路面蒸腾着热气。人在街上走，感觉到塑料凉鞋下面的路快要燃烧了，手碰到路边的房屋墙壁，墙也是热的。人在街上走，怀疑世上的人们都被热晕了，灼热的空气中有一种类似喘息的声音，若有若无地飘荡在耳边。饶舌的、嗓音洪亮的、无事生非的居民们都闭上了嘴巴，他们躺在竹躺椅上与炎热斗争，因为炎热而忘了文明礼貌，一味地追求通风。他们四仰八叉地躺在面向大街的门边，张着大嘴巴打着时断时续的呼噜，手里的扇子掉在地上也不知道，田径裤的裤腿那么肥大，暴露了男人的机密也不知道。有线广播一如既往地开着，说评弹的艺人字正腔圆，又说到了武松醉打蒋门神的精彩部分，可他们仍然呼呼地睡，把人家的好心当了驴肝肺。

下午三点钟，阳光发生了可喜的变化，阳光从全线出击变为区域防守，街上的房屋乘机利用自己的高度制造了一条"三八线"。"三八线"渐渐地游移，线的一侧是热和光明，另一侧是凉快和幽暗,行人都非常势利地走在幽暗的阴凉处。这使人想起正在电影院里上映的朝鲜电影《金姬和银姬的命运》,那些人为银姬在"三八线"那侧的悲惨命运哭得涕泗横流,可在夏天他们却选择没有阳光的路线,情愿躲在银姬的黑暗中。

太阳落山在夏季是那么艰难,但它毕竟是要落山的。放暑假的孩子关注太阳的动静,只是为了不失时机地早早跳到护城河里,享受夏季赐予的最大的快乐。黄昏时分驶过河面的各类船只小心谨慎,因为在这种时候整个城市的码头、房顶、窗户和门洞里,都有可能有个男孩大叫一声,纵身跳进河水中。他们甚至要小心河面上漂浮的那些西瓜皮,因为有的西瓜皮是在河中游泳的孩子的泳帽,那些讨厌的孩子,他们头顶着半个西瓜皮,去抓来往船只的锚链。他们玩水还很爱惜力气,他们要求船家把他们带到河的上游或者下游去。于是站在石埠上洗涮的母亲看到了她们最担心的情景:她们的孩子手抓船锚,跟着驳船在河面上乘风破浪,一会儿就看不见了。母亲们喊破了嗓子,又有什么用?

夜晚来临,人们把街道当成了露天的食堂,许多人家把晚餐的桌子搬到了街边,大人孩子坐在街上,嘴里塞满了食物,看着晚归的人们骑着自行车从自己身边经过。你当街吃饭,必然便宜了一些好管闲事的老妇人,有一些老妇人最喜欢观察别人家今天吃了什么。老妇人手摇一把葵扇,在街上的饭桌间走走停停,她觉得每一张饭桌都生意盎然。吃点什么呀?她问。主妇就说,没有什么好吃的,咸鱼,炒萝卜干。老妇人就说,还没什么好吃的呢,咸鱼不好吃?

天色渐渐地黑了,街上的居民们几乎都在街上。有的人家切开了西瓜，一家人的脑袋围拢在一只破脸盆上方，大家有秩序地向脸盆里吐出瓜子。有的人家的饭桌迟迟不撤，因为孩子还没回来；后来孩子就回来了，身上湿漉漉的。恼怒的父亲问儿子：去哪儿了？孩子不耐烦地说：游泳啊，你不是知道的吗？父亲就瞪着儿子处在发育中的身体，说：吊船吊到哪儿去了？儿子说：里口。父亲的眼珠子愤怒得快暴出来了：让你不要吊船你又吊船，你找死呀？就这样当父亲的在街上赏了儿子一记响亮的耳光，左右邻居自然地围过来了。一些声音很愤怒，一些声音不知所云，一些声音语重心长，一些声音带着哀怨的哭腔，它们不可避免地交织起来，喧嚣起来，即使很远的地方也能听见这样丰富浑厚的声音。于是有人向这边匆匆跑来，有人手里还端着饭碗，他们这样跑着，炎热的夏季便在夜晚找到了它的生机。

鬼 故 事

　　中国的古代文人热衷于鬼故事的营造和传播，最著名的是蒲松龄的《聊斋志异》。《聊斋》中的鬼大多是红唇明眸的美丽的女鬼，譬如婴宁、聂小倩，不仅知名度高，星运也不错，曾经上了银幕。因为蒲松龄老先生把她们描写得十分美丽，制片的老板自然都找了人间最美丽的女演员担当重任。

　　但是鬼魂一上银幕就真正是出鬼了，怎么看她都是人，无论她怎么身冒青烟足生莲花，无论她怎么来无影去无踪，你还是坚信是一个人在那里装神弄鬼，因此看电影的人就不会有王子服"凝思成病"的感觉。更有人像我一样走了极端，说：再也不看这种糊弄人的鬼电影，把个好端端的鬼弄得鬼不鬼人不人！

　　这是一种败兴的感觉。许多人其实是需要鬼故事的，对鬼也是既爱又怕，当然这说的都是那些传说中美貌魅人的女鬼。大凡人们都认为女鬼来临就是一个浪漫的惊险故事，男鬼永远不来的好，来了就是一次赤裸裸的杀人案，没有什么意思。

　　读鬼故事最令人兴奋的其实就是书生农夫们被女鬼们诱惑得灵魂出窍的过程，也就是臭男人认为"女意已属"而"心益荡"的感觉。虽然读者是隔岸观火，但其心情是与当事人一样矛盾复杂缠绵悱恻的，唯一不同的是当事人总在期望与他耳鬓厮磨的不是鬼是人，而男读者们都怀着一种嫉妒的心情说：不要太得意了，那不是人，是鬼呀！

但假如是个人，即使是个倾国倾城的女子，也没有一个女鬼来得刺激。鬼故事的奇妙之处在于来不得半点真实。女鬼正因为动辄从坟墓里钻出来，动辄给你来个借精还阳，动辄对男人始乱终弃才俘获人心，危险了才有魅力。有的男人明知山有鬼，偏向鬼山行，寻找或期待的就是一场轰轰烈烈的人鬼之恋。这样的人其实不仅活在清朝初年蒲老先生的年代，也活在今天，二十世纪末我们大家的年代。

鬼故事永远地流传着，大概因为古今男人们想象的极乐世界差不多都是一样的，人与人相爱，不刺激，人与鬼做爱，那才叫刺激！

一个城市的灵魂

几年前一个夏天的傍晚，与一个来自北方的朋友在明孝陵漫步，突然觉得有一件意外的事情正在发生。这意外首先源自感官对一个地方的特殊气息的敏感，我们在那个炎热得处处流火的日子里，抬手触摸到这座陵墓的石墙，竟然感到了一种湿润的冰凉的寒意，感到石墙在青苔的掩饰下做着一个灰色的梦，这个梦以凤阳花鼓为背景音乐，主题是一个名叫朱元璋的皇帝。我们的鼻腔里钻进了一股浓郁的青草或者树叶默默腐烂的气味，这气味通常要到秋天的野外才能闻到，但在明孝陵，腐烂的同时又是美好的季节提前来到了。

所以我说，那天我在明孝陵突然撞见了南京的灵魂。

十八岁离开家乡之前，我去过的最远的城市就是南京。那是一次特殊的旅行，当时有来自江苏各地的数百名中学生聚集在建邺路的党校招待所里，参加一个大规模的中学生作文竞赛。三天时间，一天竞赛，一天游览，一天颁奖。现在我已经忘了那三天的大部分细节了，因为我名落孙山，没有资格品尝少年才俊们光荣的滋味，相反我记得离开南京时闷热的天气，朝天宫如何从车窗外渐渐退去，白下路太平南路上那些大伞般的梧桐树覆盖着寥落的行人和冷清的店铺，这是一座有树荫的城市，它给我留下了非常美好的印象。后来我们一大群人在火车站前的广场候车，忽然发现广场旁边的一大片水域就是玄武湖。不知是谁开了头，跑到湖边去洗手，大家纷纷效仿，于是一群中学生在玄武湖边一字排开，洗手。当时南京的天空比现在蓝，玄武湖的水也比现在清，我记得那十几个同伴洗手时泼水的声音和那些或者天真或者少年老成的笑脸。二十多年过去以后，所有人手上的水滴想必已经了无痕迹，对于我，却是在无意之中把自己的未来融进了一掬湖水。除了我，不知道当年那群中学生中还有谁后来生活在南京。

这是一个传说中紫气东来的城市，也是一个虚弱的凄风苦雨的城市，这个城市的光荣与耻辱比肩而行，它的荣耀像露珠一样晶莹而短暂，被宠幸与被抛弃的日子总是短暂地交接着，后者尤其漫长。翻开中国历史，这个城市作为一个政权中心，作为一国之都，就像花开花落那么令人猝不及防，怅然若失。这个城市是一本打开的旧书，书页上飘动着六朝古都残破的旗帜，文人墨客读它，江湖奇人也在读它，所有人都感觉到了这个城市尊贵的气质，却不能预先识破它悲剧的心跳。八百年前，一个做过乞丐做过和尚的安徽凤阳人朱元璋，在江湖奋斗多年以后，选择了应天作为大明王朝的首都，南京在沉寂多年后迎来了风华绝代，可惜风华绝代不是这城市的命运，很快明朝将国都迁往北京，将一个未完成的首都框架和一堆王公贵族的墓留在了南京。一百多年前，一个来自广东的"拜上帝会"的不成熟的基督徒洪秀全，忽然拉上一大帮兄弟姐妹揭竿而起，一路从广东杀到南京，他也非常宿命地把这个城市当作太平天国的目的地,可是这地方也许有太平就无天国,也许有天国就无太平,一个湖南人曾国藩带着来自他家乡的湘军战士征伐南京城,踏平了洪秀全的金銮梦。

迷信的后人有时为明朝感到侥幸,即使是建文帝的冤魂在诅咒叔叔朱棣的不仁不义的同时,也应该感激朱棣的迁都之举,也许这一迁都将朱明江山的历史延长了一百年甚至二百年。

多少皇帝梦在南京灰飞烟灭,这座城市是一个圈套重重的城市,它从来就不属于野心家,野心家们对这王者之地的钟爱结果是自讨苦吃。似乎很难说清楚这城市心仪谁属于谁,但是它不属于谁却是清楚的。

如今我已经在南京生活了多年。选择南京作为居留地是某种人共同的居住理想。这种人所要的城市上空有个灿烂的文明大光环,这光环如今笼罩着十足平民的生活。这城市的大多数角落里,推开北窗可见山水,推开南窗可见历史遗迹。由于不做皇帝梦,不是什么京城,所以城市不大不小为好,在任何时代都可徒步代车。这一类人不爱繁华喧闹也不爱沉闷闭塞,无法拥有自己的花园但希望不远处便有风景如画的去处。这类人对四周的人群默默地观察,然后对比自己,得出一个结论,自己智商超群精明强干,而他们纯朴厚道容易相处。这类人如果是鱼,他们发现这座城市是一条奔流着的却很安宁的河流。无疑地,我就属于这样的人,我身边还有很多朋友,他们的职业几乎都是一种散漫的自我中心的职业,写作,绘画,他们在这里生活得非常自得,这局面似乎是一种不劳而获的胜利,皇帝们无奈放弃的城市,如今成了这类人的乐园。

除了冬夏两季的气候遭到普遍的埋怨,外来者们几乎不忍心用言辞伤害这个城市平淡安详的心。中山陵在游客的心目中永远处于王者地位。当你登上数百个台阶极目远眺，方圆十里之内一片林海，绿意苍苍，你会承认当年料理孙先生后事的班子是一个"感觉很好"的班子。这是一个最适合于伟人灵魂安息的地方。在和平的年代里，紫金山与长江不必是御敌的天然屏障，它们因此心情愉快，尽职尽力地使身边的城市受到了山水的孕育，也使这个城市的上空蒸腾着吉祥的氤氲之气。革命与奋斗过后，南京城总是显得很休闲的样子，而东郊的森林好像一只枕头，一个城市靠在这枕头上，以一种自得的姿势开始四季酣畅的午后小憩。

午后小憩过后，在南京的街巷里，一些奇怪的烤炉开始在街角生火冒烟，无数的小店主与鸭子展开了遍布全城的战役，他们用铁钩子把一只只光鸭放进炉火之中，到了下午，几乎每条街巷都能闻见烤鸭的香味。黄昏时分，当骑车下班的家庭主妇们在回家途中顺便准备一家的晚餐，那些油光光的烤鸭和先期制造好的盐水鸭以及鸭肫鸭头鸭脚之类的，一个庞大的鸭家族已经在各家熟食店的橱窗里恭候她们的挑选了。不知道南京人一年要吃掉多少鸭子，还有鹅。

我记得一九八四年初到南京，在一所学院工作，我的宿舍后面是河西通往城西干道的一条辅路，每天清晨都能听见鸭群进南京的喧闹声，年复一年的，那么多鸭子顶着霞光来到南京，为一个城市永恒的菜单奉献自己，这也是地球上独一无二的传奇。是鸭的传奇，也是南京人的传奇。我从来无意去探究其中的起源，但无意中读到一个意大利人的小说，写一个没落潦倒的贵族家庭设宴招待一个贵宾，主人所想到的第一道菜便是鸭肉，我不禁会意地笑了，看来鸭子成为这个城市的朋友不是偶然的,勉强也好,自然也好,食物里面确实是可以拉出一条文化的线索的。

世纪末急剧推进的全球化浪潮使每个地方的日常生活趋于雷同,但有时候一只鸭子也能提醒你,一个城市有一个城市的缅怀和梦想。

直到现在,许多朋友提及的南京幽胜之地我还没去过,但一个人如果喜欢自己的居住地,他会耐心地发现这地方一草一木的美丽。以前还算年轻的时候,每年夏天我会和朋友去紫霞湖或者前湖游泳,那两座湖,一个能看见中山门城墙,一个面向着紫金山。我记得在紫霞湖那次夜泳,是八月将尽的时候,一群朋友骑着自行车闯到了湖边。人在微冷的水中漂浮,抬眼所见是黑蓝色的夜空和满天的星斗,耳边除了水声,便是四周树林在风中沙沙作响的声音,你能听见自己呼吸的声音,似乎也能听见湖边的草木和树叶的呼吸,一颗年轻的心突然便被这城市感动了,多么美好的地方,多么安宁的地方,我生活在这里,多好!

这份感动至今未被岁月抹平,因此我无怨无悔地生活在这个历史书上的凄凉之都,感受一个普通人在这座城市里平淡而绚烂的生活。我仍然执着于去发现这座城市——但众所周知,这座城市不必来发现我了。

南方是什么

好多年前的一个下午，我在一座火柴盒似的工房的三层楼上眺望着视线中一条狭窄的破旧的小街，这是我最熟悉的穷街陋巷之一，也是多少年来被市政建设所遗忘的一条小街——一条没有建设必要的小街；它的一头通往一座清代同治年间修建的石拱桥，另一头通往近郊的某某大队的农田和晒谷场（二十世纪六七十年代），或者通往新的环城公路和一片新兴的混杂着国有企业村办企业的工厂区（八十年代）。我在午后的阳光中眺望那条小街时，忽然记起我小时候是怎么走过那里去我母亲所在的工厂食堂吃午饭的，我记得桥下的公共厕所，小街从这头到那头的大多数人家的家庭主妇和与我同龄的孩子，我记得他们在路人的视线里匍在餐桌前吃午饭的情景。令我感叹的是好多年过去了，公共厕所还在那里，石子路铺上了水泥，但路面还是那么狭窄而湿漉漉的，人们还是享受着狭窄带来的方便，非常轻易地就可以把晾衣服的竹竿架在对邻的房顶上，走路和骑自行车的人仍然在被单、毛线、西装、裤子甚至内衣下面穿行，这是我最熟悉的小街的街景，紊乱不洁的视觉印象中透出鲜活的生命的气息。一些老人一定已经死了，大多数人还活着，大多数人在小街上养育着儿女甚至儿女的儿女。小街的日常生活一切依旧，就像一只老式的挂钟，它就那么消化一个轰轰烈烈的时代，消化着日历上的时间和新闻报道中的事件，它的钟摆走动得很慢，却镇定自若，这钟摆老气横秋地纠正着我脑子里的某种追求速度和变化的偏见：慢，并不代表着走时不准；不变，并不代表着死亡。

那天下午我突然听到了一条南方小街的生存告白，这告白因为简洁而生动，因为世俗而深刻，我被它的莫名其妙的力量所打动：

> 我从来没有如此深情地描摹我出生的香椿树街，歌颂一条苍白的缺乏人情味的石子路面，歌颂两排无始无终的破旧丑陋的旧式民房，歌颂街上苍蝇飞来飞去带有霉菌味的空气，歌颂出没在黑洞洞的窗口里的那些体形瘦小面容猥琐的街坊邻居。我生长在南方，这就像一颗被飞雁衔着的草籽一样，不由自己把握，但我厌恶南方的生活由来已久，这是香椿树街留给我的永恒的印记。

这是我在那年夏天写的一部中篇小说《南方的堕落》中的开头部分。现在我应该解释它，可我发现我让自己陷入了困境，我在自己的写作中发现了一种敌意，这种敌意针对着一个虚构的或现实中的处所：南方。南方是什么？南方代表着什么？而我所流露的对南方的敌意又意味着什么呢？

也许首先来自对回忆本身的敌意。人们在回忆之前通常会给自己的回忆规定一种情感立场，粉饰性的美好的感伤的，或者冷静的客观的力求再现历史的，而我恰好选择了一种冷酷得几乎像复仇者一样的回忆姿态。这是一种偏执的难以解释的敌意。我的所谓南方生活仅仅来自我个人的生活与某个地点的关系的机械的划定，我的南方是一条横亘在记忆中的二十世纪六七十年代的街道，而我当时是个孩子。一个孩子对周围世界的认识是模糊的，同时也是不确定的，如果说人们对事物的敌意来自此事物对你潜在的或者明显的伤害，我现在却不能准确地描写这种伤害的细节，因此我怀疑这份敌意可能是没有理由的。

所有借助于回忆的描述并不可靠，因此不值得信任，就像我在某篇文章中提及我的一个小学老师，我一直认为我对她的记忆非常深刻，我以为我在还原一个过去的人物，可是甚至她的籍贯和家庭背景后来都被我的其他小学老师证明是错误的，唯一准确的是我对她外形面貌的描述。一个事实有时让你恐慌，可靠的东西存在于现实之中，却不存在于回忆之中，如此我不得不怀疑我的敌意了，这敌意其实也不可靠。我也不得不怀疑我的南方，它到底在哪里，我有过一个南方的故乡吗？

大家所崇敬的阿根廷作家博尔赫斯恰好有一个美妙无比的短篇小说，名字就叫《南方》。"谁都知道里瓦达维亚的那一侧就是南方的开始。"在这篇小说里，南方是从一个地名开始延伸其意义的，而病病歪歪的主人公达尔曼与他手中的《一千零一夜》以及"南方"形成一个孔武有力的三角关系，支撑着作家所欲表达的所有思想空间。达尔曼来到南方，《一千零一夜》始终无法掩盖残暴的冰冷的现实，在杂货铺里，有人向病中的达尔曼扔面包心搓成的小球，于是一个世界上最不适合决斗的人不得不接受一把冰冷的匕首。

南方的意义在这里也许是一种处境的符号化的表达。

我的南方在哪里呢？我对南方知道多少呢？

在我从小生长的那条街道的北端有一家茶馆，茶馆一面枕河，一面傍桥，一面朝向大街，是一座老旧的二层木楼，很长一段时间里，我像一个善于取景的电影导演一样把它设置为所谓南方的标志物。我努力回忆那里的人们，烧老虎灶的起初是一个老妇人，后来老妇人年岁大了，干不动了，来了一个新的经营者，也是女的，年轻了好多，两代女人手持铁锹往灶膛里添加砻糠时的表情惊人地相似，她们皱着眉头，嘴里永远嘀咕着发着什么牢骚，似乎埋怨着生活，似乎享受着生活，她们劳动的表情是我后来描写的南方女性的表情的依据。更重要的参照物是一些坐着说话的人，坐在油腻的八仙桌前用廉价的宜兴陶具喝茶的那些人，曾经被我规定为最典型的南方的居民，他们悠闲、琐碎、饶舌、扎堆，他们对政治和国家大事很感兴趣，可是谈论起来言不及义鼠目寸光，他们不经意地谈论饮食和菜肴，却显示出独特的个人品位和渊博的知识，他们坐在那里，在离家一公里以内的地方冒险、放纵自己，他们嗡嗡地喧闹着，以一种奇特的音色绵软的语言与时间抗争，没有目的，没有对手，自我游戏带来自我满足，这种无所企望的茶馆腔调后来也被我挪用为小说行进中的叙述节奏。

可是比虚构更具戏剧性的是事物本身，就是前面所说的这家茶馆，就好像是一些不负责任的小说和电影处理一个重要场景一样，茶馆最后付之一炬。一九九〇年春天，也就是在我写《南方的堕落》的几个月前，那家茶馆非常突然而无法补救地失火倒塌了。我回到家乡的时候看见的是一片废墟。我在茶馆的废墟上停留的时候感觉到某种失落，可是我的失落不是针对一座茶馆的消亡，而是源自一个写作蓝本的突然死亡，我的哀悼与其说是一人对一物的哀悼，不如说是一个写作者对一个象征、一个意象的哀悼。

如果说那座茶馆是南方，这个南方无疑是一个易燃品，它如此脆弱，它的消失比我的生命还要消失得匆忙，让人无法信赖。我怀疑，我的南方到底是什么？南方到底在什么地方？

我对我经常描述的一条南方小街的了解到底有多深呢？我对它的固执的回忆是否能够随着时间的流逝触及南方的真实部分呢？

我的头脑中现在一一闪现的仍然是前面那条小街的景物。很抱歉我要说小街上的另一个公共厕所。这个厕所的历史非常短促，我记得小时候它不存在，它所在的位置原先应该是一块空地，空地后面的人家长年地在那里种一些小葱和鸡冠花之类的东西。有一年厕所出现了。一个简陋的南方常见的街头公共厕所，但是修建得十分匆忙，里面的水泥地面甚至都没有抹平便投入使用了，这个厕所对附近的居民充满了善意，只是无人管理，因此很脏也很臭。这是一个特殊的有着某种危险的厕所，因为它面对着附近的一个居民小区，从小区的高楼上可以清晰地看见如厕人的面貌甚至如厕的姿势，所以对于使用厕所的人和小区高楼阳台上的居民来说，厕所造成了双重的尴尬。而我作为一个写作者，当我在住所的阳台上眺望小街风景时，我怎么也无法忽略厕所的存在，我的目光注定是不平静的，一种暧昧不洁的观察导致了一种更加难以表述的厌恶感和敌意。这厌恶感和敌意不仅仅是生理上的，也因为那间厕所造成了我忠实记录小街风情的一大障碍。所幸的是这厕所也一样不能逃脱它灭亡的命运,不同于茶馆的焚毁,这间不必要存在的厕所后来被人填平了,填平以后又在原址上盖了一间房子,后来我发现有一对年轻的夫妇住在那房子里,有时候我从那里经过,从窗户里看见那对夫妇坐在里面看电视。我感到很高兴,这几乎是小街多少年来最大的一次改变了,这改变的意义对于我来说是特殊的,我走过那里的时候回想这块空地多少年来的变化,突然发现了类似博尔赫斯的《南方》中的三角支撑:小葱鸡冠花、公共厕所、年轻夫妇的家。这是一个关于小街回忆的三角支撑,由此我依稀发现了我所需要的南方的故事。

可是这是南方吗?我同样地表示怀疑。我所寻求的南方也许是一个空洞而幽暗的所在,也许它只是一个文学的主题,多少年来南方屹立在南方,南方的居民安居在南方,唯有南方的主题在时间之中飘浮不定,书写南方的努力有时酷似求证虚无,因此一个神秘的传奇的南方更多的是存在于文字之中,它也许不在南方。

我现在仍然无数次地走过那条小街,好多年过去以后我对这条小街充满了敬畏之情,这是一只飞雁对树林的敬畏,飞雁不是树林的主人,就像大家所说的南方,谁是南方的主人?当我穿越过这条小街的时候我觉得疲惫,我留恋回忆,我忍不住地以回忆触摸南方,但我看见的是一个破旧而牢固的世界,这很像《追忆似水年华》中盖尔芒特最后一次在贡布雷地区的漫步,"在明亮的灯光下世界是多么广阔,可是在回忆的眼光中世界又是多么的狭小"。而一个作者迷失在南方的经验又多么像普鲁斯特迷失在永恒与时间的主题中。

瓦尔特·本雅明说得好:"我们没有一个人有时间去经历命中

注定要经历的真正的生活戏剧。正是这一缘故使我们衰老。我们脸上的皱纹就是激情、恶习和召唤我们的洞察力留下的痕迹。但是我们，这些主人，却无家可归。"

是的，我和我的写作皆以南方为家，但我常常觉得我无家可归。

错把异乡当故乡

十八岁离开家乡以前，我所去过的最远的一个城市就是南京。那是一次比较特别的旅行，不是为了浏览，不是为了探亲，当时有来自全省的数百名中学生聚集在建邺路上的党校招待所里，参加一个大规模的中学生作文竞赛，那次竞赛我名落孙山。记得在返回苏州之前我们一大群人停留在火车站前的广场上，忽然发现玄武湖就在眼前，不知是谁第一个跑到了湖边，我们纷纷尾随过去；也不知是谁第一个在湖边开始洗手，一大群中学生沿着湖岸一字排开，大家都把手伸进湖水里，很认真地洗了一回手。我至今仍然记得那群蹲在湖边洗手的少男少女的音容笑貌，二十年过去以后所有人手上的玄武湖水已经了无印痕，而我却在无意之中把那掬湖水融进了我的未来。当年那群等待回家的苏州中学生中，也许只有我一个人日后留在了玄武湖边。

选择南京做居留地是某种人共同的居住理想。这种人所要的城市不大不小，不要繁华喧闹也不要沉闷闭塞，不要住在父母的怀抱里但也不要离他们太远，这种人无法拥有自己的花园却希望他居住的城市风景如画，这种人希望自己智商超群精明强干却希望别人纯朴憨厚关心他人。我大概就是这种人，所以在我二十二岁那年我自愿成为一个南京人，至今已经做了十几年的南京人，越做越有滋味。

除了冬夏两季的气候遭到了普遍的埋怨，南京几乎是一个人见人爱的地方，许多城市是绿化城市，但南京街道上的华盖似的梧桐却无与伦比（南京人溺爱这些树因而原谅了春天树上飘下的茸毛，春天你可以看见许多骑自行车的人在头上身上拍打那些茸毛，脸上的表情却无怨无恨）。许多城市都有一个或几个值得本地人骄傲的风景区，外地人去了就褒贬不一，但是南京的中山陵却是一种王者地位。当你登临中山陵最高处极目四眺，方圆数里之内一片林海，绿意苍苍，你会发现这个城市之美不同凡响。紫金山与长江不再是什么天然屏障，它们使南京永远受到了山水的孕育，东郊的林海则是一只巨大的绿色的枕头，每天夜里它对着太平门耳语一声，睡吧，南京，南京就睡了。每天早晨它对着中山门说，醒来吧，南京，南京就醒来了。

六朝古都的睡眠不会太长，南京醒来了。在从前帝王们的车马经过的地方，南京人的自行车匆匆而过；在新街口一带的工地上，打桩机根本不顾明孝陵下太子王妃的幽魂对噪声有何看法，一心要为建设新南京而发出它的狂叫。在城南的某条古老的小巷里，某个老妇拎着一只古老的马桶走过古老的秦淮河，但是她已经不能随手至河里倒马桶，她必须把它倒在公共厕所的化粪池里——南京虽然还没有消灭马桶，但是就连上海都还没有消灭马桶呢，南京为什么要这么着急呢。

着急不是南京人的性格，虽然南京人说话听上去显得很着急，

119

这几年人人都想发财，南京人也想得慌，但是他们因为不着急许多事就比别的地方慢半拍。当南京人来到深圳海口淘金时那里已经人满为患，他们就回来了。当南京人发现别人生产假货劣品大发其财时，他们伤心地意识到作为一个南京人是发不了这种大财的。他们于是就想发小财，他们想还是回家做盐水鸭吧，反正南京人吃盐水鸭吃不够，即使卖不掉也没关系，反正自己也吃不够。

南京人也符合我对人群的理想，所以我在南京一直生活得自得其乐。今年夏天的某一天，忽然游兴大发，想到在南京这么多年，许多朋友嘴里的幽美之地还没去过，就携妻子女儿往东郊而去。因为不是假日，游人寥寥，一家人从藏书阁小径进入百年树荫，一路探幽至灵谷寺，途中不闻人声但闻鸟语流泉，心中便有一种奇异的甜蜜的感觉，好像这个地方是自己家的，好像是自己向自己炫耀了一件宝物，结果自己很满足也很幸福。

也许这很自然，一个人如果喜欢自己的居住地，他便会在一草一木之间看见他的幸福。多少人现在生活在别处，在一个远离他生命起源的地方生活着，生活得没有乡愁，没有哀怨，生活得如此满足，古人所谓"错把异乡当故乡"的词句大概也就源于此处吧。

南腔北调

二十世纪八十年代初，我在北京求学。初次离开父母尝试异乡客的滋味，诸多困难其实都不算困难，唯一让我痛苦的是我的普通话常常让北方同学笑话。我突然发现我说话很不利索。

第一个寒假后返回大学，我好心好意拿出家乡的橘子让同宿舍同学品尝，一个东北同学脸上露出一种狡黠的笑容反问我：你请我们吃什么？吃橛子？我说：怎么，你不喜欢吃橛（橘）子？那个同学大叫起来：你才爱吃橛子呢，是橘子，不是橛子！我一下子面红耳赤的。旁边有同学向我解释，橛子在东北一些地方方言中与排泄物意思一致。我讪讪而笑，对自己的语音从此有了痛楚的感觉。

后来我一直努力模仿北京同学说话，开始时舌头部位有点难受，渐渐就习惯了，不卷舌头反而不会说话。有个上海同学跟我常在一起，我总是批评他说话都是唇齿音，不懂卷舌。他当然不服气，说我乱卷舌，于是找一个北京同学来评判。我记得那个同学用同情的目光看着我们两个南方人，沉吟了一会儿说，你们说得还不错，不过听上去一个舌头长了点，一个舌头好像又短了一截！

我当然属于舌头短了一截的。就这样短着舌头说了几年话，毕业离开了北京。据我的几个朋友回忆，我初到南京的时候是说着一口京腔的，那大概不是恭维，因为我听出朋友们的潜台词，意思是说你到南京这么多年，普通话已大不如从前，已经很不标准了。我不以为然，我觉得只要我想说好就能说好，但事实证明我的自信没有根据。有一次一个十年未见的大学同学给我打电话，聊了一会儿他突然大叫起来，说：你的舌头怎么啦？我惊愕地反问道：我的舌头怎么啦？他说：怎么又向前蹿了？

这个电话让我百感交集，我想这对于我大概是个无法置换的悲哀，我的舌头又出了问题！在经过了多少年风雨之后它回到了原先的位置，按照惯性在我的口腔里运动，我知道我现在说着一口无规无矩的南京腔加苏州腔的普通话。

或许这不是悲哀而是我的智慧。人类其实都一样，他们在漂泊的生活中常常适时地变换语言，人类永远比鹦鹉高明，这就是我们通常所说的南腔北调的由来。

沉默的人

许多年以前在一个朋友间的聚会上,我听见一位女孩这样评价我的一个寡言少语的朋友:他懂得沉默。女孩说这句话的时候眼睛里熠熠发亮,你可以从那种眼神中轻易地发现她对沉默的欣赏和褒奖,对于一个青年男子来说,那是一个多大的暗示。男人们总是格外重视来自异性的种种暗示,并以此来鉴别自己的行为。我亦如此,我一直自认为是一个沉默寡言的人,从那次聚会开始,我似乎不再为自己的性格自卑,在以后的生活中,我自由地顺从了自己的意愿,能不说话则不说话,能少说话则少说话。在沉默中我一次次地观察别人,发现了许多饶舌的人,词不达意的人,热情过度的人,发现了许多语言泛滥热衷于舌头运动的人。这些发现使我庆幸,我庆幸自己是个沉默的人。我情愿不说话,绝不乱说话;情愿少说话,也不愿说错话。

言多必失,这是中国的古训,也是我童年经历留下的一个深刻的印象。许多年前当我还是一个小学生时,看见老师在操场上狠狠地踩一只皮球,因为心疼那只皮球,我像老妇人一样大叫起来:你是神经病啊,好好的皮球,为什么要把它踩瘪?老师勃然大怒,他一把抓住我的手往办公室里拎,边走边说:反了你了,你敢骂老师是神经病?我在办公室里罚站的时候后悔不迭,但后悔已经没用了。我并不认为老师是个神经病,但是那三个字已经像水一样泼出去了,它们无法收回。我只能暗暗发誓,以后就是有人把世界上所有的皮球踩瘪,我也不去管他了。

在许多场合我像葛朗台清点匣子里的金币一样清点嘴里的语言,让很多人领教了沉默的厉害。事实上很少有人把沉默视为魅力,更多的人面对沉默的人感觉到的是无礼或无聊。有时一个沉默的人去访问另一个性喜沉默的朋友,其场面会像一部二十世纪三十年代的默片电影。坦率地说,我本人就经常与性格相仿的朋友在家里上演这种默片。等到对方告辞,两个人的脸上不约而同地掠过一种解脱的表情,一个下午或者晚上互相都觉得是在浪费时间。

但是时间和生活会改变一个人,这些年来我不由自主地体验着自身的变化。这种变化也许始于家庭生活的开始,也许始于几个"多嘴多舌"的朋友的影响,反正我现在开始大量地说话了。大量说话起初是出于需要:妻子需要与我讨论家事国事和其他有用无用的许多事;女儿需要我给她讲许多胡编乱造的神话故事,需要我给她解释街上广告和店牌的含义;几个谈锋锐利海阔天空的朋友说话时也需要我配合,我总不能无动于衷,光是在一边张着嘴嘿嘿地傻笑,光是点头称是,我总得发表一点自己的见解。渐渐地需要变成了习惯,不管是谁与我交谈,我总是争取比对方多说一些话。奇怪的是我在不停地说话中竟然获得了某种快乐,这快乐是从前与我无缘的,这快乐的感觉有点朦胧有点像拧开水龙头后水喷涌而出的快乐,也有点像铁树开花的快乐。话说多了有时会闹出笑话。有个朋友话多,有一次他问别人:明天礼拜几?别人告诉他:明天礼拜天。那朋友又问:礼拜天是星期几?在场的人一时都茫然不知。这是一个真实的笑话,但不知为什么,我一直认为那位朋友很可爱。话多至此,便是说话的人和别人大家的快乐了,即使是一个最沉默的人也会被这种快乐所感染,发出一声含蓄的笑声。

学会说话从某种意义上说就是学会生活。我记得几年前一位远方的客人来访,我怀着惴惴不安的心情与他交谈。客人临别时对我说:你很健谈。我先是惊讶,然后便是一种喜悦了。这种喜悦酷似一只雏鸟刚刚学会飞翔的喜悦。是的,是鸟就必须飞翔,是一个健康的人就必须说话,这就是生活。

生活当然不仅是说话,生活也包括沉默。有时我会怀着怅然之情回顾我的沉默的少年和青年时代,我会思考许多人之所以沉默的原因。我想,有些人沉默是因为不想说话。有些人沉默是因为不善说话,有些人沉默是因为不懂得说话。沉默的人以沉默对待生活,但沉默是一把锁,总会有一把钥匙来打开这把锁,这也是生活。

口头腐化

口头腐化这句话不知从何而来，我小时候经常听同学说，谁跟谁搞腐化，说的是男女的婚外私情。我虽然没有体验，但知道那是怎么回事，觉得那是成人世界的一种罪恶。这些年来，社会在进步，男女私情都有别的正规的学术化的名词来归纳了，腐化这个词有点物归原主的意思，主要是和堕落、贪赃枉法、徇私舞弊这种劣行联结在一起，它的性意味默默地消失了。但有人怀旧，把一些爱说荤话、不正经话的人形容为口头腐化分子。

口头腐化分子基本上是男性，看他外貌并不腐化，有的还文质彬彬戴了副眼镜。这些朋友大凡在适当的场合大显身手，先来个过渡，或者有喜欢听荤话的替他过渡，抛砖引玉，口头腐化分子便自愿上当，陆续地将那些藏在被子下面的话题摆出来，都是似真似假的故事，少儿是不宜的，听了也不懂，但成年人大多能听懂，而且大多爱听，其中也有些不害羞的女性。口头腐化分子的才华和专业水准也参差不齐，有爱说又说不好的，被人骂狗嘴里吐不出象牙。但说得精彩绝伦的人是很多的，所以有人说这种大师是狗嘴里吐出了象牙。

多年来我一直是那些口头腐化分子的忠实听众，试想想在寂寞无聊的旅途上，在一个沉闷冗长的会议上，给大家带来快乐的总是这些口头腐化分子，而一个口齿清洁的人，你就是将《圣经》背诵出来，也不会有多少人来听你的。我有时爱钻牛角尖，琢磨这些朋友是什么本事，让他将腐化付诸行动，他不干，单单在嘴上腐化，腐化出各种花样来，腐化得幽默，腐化得深刻，腐化得比真实的腐化更加腐化，自己过瘾不说，还让别人也过了老瘾，一场欢喜过后，谁也没犯错误。

人们通常认为口头腐化分子在生活中格外检点，行为与语言二律背反，好像这是事实，也是口头腐化分子最让人眼红的地方。仔细想来，人类对自身的了解有时要超越科学。口腔的作用我不说大家也知道，但谁能说得出为什么口腔也有排泄的功能呢？容我在这里班门弄斧，我想性的罪恶大概是所有罪恶中最容易消化的，排出去就没事了，就安全了。

让人忧虑的是，口头腐化分子现在面临着来自女性的威胁，有的女性耳朵也讲清洁，她们说口头腐化也算性骚扰，要把他们告上法庭。但法律是讲求事实的，我相信口头腐化分子站在被告席上，不会十分惊慌，一句话就能博得大家尤其是男性的同情：我什么也没干！

自我保护

即使是孩子也不可小觑,自我保护能力在童年时代已经萌芽。孩子们在外面做了坏事,能瞒则瞒,有人告状到门上,看看父母的脸色,知道瞒不过去了,就诚恳地说:我告诉你们,可你们不准打我!于是一边避重就轻地交代自己的错误,一边注意着爸爸和妈妈的手势,当那只手显示出某种危险的信息时,孩子就伸出一只手挡在自己面前,就像拳击运动员的防守姿势,嘴里说:不准打我!但大人就是大人,气急了就言而无信,一巴掌终于打了过去,这时候孩子就亮开嗓门大哭起来:你答应不打我的,你说话不算数!

什么麻烦事都可以通过自身的努力,减轻其不良后果,连孩子们都深得其中三昧:我全部都告诉你,你别打我!这样的要求虽然不一定就奏效,但说了总比不说好,说了至少能让对方出手轻一些,少受一点皮肉之苦。

成人世界当然更加复杂更加老谋深算一些,成年人犯了错误不用面对父母,不是面对配偶,就是面对警察。私生活方面,男的做错了事,就对老婆说:我一时冲动,过了界线,我从今天开始就跟那个狐狸精断绝来往,让我们重新开始吧。女的红杏出了墙,就哭哭啼啼地说：我对不起你呀，我没脸见人了，你让我去死吧。这都属于"把话说在前头"，你如何处置，自己掂量着办。最耐人寻味的是面对刑法和警察的人们，犯法的人总是轻易地找到了说辞。强奸犯说：是黄色录像害了我，我中毒太深不能自拔呀。贪污犯说：是金钱诱惑了我，一失足成千古恨哪。甚至杀人犯也不甘示弱，说电影电视里的暴力镜头太多，暗示他教唆他，结果他不小心杀了个人。这些聪明人一方面竭尽全力为自己开脱，另一方面也像挤牙膏一样挤出一些犯罪的供词，因为他们深知执法的人是讲政策的。古代的政策是官本位，官吏大人大喝一声，从实招来，本官饶你一命。现在是依法量刑了，但这些犯罪嫌疑人一抬头就看到"坦白从宽抗拒从严"的标语，暗自掂量一下，心想还是坦白吧，坦白是容易的事，要是坦白得好了，说不定就捡个大便宜，回家去了。

　　人到底是高级动物，不像那些飞翔的鸟类，看上去自由自在，可是你一枪就把它打下来了。人是善于保护自己的，所以他们不在天上飞，他们就在地上活动，即使是做坏事也是脚踏实地，你要是去逮捕他，他只要把双手一举，说，我投降。一张嘴，一句话，就把自己的小命救下来了。以后的事情以后再"说"。

薄　醉

第一次醉酒是在大学期间，当时大家都下河北山区植树劳动。一天几个同学嘴馋了，结伴去县城一家小饭馆打牙祭，有人说：来一瓶酒，有酒才是好饭。结果就来了一瓶酒。

酒是当地小酒厂出产的高粱酒，名字却叫个白兰地。第一次品酒，我竟然品出了醇厚的酒味，说：这是好酒哇！同学都附和。再加上古典文学老师在讲解李清照词中"薄醉"一词时声情并茂言传身教的，给我留下了美好的印象，我便有点贪杯，直奔薄醉的目标而去。令人惊喜的是走出小饭馆时我果然薄醉，脚步像是踩在棉花上，心情无比轻快，嘴里就叫起来：薄醉了，薄醉了！

谁能想到在走上社会大酒席之后，经常喝酒喝酒喝酒，却再也没有品尝到薄醉后的惬意，而且竟然怕酒！我至今不知道问题出在何处，只是很畏惧那个酒文化，还有从酒文化中衍生出来的劝酒文化。什么是劝酒文化？说白了就是让你多喝直至喝到呕吐的规矩方圆和礼仪风俗。

有一次随一个参观团去苏北，沿途经过六地。当地接待方一样地热情如火，每地停留两天，每天必喝两次酒。此地酒文化盛行，劝酒文化更加灿烂。每顿饭必须或者至少举杯三次，每举一次必须连饮三杯，因此你若是尊重地主、讲究礼仪的人，一场酒喝下来就是九杯在肚，这只是基础。劝酒文化之丰富多彩，不会让你只喝九杯，因此有同姓喝三杯，同乡喝三杯，同龄喝三杯，甚至有都是男性喝三杯的壮观场面。我记得我就是被这种场面吓坏了酒胆，尽管我期望能沐浴在酒文化的关怀中，并且接受它的考验，无奈酒量有限，十几杯下去只好摸着翻江倒海的肚子冲向厕所，一醉方休万事忘的美境可望而不可即，只好来个一吐方休了。

渐渐地就开始怕酒，怕也正常，不正常的是有时又馋酒，偶尔地喝几杯，喝得总是没什么诗意，纳闷李太白怎么就能斗酒诗百篇呢？偶尔地想起学生时代在河北那个县城小饭馆喝的白兰地，似乎有种种怀念。但我知道，当年的薄醉不属于我了，年复一年的酒，喝起来滋味肯定是不同的。

说　茶

　　小时候家境清贫，母亲每次去茶叶店买茶叶，买回来的都是廉价的茶末子。我跟着大人胡乱喝茶。因此很长一段时间里我以为茶叶都是碎的，喝茶时就是要鼓起腮帮吹一吹杯中的碎末的，对于茶的认识概括起来只有一句话：茶是一种黄色的微苦的水，功能主要是解渴。

　　喝也无妨，不喝也无妨，这么浑浑噩噩地喝了好多年茶。突然来了一个爱茶的朋友，登门先说：新茶上市了，你这儿有什么好茶品一品？我想当然地从抽屉中取出一袋茶叶，指着标签上的价格说：很贵的，是好茶。没想到朋友喝下第一口脸上就露出尴尬之色，说：你是不是把茶叶和卫生丸放在一起了？又用同情的恨铁不成钢的眼神看着我说：这不是新茶，是陈茶！

　　感谢这个朋友几句话就粉碎了我的关于茶叶的常识，我从此懂得了茶叶有好坏之分新旧之别。当然我也知道了一个更实用的常识，茶叶不能和卫生丸放在一起！渐渐地开始明白那些谈论茶叶的朋友是在说什么，他们在说安徽茶、碧螺春、龙井茶。我知道他们在说什么了，可心里埋怨他们故弄玄虚，都是茶，都是绿的，哪来这么多的道道?

不记得是哪一年的一个春夜了,我泡了一杯刚刚上市的新茶解渴,就那么一口,突然对茶的美妙有了醍醐灌顶的顿悟,不禁想起毛泽东主席实践出真知的名言。新茶无可比拟的绿色,无可比拟的香气,果然就在手中,就在嘴里。从此放不下手中一杯清茗。

我不是茶商,不在这里替他们做什么宣传,但喝茶喝久了,似乎喝的不仅仅是茶味。想想现代人在水泥丛林中的日常生活,铁罐里的那些绿色的小东西是多么善解人意,玻璃水杯中那些绿色的芽尖提醒你这个世界还有山野,山野有云雾有太阳有雨水,提醒你这个世界还保留着一些绿色世界。假如你智商够高,你就知道与其保护街道上的树木和花园不如坚持喝茶,因为树叶没人买,绿色不能卖钱,所以怎么呼唤绿色怎么保护树林其实都不保险。只有掏钱喝茶最保险,如此世界上至少还有茶园会被人们悉心照料着。有些茶客并不自知,自己是个好心的人,是个热爱环保的人,那我提醒你继续喝下去。好好地饮茶,当然不一定要昂贵的茶——你做了一件很有意义的公益事业,你消费了茶,就有人生产茶,有人生产茶就为这个世界保留了一块绿地。享受和功德合二为一,多么好的事情!而且我们大家都感谢你。

当然也要感谢我自己。

出 嫁 论

"出嫁"这个词语看起来听起来都有一种悲剧意味,其实跟谈生意时说的出手意义雷同。我们的老祖宗不知为何把女性婚姻的开始叫作出嫁,让许多做父母的在女儿的大喜之日有一种骨肉分离的痛楚,因此就热泪涟涟。

可是谁去管他们的热泪?女儿们都纷纷出嫁,到了丈夫家才知道"出嫁"两个字:出是出去的出,嫁是一女离娘家的嫁。

中国人很多谚语简洁明了地点破人的生活法则,有一句叫作"女大当嫁"。这句话的意思是女孩子长大了不要赖在家里,赶紧找个男的,到别人家去。你不到别人家去也行,那就变成一个老姑娘、老处女,这种词语看上去没问题,听一听就听出了问题。中国字的感情色彩何等强烈,说你是老人那是对"老"字最客气的用法,有人喜欢骂人老东西、老不死的、老流氓、老不中用,此冠词几乎可以用在所有的老而无德的人身上。而一个女性才三十岁,或者四十岁,就因为没出嫁就被人加了个"老"字,你让她听到这种称呼怎能心平气和?

碰到个顶真的就要跟你讨论了:是不是这些不出嫁的女人拒绝

婚姻呢？是不是她们对女大当嫁的真理提出了质疑呢？是不是她们认为男人没一个好东西而不愿与他们同床共枕呢？谁要是跟我讨论这个问题我就为难了。因为我不知道。只知道未出嫁的女性不出嫁有形形色色的原因和理由，也知道一些出嫁的女性为了各种各样的理由出嫁，就像一只被牧人驱赶的羊，慌不择路地跑上婚姻的草地，吃了一些草或者不肯吃草，觉得草好吃或者觉得难以下咽，然后就成了婚姻幸福的女性和婚姻不幸的女性——她们都在水里，衣衫尽湿，而那些不出嫁的女性站在岸上，仍然清新爽洁，有的装傻，对姐妹们挥手喊道：你们在扑腾些什么呀？

我只能揣度有些不出嫁的女性的心理，有没有这样的女性，就是因为对女大当嫁这句话反感而不嫁的呢？有没有一类女性是这么一种想法，说：你要我嫁，我偏偏不嫁？这当然是我这样的男性无聊文人的瞎操心，但我觉得要是有人在婚姻问题上多钻牛角尖，多多地叛逆，那以后道德学家大概就不敢随意说什么女大当嫁之类的话了。大家都不出嫁，他们就只好说，嫁不嫁，随便你，或者干脆就取消了"出嫁"这个古老的词语，用先进的与国际接轨的语言说：小姐，请你考虑，要不要娶个先生回家？

狗刨式游泳

我常用的锻炼方法是游泳。游泳馆离我的住所不远也不近,骑着自行车,带着泳具到了目的地,按照游泳者条例做一次简单的沐浴,然后直奔泳池,跳下去就开始我的五百米泳程,没有商量的余地。我这样已经游了近两年,一直觉得自己是在享受生活,但最近觉得自己游泳游得很无聊。

事情起因来自游泳池里一个家庭的出现,一对年轻夫妇带着他们的儿子。我游泳时候很专注,但那个家庭发出的种种欢乐的声音使我无法忽略他们的存在。那一家三口在冬季的游泳池里显得特别引人注目,为什么?冬季的泳客一般都游得像模像样,而那一家子是统一的狗刨式!他们在游自由泳、正规蛙泳甚至蝶泳的泳客中显得很可笑,同时却是鹤立鸡群。有人用嫌厌的目光看着他们,但他们旁若无人。你关心他们的泳姿,他们却不关心你,只是亲密无间地享受着游泳池里的天伦之乐,而且那个孩子和母亲不时地发出因果不明的快乐的大笑声。

不知为什么,我冷眼相看之间却意识到那是游泳池里唯一快乐的三个人。我忽然觉得自己这么正规地游来游去很无趣很累人,脑子里忽发奇想,想起我小时候也是在家乡的护城河里狗刨过的,再刨一次看看?这么想着就模仿那个家庭在水里刨了几下,没有想到只是刨了那么几下,我竟然为自己的动作感到羞耻,接近于当众小便的感觉。我的狗刨动作戛然而止,重新恢复了正式的自由泳,我仍然注意着那个狗刨式家庭,看他们刨得欢天喜地,顿时觉得自己的游泳不仅无聊,甚至有点像一台机器的运转那样沉闷烦人了。

就是从那天开始,我觉得我的游泳习惯其实是一个未能解决的问题:我为什么不能在游泳池里快乐地狗刨呢?我为什么要学会正规的泳姿呢?为什么我掌握了正规的泳姿以后就觉得游泳与玩水有区别呢?为什么要制造这种区别?我想我跟许多人一样钻入了公共观念的圈套,你追求了科学和技术,就丧失了原始和快乐,大家扯平。

或许我是碰到难题了,或许这很容易解决,有人会说既然你游得不快乐那就别游哇。我也这么想,可问题是我要锻炼。有人又会说了,既然是锻炼就别要求什么乐趣,鱼与熊掌你都想吃?哪有这么便宜的事!

问题就在这里,人类把自己发展到了这个地步,鱼与熊掌不可兼得。可你想想,这两样好东西为什么就不能兼得呢?

直面人脸

今天又要交代本人的恶习了，这个恶习就是喜欢盯着人看；又因近视而常不戴眼镜的缘故，盯着人看还眯缝着眼睛，更显得专注执着，这更显出本人的无礼和粗鲁来。

不是为自己狡辩，我要说水有源树有根，我的这种恶习的形成也要一分为二地来追究，一半是本人缺乏自律，一半却不是我的罪过，是那些受害者自己跑到我面前晃啊晃啊，不是我要盯着他，是他自愿让我盯着，我不看他是我目中无人，我看他他无动于衷，所以我一直觉得在盯者和被盯者之间没有什么伤害和被伤害关系。所以我到哪儿还是保持这种劳动人民的本色，只要我感兴趣，我就盯着你看，看看你的眼睛，看看你的鼻子，还有你鼻子上的一颗小疙瘩，有什么关系？

感谢我们的火车、汽车、公共浴室、百货商场，这些地方是满足我这个恶习的最佳场所。我有时候到商场转转，急着要回家的时候总是气恼找不到路，冷静下来才意识到路就在脚下，是人群挡着你的路。你盯他他盯你，忘了走路了。这不算什么。我记忆最深刻的是二十世纪八十年代在北京一辆公共汽车上，差点把我宝贵的眼镜挤掉。那是一辆"高峰车",车子被人塞得快要爆炸了,我的身体上了车以后几乎就一直悬浮在空中,一方面非常刺激,另一方面也非常慌张。我记得一个留学生模样的黑人青年一直和我如胶似漆地贴在一起,不能分离,如果当时谁能腾出一只手为我们拍张照片,一定会在今天卖座,我名字都想好了,叫作中非人民友谊万岁。可是当时我们一黄一黑两个青年贴得都很窘迫,我后来干脆就采取既贴之则安之的态度,干脆就利用这机会将老毛病一犯,开始盯着这难得一见的非洲青年研究起来。我当时好过瘾,看到他的黑得发亮的皮肤、鬈得不能再鬈的头发、白得不能再白的牙齿,这种近距离全方位的观察就是令人印象深刻,至今我还清晰地记得他的瞳孔里有一个小小的人脸,是一个黄种青年的脸,竟然是我自己。当然我也记得那黑人青年被我盯得无奈,嘴里说出一句夹生的中文:人太躲(多)了!

我之所以自称恶习是证明我知道文明礼貌,但我同时并不想改正我的这个缺点,我到哪儿肯定是要盯着人看的。假如跑到沙漠里,没有人看,那我也没什么埋怨的。可我生活在城市,我生活的这个城市谈不上是什么国际大都市,但人口超过了地大物博的瑞典,五百多万哪!除了睡觉闭着眼,走到哪里都是人,改我的恶习也很难哪。所以我建议被我盯着的人不要骂我无礼,当然也不用道谢——只是举眼之劳罢了。

人吓人

还是接着鬼故事这个话题说。

我上小学时正逢"文化大革命"的尾声,扫除迷信的口号深入人心,照理说校园里不该有鬼魂出现的。但是不知是哪个坏孩子,编出了一套非常吓人的鬼话,说厕所里有个名叫小脚娘娘的鬼魂出没,说谁谁在解大手的时候从挡板下面看见过小脚娘娘的两只小脚,小脚上穿着红色的绣花鞋。

孩子对鬼魂都是又害怕又热爱的,我也一样。有一次上课的时候想着厕所里的那个鬼魂,心中七上八下,头脑一热,就举手向老师报告,说肚子不好要上厕所。老师开恩批准。我于是就有了探险的机会。跑到厕所里,看见平时热闹的厕所里空无一人,强忍恐惧,一心要获取小脚娘娘的第一手资料,就蹲在里面,双眼死死地盯着挡板外的地面。起码过了五分钟,我什么也没看见,看见的只是几只苍蝇在肮脏的水泥地上爬,没有红色的绣花鞋,也没有什么鬼魂,我又失望又兴奋地跑回了教室,自以为从此在鬼魂方面有了发言权。

儿时的那次勇气使我真正消除了迷信,不怕鬼,也从来没有被鬼魂吓着。但是有一次却被一个人吓坏了。说的是有一次与朋友打麻将，赌小钱的。赌小钱也违法，这我们都知道，所以悄悄地关着门赌。放纵地赌到了深夜，一切平安，一个朋友抽空下楼去小便（我当时的住所没有厕所），回来一切正常，继续赌。没想到突然听见楼梯上响起了脚步声，而且脚步声很快变得杀气腾腾，我的头一下就炸了，心想这次要倒霉，读者朋友可听过深夜危楼里的杀气腾腾的脚步声？我明明想着要收起那些小钱，手却不能动弹，其他三人同样呆若木鸡。就这样准备束手就擒时，看见一个朋友突然冲了进来，说：都不要动！看见是朋友了，桌上四人仍然煞白着脸坐在那里，足有一分钟，才突然醒悟，四张嘴把那个吓人的朋友骂了个狗血喷头。我就问那个可恶的朋友是怎么进来的，他说：路过这儿，见门开着，当然要进来吓你们一吓。原来是小便的那个朋友惹出来的事，于是大家就转过脸去骂他，是他的膀胱惹出来的事。

我现在很少赌钱估计与那次惊吓有关，从此我更相信这种说法：人吓人，吓死人。我重提此事，除了无聊为文，还有一个善良的愿望，就是希望有吓人嗜好的朋友改了这毛病，让鬼吓死的事都写在书里，让人吓死的事却是极有可能发生的。切记，深夜里注意你的脚步。

败 家 子

　　沙漠边缘是不适宜于人类居住的，但有人祖祖辈辈就与风沙为邻，并不想背井离乡远走他方，他们觉得人只要勤劳肯干，风沙是能够制服的。我有一年在电视里看到了内蒙古的一个老人花其毕生精力种树治沙的真实故事，看到在夕阳下的沙丘上耸立着一排排树木，看到那个老人微驼的被过量的劳动损坏的背影，心中又是感动又是酸楚。这个电视专题我记得非常清楚，我还记得解说员用一种欣慰的语气说：××村（就是老人的家乡）现在树木成荫，不再惧怕风沙侵袭了。

　　没想到过了两年，有一次偶尔打开电视，正好看到电视里报道一起毁林事件，地点、人物、事件一下让我想起了那个老人。我看到记者正在采访那个××村的村主任，问他为什么把树砍了，那个村主任坦然地说：村里穷，卖钱了。而这时候画外音介绍这个村主任用最大的树材做了他儿子新婚洞房里的家具。我当时目瞪口呆，心里始终在想，那个老人呢，那个种树的老人怎么不见了？让他出来说话呀。老人后来在电视里出现了，电视里的老人看上去身体不是太健康了，他在电视机镜头里蹒跚地走着，摸那些只剩下桩子的树，一言不发，训练有素的记者便盯着老人脸上的泪水拍摄，以此来替代老人的发言。

我却在一边心潮难平，为什么只是泪水？即使是为了满足我这样的局外人的感情，也该让老人对那个村主任有所表示。我差点就对着电视机嚷嚷起来：打他耳光，打这败家子的耳光！但电视毕竟是电视，它总是拍到让人思索的地步就结束了，而且总是用泪水让人思索。

可我就是不愿意在这种黑白分明的事情上思索什么问题，我之所以一直对这个节目耿耿于怀，就是因为不解气，一直觉得大家莫名其妙地就便宜了那个村主任。自古以来败家子层出不穷，最可恨的是败别人的家败公众的财产。虽然说，有创业者就有败家子，就像那个可怜的老人，他种一辈子树，好像就是为了等着那村主任的儿子长大娶亲，用他种的树来打家具，这几乎是创业的命运和归宿。我不满那老人的是，你不知道也罢，可你明明看见了，却只是摸着树落泪！这事情我大概永远想不通。我不喜欢用眼泪表示愤怒，没用！换了我，首先扑向那个村主任，打他九九八十一个耳光。假如一定要让大家思考什么，就思考八十一个耳光的意义吧。

父 爱

关于父爱,人们的发言一向是节制而平和的。母爱的伟大使我们忽略了父爱的存在和意义,但是对于许多人来说,父爱一直以特有的沉静的方式影响着他们。父爱怪就怪在这里,它是羞于表达的,疏于张扬的,却巍峨持重,所以有聪明人说,父爱如山。

前不久在去上海的旅途上带了一本消遣性的杂志乱翻,不经意翻到了一篇并非消遣的文章,是一个美国人记叙他眼中的父爱的。容我转述这个关于父爱的故事,虽说是一个美国人的父亲,但那个美国父亲多少年如一日为儿子榨橙汁的细节首先让我想到我的父亲。我父亲则是几十年如一日地早起,为儿女熬粥,直到儿女一个个离开家庭。我一直在对比中读这篇文章,作者说他每次喝光父亲榨的橙汁后必然拥抱一下父亲,对父亲说一声我爱你,然后才出门。那个美国父亲则接受儿子的拥抱和爱,什么也不说。拥抱在西方的父子关系中是一门必备课,我从来就没拥抱过我的父亲,但我小时候每天第一眼看见父亲时必然会例行公事地叫一声:爸爸。到我长大了一些,觉得天天这么叫有点烦人,心想不叫你你还是我爸爸,有时就企图蒙混过去。但我父亲采取的方式是走到你前面,用手指指着自己的鼻子，我就只好老老实实一如既往地叫：爸爸！奇怪的是那美国儿子与我一样，他说他有一天也厌烦了这种例行公事的拥抱，喝了父亲的橙汁径直想溜出去，那个美国父亲就把儿子挡在门前了，说：你今天忘了什么吧？这时候我仍然在对比，我想换了我就顺势说，谢谢你提醒我，然后拥抱一下了事。但美国的儿子毕竟与中国的儿子是不同的，他想得太多要得也太多，贸然提出了一个非常强硬的问题，说：爸爸，你为什么从来不说你爱我？这个美国儿子逼着他父亲说那三个字，然后文章最让我感动的细节就出现了：那个父亲难以发出那个耳熟能详的声音，当他终于对儿子说出我爱你时，竟然难以自持，哭了出来！

　　我读到这儿差点也哭了出来，我仍然在对比我所感受的父爱。我想我永远不会逼着我父亲说我爱你，我与那个美国儿子唯一不同的是，知道就行了。父爱假如不用语言，那就让我们永远沐浴这种无言的爱吧。

自助旅行

白洋淀是我此生第一个旅游的目的地，当时还没有自助旅游这样的词，也没有旅行社帮助我确定旅游的行程——即使有我也不找他们，因为我当时是一个靠父母接济的穷大学生，去个什么地方假如要花很多钱，是月球我也不去。

我有个同学，平时常有出人意料的言行。那天跑来对我说：白洋淀的水快干了，以后就要消失了，我们去看看白洋淀怎么样？我恰好与他一样是个冲动而没名堂的人，就说：那就去呀！

第一次旅程就在冲动与匆忙中确定了。需要两辆自行车做旅行工具，可是二十世纪八十年代初，自行车是人人心爱的东西，谁会轻易地把它借给我们骑远程呢？好不容易遇到一个豁达大度的同学，首先把自己的一辆破车借出来，又带我们去他亲戚家推了另一辆，另一辆更破——没关系，有轮子就可以，我们上路了。

记得是一个风和日丽的早晨，我们驱"车"离开北京城，一路向河北省境内骑过去。骑了很长时间，却还在北京的郊县，一生气就下来休息了。坐在路边喝水的时候我的头脑才清醒了，知道为什么别人去什么地方都要搭火车搭汽车，但是这时候没有后悔药吃了，就鼓足勇气又上路，觉得腿发软，路白花花的没有个尽头，转脸看看我的同学，心里说：上了你混蛋的当了，白洋淀有水没水跟我有何相干，我这是自讨苦吃！心里这么想嘴上却不能说，对同学说：我看你气喘吁吁的，再休息一下怎么样？

就这样一路在公路上奔走，好不容易到了河北的霸县，天已经黑了。原来的不花钱住宿的计划完全成了纸上谈兵，两个人看见一个小旅店，互相看一眼，一头就冲了进去，很快就摊开四肢躺在肮脏的大通铺上，没有什么感受，唯一的感受是鼻孔里灌满了不知来历的脚丫子臭。

第二天早晨，一夜昏睡养足了我们的精神和体力，虽然腰酸胳膊疼，但为了把一件事情做到底，两个人在公路上就像赛车一样，拼命地往目的地骑。不知不觉地到了安新，不知不觉地看见了一片大水，我那个同学发出了欢呼声，我跟着他的车撒欢似的到了水边，突然意识到出了什么问题，突然发现所谓的淀其实就是湖，写法不同，但都是由一片大水构成的。而我来自苏南水乡，这样的湖水是早就看见过的。我骑车两天，为了看这一片水，犯得上吗？

所以我的第一次自助旅行是在上当的心情中看见了目的地，上的是我那个同学的当：他从西北来，从小到大没见过淀，当然更没见过湖。

饶舌的益处

最近几年来我发现自己逐渐在变成一个饶舌的人。熟悉我的朋友也许注意到了这个变化，他们会用各种方式表达对我的这种变化的看法。有的说：你以前很沉默的——言下之意是：现在哪来这么多废话？也有的更婉转，说：我觉得你的性格变了——变好了还是变坏了？没有说，肯定是让我自己去揣摩。

我也不知道是怎么了，年龄的增长带来一个不曾预料的生理变化，饶舌了。有过好几次奇妙的经验：与朋友高谈阔论的时候，竟然清晰地听见自己的声音在空中响亮而自信地回荡。这时候我不无伤感地意识到鄙人苏童不再是一个沉默的人了。很奇怪，当一个人不知道沉默是怎么回事，就再也不相信什么沉默的诗意和内涵了。以前眼中的美德现在被我一句话就庸俗化了，沉默是什么？就是一声不吭，一个屁也不放。说是这么说，心里多少有些虚，心里想这么胡乱攻击不免太不讲理，我既然成了个饶舌的人，总要找出饶舌的依据，更要找出饶舌的益处来。

很容易地找了个有说服力的依据：年龄也不小了，趁现在口齿清楚思维敏捷的时候多说一些，不要无端地为了保持沉默，到老了一边满怀肺气肿一边咯着老浓痰,向子孙唠叨一些不听老人言吃亏在眼前之类的话。我自己一向是不太欣赏老人言的,所以现在赶紧先说,饶舌也不怕。语言这东西好就好在收放自如,说不好也不会有人给你开罚单,说不好就请大家批评。再说,上帝给你一张嘴,可不光是让你吃这个喝那个,也是让你说话的。你老是不说话,喜欢说话的人也许会来对你说:沉默的人哪,我一张嘴不够用,你的嘴既然闲着,就借给我用吧。要是有人提出这个要求,你还真没有什么正当理由拒绝他。

  那么饶舌的益处是什么?这厢也编造成功了。饶舌最大的益处是保持身心健康,不知有多少科学资料显示:郁郁寡欢的人死得早。光是倾听就没有交流,不交流的人热爱倾听就更危险,这就像一只不停地充气的气囊,再结实也逃脱不了爆炸的命运。我想我凭什么要做一只充气囊,做充气囊情愿做一只打气筒。我认为饶舌是一种释放,有点像汽车尾气,尾随你身边的人不舒服,但你为了自身的健康可以自私一些,先让自己舒服了再说。

  当我逐渐变成一个饶舌的人后,才发现语言是多么美好的东西,即使是一些粗俗的脏话,只要说出来,只要不藏在肠胃中,多少会有几分动人之处。当然这也是饶舌者的自我感觉。自我感觉良好,以为自己对世界很有帮助,是饶舌者最大的优点也是最大的缺点。

纸上的美女

这里说的是纸上的美女，意思接近于纸上谈兵，意思就是说本人对美女并无超出常规的欲望和非分之想。这里说的美女我从来都没见过，都是在纸上见到的，没有听到她们说话（错别字或者脏话），没有闻到她们的体味（香水或者狐臭），所以觉得她们真的特别、特别的美、完美、迷人。

美女们或者已经香消玉殒，或者正是风华正茂，她们在大大小小彩色黑白的照片上生活，露出了满足的妩媚的笑容。美女们一旦逃出照片，就是一个穿裘皮大衣或者香奈儿时装的绝代佳人，她们深知肖像权不可侵犯，她们用手挡着摄影记者手中的照相机镜头，说，走开，不准偷拍！但总有另外一些摄影记者艳福不浅，他们用不知名的手段获得了这种权利，于是我们便在画册、报纸、写真集上看见了那么多平时不易看见的美女。

照片上的美女不管是羞羞答答还是热情如火，她们公开地向我们出售美丽了，我们都是一些好顾客，我们用几角钱或者几块钱购买了一份复制的美丽。

但是真正的美丽恰恰是不可复制的，美丽的赝品不是美丽，所以我们欣赏过美女云集的画报后就随手一扔,最后把它廉价卖给上门收购废品的小贩,据说,小贩们会把收购来的废纸卖给烟花厂炮仗厂,这个过程想起来就令人心痛,那么多的美女最后一律在空中爆炸,竟然化为一些硝烟和纸屑!

真正的美丽其实是藏在照片的后面,需要捕捉和想象的。就像周璇,就像玛丽莲·梦露,她们的美丽不是依靠照相机成全的,恰恰是她们的美丽成全了一张照片,一个摄影师,一个关于美丽的记忆。

美丽是一种命运,它没有什么共同体。因此我们不要对模仿梦露模仿周璇的照片抱什么指望,梦露和周璇的美丽已经随着她们的死亡而告别人间,美丽是独特的,不可衍生的,因此我们如今只能对着残存的几张遗照去怀念去想象那一份美丽。

人们在纸上搜寻美丽,那大概是因为美丽的药效,美丽可以用来宽慰他们受伤的眼睛,对于所有丑恶的现实来说,美丽无法治本,却能够安神醒脑。对于所有欲望强盛的人来说,美丽仿佛金银财宝,激发索取和占有的欲望,于是便有了追逐,有了竞争,有了格斗,有了流血,有了无数冲冠一怒为红颜的故事。如此说来,美丽也能变成一种毒药。

那不是我的意思。我要说的其实还是那些照片,本着和平安定的原则,美女们的照片就是好东西,照片无论如何不会惹出什么祸水来,因此美女们的天姿国色躲在一个安全岛上,对于社会对于男人都是一大幸事。

只能看不能碰,既然已经成为公共准则,我们大家就都没什么意见。

不拘小节的人

不拘小节的人是什么样的人呢？你在旅途上经常能碰到，就是那个脚很臭而又喜欢脱鞋的人。他是个具有有福同享有味同闻观念的人。把脚放在你的面前，自己读报或者睡觉，就这样君子坦荡荡地将他的脚的秘密昭示众人，毫无躲躲闪闪的忸怩之态。不拘小节的人就是跑到你家里来东抓抓西摸摸，临走从书架上抽下一本书，告诉你我拿回去看看的那种人。不拘小节的人热情地邀你共进晚餐，说喝点好酒吃点好菜，说你他妈别哆哆嗦嗦的，是我请客——但最后他一摸口袋，说：钱包忘了带了，哥们儿你替我垫了吧，下次我请你去某某地方（一个最高级最昂贵的餐厅），狠狠请你一顿。

不拘小节的人令拘泥于小节的人很自卑。后者通常很羡慕前者的品行，心想我要是有这种品行就好了，不仅在哪儿都很英雄很大方，而且多少能占点便宜，物质上的便宜倒不重要，主要是道德上得到赞许让人舒畅。你摸着胸口想想吧，假如你听到有人评价你，说你这个人不拘小节，你会生气吗？不会！不仅不会，你还会谦虚地说：有什么办法？从娘肚子里生出来就是这种德行，改都改不了!

当然不用改!我每次听到不拘小节的人这么说话就很着急,恨不得向他兜出老底:不能改呀,一改你就没个性了,一改你不就跟我一样,成了个婆婆妈妈的人了吗?我这么说话读者千万不要误会,以为我是反讽什么的,我真希望自己从小是个不拘小节的人,倒不是出于别的目的,是真心觉得这么生活比较痛快比较合算。现在人们喜欢说率性而为,不拘小节的人是最能体验此中境界的。

不拘小节的人身上也往往有一些小缺点,但这种缺点被更多的人认为是可爱的小缺点。比如粗心,不拘小节的人在总结自身缺点时,十有八九说:我很粗心的呀,哪像你,处处细心,处处谨慎,我要像你就好啦!这种自我批评让拘泥小节的人听来不辨真伪,心想你粗心有什么不好?终于想出来了:粗心的人不适宜当会计,账本上的零多一个少一个,都会捅娄子。但是拘泥小节的人天生想得复杂,他们会说,不当会计又有什么不好呢?你擅长的是开拓型的创造型的工作呀!

我一直对不拘小节的人有好感,但前不久我去邮局寄一件东西去香港,过了几天却自己收到了这个邮件。初看以为是退回,仔细一看才知道是一个粗心的职员干的好事,这下我忍不住脱口而出:这人的头脑掉马桶里了?!

可见像我这样的人,永远改不了拘泥小节的小家子气。

苍老的爱情

我相信爱情。历代以来与爱情有关的浓词艳篇读了不少,读到的大多是爱情的缠绵、爱情的疯狂、爱情的诞生和爱情的灭亡。我今天的话题与此无关,是关于爱情的平淡、老迈,说的是一种白发爱情,它不具备什么美感,也没有悬念和冲突,被唯恐天下不乱的文人墨客有意无意地疏漏了,但我肯定这么一种爱情随处可见,而且接近于人们说的永恒。我建议你在左邻右舍之间寻找,而且我建议你排除那些年轻的如胶似漆的爱侣,请将目光集中在那些老朽的夫妇之间,说不定就找到了那一对。

读者朋友能听出来我这里有一对经典。确有经典在此,是我的邻居,现在已经去世多年了。

从我记事起他们就不再年轻了,他们的两个女儿都已出嫁。我记得那个妻子身材高大,看得出来年轻时候是个美人,而丈夫个子比妻子要略矮一些,但眉目也很端正。许多晴朗的日子里他们出现在街上,妻子端着一盆衣服去井边洗衣,丈夫就提着一只水桶跟在后面,妻子用手拍打阳光下的棉被,丈夫就从家里出来,递上一只藤编的拍子。有一次我亲眼看到他们的女儿带着自己的丈夫孩子回娘家，小孩在外面敲门，大声喊叫：外公外婆快开门！门内就响起一阵杂沓的脚步声，门开了，我看见那对老夫妻的脸，两张笑脸，一张在门的左侧，一张在门的右侧，我惊讶地发现那对老夫妻笑起来嘴角都往右边歪。

但如出一辙的笑容不足以说明老人的爱情。一切都发生在老妇人去世那天。

人总难逃死亡之劫，但老妇人死得突然。是心肌梗死。街上的邻居在为老妇人之死悲叹的同时也为那个做丈夫的担心，说：她这一走让老头子怎么办？老头子能怎么办？他只是默默地守着妻子的遗体，去吊唁的人都看见了他的表情，没有想象中那么悲痛，他只是坐在那里，平静地守着他的妻子，他最后的妻子。到了次日凌晨吊唁的人们终于散尽时，邻居们听见两个女儿再次恸哭起来，他们以为是亡母之痛的又一次爆发。到了清晨，人们看见老夫妻的女儿在家里搭起了另外一张灵床，因为她们的父亲也去了！

这不是我编造的小说，是真事，我所认识的一个老人紧随亡妻一起奔赴天国。女儿说父亲死的时候一直是坐着，看着母亲，后来他闭上了眼睛。她们以为他是睡着了。谁能想到一个人的死会是如此轻松如此自由？

所有的人都为这个做丈夫的感到震惊。是无疾而终吗？不对，依我看老人是被爱情夺去了他剩余的生命，有时候爱情是一种致命的疾病。我从此迷信爱情的年轮，假如有永恒的爱情，它一定是非常苍老的。

时光隧道

人很奇怪，可以坦然地面对生，可以坦然地面对死，却常常不能面对自己的年龄。有些人本来与你谈得正欢，你突然去问人家的年龄，人家就会生气，觉得你是有什么不怎么好的企图，不是嫌人太年轻无经验无阅历无可信度，就是嫌人老了不中用了无活力无朝气缺乏创造力了，或者怀疑你是刺探他（她）这把年纪做个情人是否般配。

好多人在年龄问题上显得鬼鬼祟祟的，一些演艺界的女演员最鬼，她们连自己的胸围都告诉你，就是不告诉你她的年龄。她们的年龄一栏写着秘密、不详或者永远十八岁之类的文字，一看就很不诚实，真是急死你。有些女士其实也不在演艺圈，也学了那种莫测高深的样子，对你的愚蠢的问题翻个白眼，说：不该问的别瞎问。有没有教养啊？竟然问女士的年龄！男性在年龄的态度上要硬朗好多，但也不乏这种无礼之辈，你问他年龄，他就说：当然比你大，我都可以当你爹了！

我年轻时候没话找话说的时候就喜欢问别人年龄，碰了好多钉子，以后就改了这毛病。但是渐渐地我也习惯在年龄问题上瞒骗他人，我二十啷当的时候总是多报两岁，明明二十三，偏偏说是二十五了，是很自然的类似自我保护的反应，其心理动机是怕被别人当了小辈，说你嘴上没毛办事不牢，让你多吃亏。即使这样多报两岁，别人还是嫌你年轻，所以我在工作中和别人交往中还是没少吃年轻的亏。当时还想呢，等我老了有了资本，看我怎么对付身边的年轻人！

时光如箭，眼看我也是直奔不惑之年了，却还是对年龄这东西有诸多困惑。现在当然还有些不客气的张嘴就问你多大了，我发现自己这时候总是不够坦然，假如对方比我年长，我的回答还算利索，表情也还礼貌，意思是我比你年轻多了，我蹦跶的时间还长着呢。可现在到处碰到比我还年轻的人，让我觉得自己的体态、动作、语言甚至表情都不对头，让我觉得自己与年轻已经毫无关系，不知怎么我就情绪低落，虽然诚实地报出了自己的年龄，心里却想：你他妈狗拿耗子，我的年龄跟你有什么关系？

我觉得我在年龄问题上最终也变得鬼鬼祟祟的了，苍老和年轻，我都不要它，但年轻是一件穿过的T恤衫，变小了，洗坏了，再也不能穿了；苍老是一件睡衣，穿上就准备上床睡觉了，可我没有睡意，不想睡，怎么办？着急也没用。要是真有个时光隧道，花多少门票我也要进去一次，看看年龄的秘密到底怎么破解。到了里面，我一定要捉住每一个人，大喝一声，看着我的眼睛，报出你的年龄！

莱比锡日记七篇

之一：莱比锡的脸

莱比锡的脸，长年以来被国际博览会的巨幅海报遮盖着，有点苍白，也有点痒了。人们每年来到莱比锡，看见的也许只是城市的身体，不是她的脸。

在世界各地的商家们带着展品离开这个城市的时候，莱比锡完成了一年一度的使命，打扫好贸易的战场，送走客人们的订货单和支票簿，她翻了个身，开始照顾自己了。这个季节是莱比锡自己的季节，悠闲，有点冷清，但更像春天，城市的呼吸是自然的顺畅的，城市的脸现在充分沐浴着阳光和风，严肃和美丽一点点流露出来，这严肃缘于城市的历史文化和人民的记忆，因此令人敬畏，这美丽也是文化之美，因此不张扬，不羞怯，是内敛自信的美，无论朝向哪个角度，都令人惊艳。

两个重叠的M是莱比锡的城市标志，在很多地方可以看见这个标志。也许有人会告诉我，这就是莱比锡的脸，但我总是不容易记住标志,却记得标志栖身的建筑,或者仅仅是那建筑旁边的一棵树。对于一个血肉丰满的城市来说,所有的标志都是空洞的,这城市的脸需要你去依偎她,依偎了才能感知她的温度,才能用素描的笔法去勾画她。对我来说,我要捕捉的不仅是一张城市的脸,不仅是线条,还有表情。这城市的表情注定是深沉的,针对观光者的宣传手册上,莱比锡有莱比锡的光荣和骄傲,屈辱和创伤。而我的私人目光,最终是我对一个城市的记录,它不负担别的,只对我的目光负责。

我带了一个三星照相机到莱比锡来,性能不错但体积笨重。我最后悔的是没把家里那个小的带来,小的拿出来放进去都方便,不像现在,我拿出那个大家伙来,这里拍,那里拍,弄得一本正经,好像一个三流的摄影记者。

可是值得拍照的地方实在很多,惊喜无处不在。

我前天偶尔路过一家旅馆,巴伐利亚广场旅馆,因为觉得旅馆很漂亮,走过去一看,墙上钉了块牌子,原来是卡尔·马克思住过的旅馆!

之二:莱比锡的有轨电车

如今这个时代,是在天堂与地狱之间徘徊的时代,语言和文字也在徘徊,只是它们比这个时代更迷茫,因为没有人知道文字的天堂在哪里,语言的地狱在哪里。字典里的科技词汇越来越多,好多词语我不懂,我看那些新的电子产品的说明书,看得一头大汗,最后往往还是一知半解,那是我的一个隐私,也是我作为一个文字工作者最大的噩梦。

如今这个时代，好多词语也在痛苦地失落，"朴拙"变成了家具或者瓷盘设计的风格，"怀旧"站到了造作的同类词的队伍里，"抒情"则几乎沦为一种不三不四的精神疾病了。这些词语本来离你很远了，但突然你遭遇了某一时刻，那三个词语同时出现，像三个失踪的孩子，他们向你跑来，几乎带着一种魅人的力量，这要感谢莱比锡的有轨电车。

是前天早晨，天空阴雨，我沿着十月十八日大街走到老巴伐利亚火车站，看见一列有轨电车穿过绵绵细雨，从新市政厅的方向驶来，我听见了电车在湿润的轨道上滑动的声音，这就是让我莫名心动的那个时刻，我看见这列有轨电车带着那三个词语开过来，朴拙，怀旧，抒情。我突然想起童年时候跟着父亲去上海，也是在雨中，一个雨中的早晨，见到过上海的有轨电车。这记忆的唤醒出其不意，我站在巴伐利亚车站工地的围墙外，突然想起童年的第一次旅行，突然想起我的父亲，他在苏州，独居一隅，一辈子没有踏出过中国的国门。不知道为什么，我那么喜欢有轨电车，这份喜爱与环保主义无关，我只是主观地判定，一个保留着有轨电车的城市，也为我们保留着诗性的城市精神，保留着各种各样美好的记忆。也许不奇怪，所有美好的事物，不仅浪漫，而且一定是实用的。

这些年去了好多地方，还有别的城市留下了有轨电车，但有的差不多已经是古迹，有的作为被保护的交通工具在小心地使用，一边使用一边展示，而莱比锡的有轨电车仍然豪放地奔驰着，像一匹古典的好战的骏马，终日不停地奔波在城市的四周。我几乎天天坐2路或者16路有轨电车去莱比锡市中心，这是我的一匹骏马，也是莱比锡给我的一个大礼物。

很巧的是，我今天搭有轨电车去市政厅，在高德福斯女士的办公室里，巧遇了她的两个客人，他们恰好是从有轨电车公司来的。我不懂德语，除了寒暄，我不知道如何赞美他们的有轨电车，说它是一匹古典的战马，这是事实，不是赞美，于是我想还是从文学着手吧，我不知道莱比锡这个城市的咖啡馆里还有多少浪漫主义诗人，他们是否朗诵他们的作品，但莱比锡的城市上空一直是有诗歌的声音回荡的，依我看，今后或者未来，莱比锡的有轨电车，一定会成为这城市最后一个浪漫主义诗人。

之三：托马斯教堂

我认识的朋友中，有好多古典音乐的发烧友，凡是对古典音乐爱到一定程度的，最后人还在现实中，但呼吸的已经不完全是现实的空气，他们有另一种空气供给，依我看来，那供给的管道并不神秘，所有的古典音乐，其实可以看作是一种古典的空气，实验室没有保存下来的东西，音乐保存下来了。

有人面色红润得出奇，有人面容憔悴得出奇，并非全部是内分泌和血液循环的原因。呼吸了古典空气的人，也许他比一般人更严肃，也许比一般人更浪漫，这说不定。但这些人，大多自己也成了一本五线谱，说话或者沉默，都有自己的调子和旋律。热爱古典音乐的人，不是从音乐中寻找安慰和寄托了，是在寻找一种简洁美好的生活方式，他们寻找的是一片更宽广更深邃的天空，为了飞翔，或者，不是为了飞翔，恰好是为了静止。

音乐有可能制造幸福，也有可能制造痛苦，最好的音乐可能往往会忽略人的感受，它有这个权力。人的感受是瞬间性的，是肉体的，因此感受仅仅是感受，伟大的音乐永远是从肉体出逃，向上，向上，固执而傲慢地向上的。我个人对古典音乐一向是一知半解，古典音乐最初就与宗教密切有关，现在仍然有关，对于某些人尤其是无神论者来说，他们对音乐的爱，本身几乎也成了一种信仰，我所认识的那几个朋友，最后都皈依了 J. S. Bach（巴赫）。

作家余华说过，他的《许三观卖血记》的结构是受到了《马太受难曲》的影响，重复、回旋和升华。这话不管是否可信，反正给我印象很深，正如许三观卖血养家的故事，给人留下了深刻的印象。我很想告诉他的事情也许他早就知道，但我还是要多说一句，《马太受难曲》，巴赫就是在莱比锡的托马斯教堂完成的，无论什么时候，巴赫不会为音乐受难，但是他一直为生活所累，在托马斯教堂漫长的岁月里，他奔波于葬礼、主教选举、唱诗班和教堂，奔波于需要音乐的所有场合，差不多也是卖血为生了。

莱比锡的血液是音乐的血液，这是瓦格纳出生的城市，是门德尔松指挥布商乐队的城市，是舒曼和克拉拉一起生活的城市，这已经足够成为一个古典乐迷向往的城市了，偏偏它又是巴赫的城市，何等的光荣，何等的骄傲！巴赫在托马斯教堂度过了他忙碌一生中最忙碌的时期，教堂边的学校遗址，曾经是巴赫的孩子们上学的地方，也是他的宿舍所在地，他当年倾心培育的托马斯教堂男童合唱团，过去有名，现在还有名，过去在教堂演唱，现在不仅在教堂唱，还要到世界各地去演出。无论你是否听过巴赫，作为知识你都应该知道，巴赫的光辉穿越了时空，是越来越明亮的。

我不是因为巴赫和托马斯教堂到莱比锡来的,但当我离开的时候,我会记住巴赫在这个城市留下的光荣,记住托马斯教堂的光荣。我的那几个朋友,或者世界上所有寻访巴赫足迹的人,他们最终也会来到这里,一定会来,因为这是巴赫的足迹消失的地方。

巴赫的墓,就在托马斯教堂。

之四:咖啡康塔塔

尽管这个城市安静,有点冷清,但托马斯教堂前面永远是有客人的,全世界的古典乐迷到了莱比锡,就在导游图上寻找那个著名的地标,不懂德语没关系,很容易找的,城市非常袖珍,所以地图也复杂不到哪里去。

我在托马斯教堂前每次都能看见那些客人,但其中多少人是来瞻仰巴赫的,多少人是来快餐旅游的,无法统计。有一些手拿数码相机的人,像我一样行为可疑,一心要从托马斯教堂带走点什么。巴赫已在墓中,无法和他握手,能带走的就是塑像的照片了,拍下巴赫的塑像,拍下他著名的大鼻子,回去吻照片吧。

教堂门前巴赫的那座塑像,不知道一天要被多少镜头和镁光骚扰,也不知道,巴赫天上有知,那会是他的光荣,还是他的烦恼?会不会还有一点不安?他会不会向他的崇拜者推心置腹:我的音乐只是音乐,谱曲和指挥是我的事,而那些音乐是否伟大是否神圣,是你们的事。他会不会感叹:都来晚啦,你们在十八世纪来多好,放一点钱到我的口袋里,给我的男童合唱团买几瓶牛奶,最好给我的孩子们每人买一件新衣服。

　　这里的朋友告诉我，巴赫的塑像，造型如此生动自然，其实是雕塑家在复述他当时的境遇。他的外套第二颗扣子没扣，是因为他又要弹管风琴，又要指挥合唱团，一手必须多用，要时常从那里面掏乐谱出来，不扣衣扣，便省去了解扣子的时间。他的左侧口袋倒翻过来，则是一个无言的抗议，事关财政，告诉主教大人，告诉那些仁慈的教堂赈济人，我要音乐也要吃饭，我已囊空如洗，快给点钱吧。

　　我相信那朋友对塑像的解释。所有的伟人，差不多要死后一百年才被发现，而且还要先征服另一个时代的伟人，就像巴赫先征服门德尔松，然后征服世界。以我的看法，巴赫如果现在活着，也应该是这个姿势，如果他活着，那翻出来的口袋里，有没有人放钱？这其实是个疑问。那尊塑像好就好在这儿，说了过去的事，也说了现在的事。

　　我只是莱比锡的客人，亲近莱比锡的一个细节就是亲近巴赫，或者说，亲近巴赫的一个细节，就是亲近莱比锡。如今有一种最实用的亲近方式，就是为巴赫的名字消费，托马斯教堂旁的巴赫咖啡馆，每天都有人对着巴赫的塑像，虔诚而崇高地坐在那里，喝点什么。我也去喝过了。以前我一直不知道巴赫的"咖啡康塔塔（Kantaten）"是什么意思，那天与莱比锡的一位朋友相约见面，她说的是彼得斯教堂，不知道为什么我听成托马斯教堂，在雨中很抒情地步行到那儿，雨越下越大，便坐在巴赫咖啡馆前，要了一杯普通的咖啡，等那个朋友。电话响了，一听是我搞错了，只好将错就错，委屈她冒着雨，再骑车赶过来。于是有点内疚，东张西望起来，抬头看见身边的招牌上还有一道特殊的咖啡，名字就叫个康塔塔咖啡。然后那位朋友来了，她一来我就问她康塔塔的意思，人家又一说我就恍然大悟了，原来德文中康塔塔是安宁美好的意思。

这是一个多么圆满的答案，答案本身也是安宁美好的。

之五：莱比锡火车站

提到莱比锡，莱比锡火车站是一个永远的话题。我到莱比锡，与当地的人们谈到日常生活中的琐事，总有人用一种"此事好解决"的态度说，去火车站，那里什么都有，那里永远开着门。

莱比锡的火车站确实很特别。PROMENADEN，在德文中是什么意思，我问过人，可惜又忘了。也许不需要原意，我愿意把这个词想象成"体贴"。我无意给一个著名的火车站改名，但我每次走进这个火车站里，没有旅行前的那种说不清楚的焦虑和急迫，总是感到火车站里有两只手，一只手在向你挥动，请坐，喝杯咖啡再走，喝杯啤酒再走。另一只温暖的手搭在你的行李上，轻轻地拉扯着你，不要急，不要急，急什么，火车不会走的。

所有的火车都不等人，但莱比锡火车站给人以一个美好的错觉，火车不会走的，火车会等你的。

一个人留住另一个人，需要一个温暖的性感的怀抱，一个火车站挽留一个旅客，需要让他忘记时间，需要一些与旅行无关的事物，来缓解他们的紧张情绪。

这里其实也是一个巨大的休闲场所，地上地下一共三层，咖啡馆，餐厅，小书店，商铺，超级市场，银行，什么都有，按照中国人的休闲观念，就差一个大浴场了。好多人不赶火车，也去那里，是去购物，或者吃饭的，逢到星期天了，逢到夜间了，别的地方都关了门，火车站还是灯火通明的，火车站的灯光，有一半是旅行者的，还有一半，属于无法旅行的人。

欧洲的星期天，人们把一切献给了教堂，家庭，还有餐桌，还有一些人不上教堂，有一些人没有家庭，还有一些人不做晚餐，他们在星期天感到尤其孤单，莱比锡火车站把自己献给了那些孤单的人。我认识的一个中国留学生刘嘉琦对我说，她之所以不舍得离开莱比锡，就是不舍得莱比锡火车站，守着莱比锡，在最孤单的时候，她便有了个去处。

我也很孤单，当然我有排遣孤单的别的方法。莱比锡火车站没有收留过我的灵魂，但是收留过我的身体，尤其是我的钱包。在莱比锡火车站，我留下了很多消费记录，以下是我现在想得起来的记录，请原谅，我想罗列在此。

在O2店买了电话芯卡。我一直用这张卡与此地朋友保持联系。

在一家服装店买了一件衬衣，是我喜欢的某某休闲服品牌，打五折，过几天觉得自己还少一件薄毛衣，又去，结果人家不打折了，广告说打折一周就是一周，过期不候。不打折的东西我都觉得贵，所以就不买了。

在烟草铺买了一盒烟斗烟丝，一方面因为带的中国烟不够，要抽烟斗替代，另一方面，因为烟草店铺的业主顶住全世界反烟草的压力，每个抽烟的人都应该用实际行动向他们表示敬意。

吃了一次Pizza Hut（必胜客）的比萨，还吃了一次别的店里的比萨，比萨就是比萨，谈不上难吃，但是也永远与美味无关。

看见一家卖中餐的，走近了一看，是越南侨民们做的食物，其实不是中餐，不知道为了什么，非要命名为中餐，看着他们的大铁盒里堆起的食物，为中华美食在莱比锡的前景，感到非常忧虑，也有点愤愤的，心想在德国不能卖假货，为什么卖假中餐，就没人来管一管呢？当然了，这一次，消费未遂。

最解燃眉之急的一次购物是在一个星期天，要去一个朋友家做客，到了火车站换乘电车，突然想起两手空空，去人家里不礼貌，星期天别的地方是无物可购的，幸亏我就站在火车站对面，就穿过马路，跑到火车站里面，在ROSSMANN（劳诗曼）店里买了一瓶红酒。拿着那瓶酒，一下就安心了。

是一种体贴，这种体贴之所以令人难忘，是因为它来自一个火车站。

多少年来，我几乎一直在旅行，在我的旅行经验中，穿越火车站，几乎像是穿越人类的汗腺，逼仄，拥挤，带有种种异味，一些慌张的人遇见另一些奔跑的人，是多么令人不快。但在莱比锡火车站，一切都被颠覆了，有一种旅行的新秩序在提醒你，慢一点，慢一点，行色匆匆是可耻的，我也是个守秩序的人，所以我总是故意地放慢脚步，告诉自己，旅行，无论你去多远，都是一次散步而已。

之六：亲爱的垃圾

也许德国的城市都是很干净的，我一九九三年第一次到德国，是在柏林,参加一个文学节,和刘震云、张懿翎一起住在一个公寓套房里。街道的名字我还记得,翻译成中文是叫田园街。每天我们三个人早晨就出门,夜里才回来,观察到的街景不是太早,就是太晚。早晨的街道很湿润,泛着幽微的蓝光,路上点缀着星星点点的狗粪。夜里,街道在路灯的照耀下,看起来同样是发蓝的,但是狗粪,不知是被清理了,还是被夜色淹没了,看不见了。狗粪并不是那么令人讨厌的东西,如果不去与柏林的狗计较,柏林留给我的印象,仍然可以说是干净的。

后来听德国朋友说,你去的恰好是柏林,所有的狗都要排泄,但在德国,不是所有的狗主人都让它们把粪便留在街上的。

突然谈起狗粪问题,有点滑稽,我并不是思念狗粪,但我在莱比锡这些日子,除了那天和几个朋友去附近森林里散步,在林间小径上差点踩到一脚,几乎没见过狗粪。当然,我不是专业的狗粪视察员,走路不会盯着脚底下,但是在莱比锡,无论是狗粪还是别的什么垃圾,确实是被人们精心地收起来了。

我到莱比锡的第一天,负责接待我的Marit Schulz女士郑重其事地交给我一张磁卡,与银行无关,与交通购物都无关,是倒未分类的垃圾用的,可见这是她心目中的一件最重要的事。我难以想象垃圾和磁卡的关系,不知道垃圾箱上也安装了先进的电子设备。第二天,提着一袋垃圾跑到楼下,发现两排垃圾箱分成古典派和现代派,带电子锁的和开放式的,很庄严地迎候着我。我正对着垃圾箱紧张地观察的时候,旁边有个女邻居,说着德语就上来教我用磁卡,我听不懂,但她热情的手势我是懂的,说起来惭愧,我四十多岁了,还要别人手把手教如何倒垃圾。

在莱比锡见不到垃圾堆，城市里到处都在修建地铁工程，施工工地很多，也见不到建筑垃圾。看起来这里的人们对垃圾的态度，不是太仁慈，就是太严厉了，他们把所有的垃圾都送到垃圾自己的家——垃圾箱，或者垃圾填埋场，绝不让垃圾们展示自己的容颜。有一次我和Gabriele Goldfus女士驱车从莱比锡郊外经过，路过一座绿色的小山包，发现这风景来得突兀，便向这座从平地上无端隆起的小山包多看了一眼，她没等我问什么，就告诉我了，那小山包其实是个垃圾填埋场，只是被绿化了。

　　人，死得其所，墓地上应该有松树柏树，有菊花，垃圾也死得其所，把它们埋好了，种一些小树和小草，不仅仅是为了美观，也来纪念它们曾经为人类做出的贡献，这是公平的。

　　人的命运思考起来有难度，便搁置在一边，我竟然思考起垃圾的命运来，有点搞笑。环保主义者的说法是正确的，地球并不很大，垃圾的未来，也事关人的未来。同样是很突然地想起在国内看过一则电视报道，说是有不法商船，把海外哪个先进国家的垃圾运到了中国的港口，从两边都获得报酬，电视镜头扫到之处，看见的是一堆沾满油污的餐盒，属于纸制品，是分过类的。那些将垃圾精心分类的好公民，也许完全不知道，他们分好的一部分垃圾，竟然坐上远洋船出海旅行去了。

　　那则电视报道后来被别的更重要的报道淹没了，没有后续。我到现在也不知道是从哪儿来的洋垃圾，要往哪一个中国的工厂运。从现代工业的技术角度上看，这事也许不值得大惊小怪，好多东西都是利用垃圾回收再生产的，这与尊严荣誉无关，只与生产成本有关，我的困惑在于我懂得这其中的商业奥秘，为什么还是对这件事耿耿于怀？我不批评那些隐秘的发垃圾财的人，更不该批评垃圾，我只是感叹垃圾也加入了全球化的洪流，而且我依稀听见垃圾在远洋船上的歌声，从西向东，进行曲曲调，唱的是全球化的主旋律。

亲爱的莱比锡的垃圾呀，我知道，你们是无辜的，你们一定不在那艘船上。

之七：莱比锡制造

"莱比锡制造"，是一个画家群的作品展览，我在好多办公室里看到这个展览的宣传册，封面作品的画面是一个抽象而模糊的加油站，一个模糊的疑似加油工的人影。很有趣的是，这个展览的内容多少也有点模糊，因为制造地点和展览地点不同，展览地点，不在莱比锡，在几十公里之外的另一个小城市Torgau（托尔高）。

我们去Torgau是市政府的一个女司机开车，开车说话，都很豪迈。离开莱比锡的时候，天正下雨，一路上，雨渐渐地变小，到了目的地，天竟然放晴了。在德国，到处都有这样很幽静很美丽的小城，我们抵达的时候，Torgau的石板路上还留着雨的痕迹，空气中有莫名的草香，因此显得特别清新动人，小城没有多少行人，来的人应该都是旅游者，这里是马丁·路德长期生活过的地方，马丁·路德的妻子，就安葬在Torgau的玛丽亚教堂里。

人们都崇尚古迹，文学、音乐、绘画也一样，人们信任过去的，怀疑现在的，对于好多当代艺术家来说，活着，是他们唯一的缺憾。

去"莱比锡制造"的展览厅，我们是唯一的客人，因为是唯一的，便有了很多自由，我们就在展厅里讨论艺术，毫无拘束。我们几个人中，有一个是学艺术史的女博士，女博士不随便发表议论，倒是我，自己给了自己机会，随便地发表评论，也许我完全不懂绘画，也许我懂一点绘画，这不重要，重要的是描述自己的感受，我一直认为，当你站在一幅画作前，当你感受很强烈的时候，你应该说出来，我喜欢。或者说，我很喜欢。

所以我看到Tilo Baumgartel（提洛·鲍姆加特）的作品时就说了，我很喜欢。说起来，我喜欢一幅画作的标准，其实不是绘画标准，是文学标准，当我从画面上捕捉到一个好的故事，而且这故事有精彩的隐喻和暗喻，我喜欢，这句自以为是的话就脱口而出了。

Tilo Baumgartel是个喜欢说故事的人，我没细致地考察他的绘画材料，是用炭笔还是别的什么，他对色彩很警惕的样子，迷信黑与白，展览上有他的两幅作品，都省略了色彩，一幅是一群动物在起居室里的休闲生活，令人印象深刻的是，其中一只猫，装模作样地从书架上拿起了一本书，这当然是一个批判性的精妙构思，巨大的隐喻在画面里潜藏，调侃或者讽刺，针对的不是动物，是人类的精神生活。

他的另一幅作品，画面抽象一些，是一个人面对一堵光怪陆离的墙，人的背影是一个思考者的背影，也许是在思考如何突破，也许是在思考如何逃避，而那墙给人以丰富的联想，联想到时间、社会、他人和自我，或者干脆就是整个世界。按照我一贯自以为是的读解方法，我用文学的标准给其他艺术门类归类，我觉得Tilo

Baumgartel是关注重大命题的,有一些画家用画笔写散文,写诗歌,写纪实文学,但Tilo Baumgartel的作品更有野心,很明显,他是个写长篇小说的画家,而且写的是严峻的现实主义的长篇小说。

吃 客

此人照理说是到了德高望重的年纪了,头发已经白得像腊月里的雪,一根黑的也看不见,奇怪的是他的气色很好,他的皮肤不老,其红润与细腻堪比初生的婴儿。他的眼神也不见一丝浑浊,老年人中常见的迎风泪、睑毛脱落、眼屎过多的毛病他都没有,他的眼睛在饱览了七十年风霜之后竟然清澈如水,像一个不谙世事的少年,何以如此?有什么灵丹妙药吗?老人说,有,吃,吃呀,吃出来的。

大家并不怎么尊敬他,街上老老少少的人都叫他小三宝,很明显这是一个乳名,小三宝,哪里听说一个老人被满街的小孩唤作小三宝的?可这样离谱的事情就发生在小三宝身上。他的孙子那会儿刚刚学会说话,也咿咿呀呀地对他祖父说,小——三——宝——抱——抱。

小三宝对抱孙子之类的事情不感兴趣,他对吃感兴趣。他站在家门口与人聊天的内容大多与吃有关,他批评肉铺里卖的冰冻猪肉要不就是皮太厚,要不就是没有皮,总是不好吃,炒肉丝怎么炒都嫌老,烧红烧肉吧,怎么烧吃起来都不香。人家说,那也没办法呀,猪肉这么紧张,有冷冻肉吃就算不错了。小三宝站在那里神秘地摇头，微笑着说，有地方买新鲜的农家猪的，你们不知道罢了。人家自然就追问那个地方，这时候小三宝便打岔了，你想打听的他不透露，他把话岔到竹笋上去了，他说，码头那里有宜兴过来的船，卖竹笋，那笋很嫩，炖腌笃鲜不错的。

大家现在应该看出来了，一个本该是德高望重的人被人唤成小三宝，总是有它的道理的。

小三宝的妻子是个节俭的善于持家的老妇人，虽说是近墨者黑，她也特别喜欢翻看女邻居的菜篮子，告诉别人该吃什么不该吃什么，但她对吃的兴趣基本上是过日子人的态度，她一直不赞成丈夫这个吃法，不是反对美食，是反对他为了吃花了好多本该储蓄的钱。谁都知道，小三宝虽然家底殷实，但他有五个儿子，其中三个儿子都没成家，算算看，要花多少钱？你嘴上省一点是一点，小四小五明年都要结婚了呀！这一大把年纪的人，怎么就不懂事呢？老妇人经常像教训孩子一样教训小三宝，这时候小三宝清澈的眼睛里掠过一丝迷惘，很快他就想明白了，说，毛主席说的，自力更生，让他们自力更生嘛。

小三宝在吃的问题上执迷不悟，早晨他往市中心去，对老妇人说他去大公园打太极拳，其实太极拳是个幌子，小三宝天天去老字号的黄天源吃早点，有一次让一个邻居撞见了，看见小三宝面前放着一碗鸡丝馄饨，一只炒肉团子，还有一块白糖玫瑰方糕。小三宝当时不免有点慌张，一手擦着嘴角上的油，对邻居说，回去千万别告诉我们家老太婆。

邻居确实是替他保密的，不幸的是经济账最终是由储蓄金额和抽屉里的现金反映的。这年国庆前夕小三宝的四儿子五儿子一人打了小三宝一个耳光,大家一定猜到为什么了。小三宝捂着脸跑到邻居家,泪流满面,邻居也听见了这个家里的战争之声,不知道怎么安慰小三宝好,后来就听见小三宝自己在安慰自己,他说,这个年头,如果吃点好的都吃不成,活着还有什么意思呢?

螺　蛳

　　洪家嫂嫂嫁到我们街上来的时候人很瘦，扎着两根辫子，辫子也不粗，看上去有一点营养不良的样子。她男人洪三则是敦敦实实的，长期的翻砂工生涯使他的肌肉非常发达，虎背熊腰的，偏偏又怕热，夏天的时候穿汗衫也要把袖子卷到肩上去，穿裤子一定要把裤腿卷到膝盖处，那种体魄往好听处说是健美，可我们香椿树街的人说话哪里会往好听处说，他们把体魄特别强壮的人称作杀坯。洪三和洪家嫂嫂刚刚结婚那一阵，厂里的人街上的人总要和他开一些类似的不正经的玩笑：你这杀坯样子，不要把人家压坏了！

　　洪家嫂嫂总是在炉子前忙，忙得锅里沙啦啦地响着，锅里有什么好东西？不是什么好东西，是螺蛳，不曾料到有这么爱吃螺蛳的人，三天两头地炒螺蛳吃，嘴巴吃得累了，所以不爱说话吧。

　　吃螺蛳麻烦，要把螺蛳头剪了，螺蛳肉才能顺利地吸出来，这经验大家都有，怎么看不见洪家嫂嫂剪螺蛳呢？一问才知道，人家是在上班路上买的螺蛳，上班的时候剪的螺蛳，带回家就下锅了，安排得多有条理。女邻居们看着洪家嫂嫂端坐在桌子前，虽然手持一根牙签，但牙签大多时候是闲着的，洪家嫂嫂主要还是依靠吸吮的技巧把螺蛳吃下去，咝的一下，嗒的一下，堆满螺蛳的碗一点点地空了，另一只装螺蛳壳的碗却一点点地满了。

洪家嫂嫂和洪三的婚姻生活不和睦，他们半夜里吵架，估计吵的内容有点妨碍风化，就压低声音吵，吵了一会儿没有解决问题，那粗鲁的洪三就打人了。洪三那个杀坯，搬惯钢锭的，下手是什么分量？洪家嫂嫂让他打得叫起来，邻居们竖着耳朵想听她哭闹，等待的结果是失望，洪家嫂嫂要脸面，她只是哭叫，什么难听话都不说。

第二天，洪家嫂嫂虽然保持了沉默，但眼里心里都是恨，大家都看得出来。她不给洪三做晚饭，给自己炒了更多的螺蛳，怀着深仇大恨，咝的一声，恨恨地吸进去，嗒的一声，又把螺蛳壳恨恨地吐出来，突然把牙签一扔，不吃了。旁边的女邻居正纳闷呢，听见她说：吃什么螺蛳？吃好的，吃虾，吃螃蟹，吃鸭子，吃穷他才解我的气！

洪家嫂嫂其实是个敢想敢做的人，这一点大家都没有想到。后来小夫妻每次吵架，第二天洪家嫂嫂必然在家里暴饮暴食，虽然说的与做的有点距离，她并不总是吃昂贵的东西，毕竟洪三经济条件有限，可是洪家嫂嫂的胃口也是很怪的，那么瘦小的一个女人，怎么能吃下去那么多的酱鸭、油爆虾、白斩鸡？就像她对洪三的报复手段一样，她的胃口和性格一样让人百思不得其解。

洪三没得吃，谁让他总是打老婆呢。洪家嫂嫂吃完了把剩菜放进碗橱，上了锁，洪三要吃就必须把锁砸了，可洪三也是要面子的人，怎么能做这种事让邻居笑话，就经常去小吃店吃阳春面，权充晚餐。

洪三后来倒不见瘦，说明阳春面也有其营养价值，可是那洪家嫂嫂却一天天地胖起来，街上所有人都看见了，她原来是瓜子脸，现在变成个南瓜脸，下巴有两层。仍然有人和洪三开玩笑，说，他们夫妻现在倒是般配了，谁还怕谁？不是东风压倒西风，就是西风压倒东风！

卤　菜

二十世纪七十年代我们街上有一家卤菜店，是国营的，两个营业员，一个是即将光荣退休的小堂的奶奶，一个却是刚刚分配了工作的高峰。小伙子和老太太本来就志不同道不合，偏偏高峰对待工作吊儿郎当的，尤其不注意卫生，出去上了厕所，回来也不肯洗手，小堂奶奶怎么催也不洗，他还狡辩说你别叫好不好，本来人家不知道我上过厕所，你这么一叫——看看，看看，现在没有顾客来买卤菜了，你还怪我呢，怪你喜欢叫。

自从高峰当了卤菜店营业员之后，卤菜的销量急剧下降，这与高峰的个人卫生有关，他老是站在柜台后面挖鼻孔，谁愿意在他手上买卤菜呢。那么多卤猪头肉、卤猪舌头、卤白肉原封不动地待在盆子里，一副怀才不遇的样子。做营业员的也没有办法，天气又热，又不像大卤菜店有冰箱。小堂奶奶临下班前嗅一嗅各种卤菜，说，都坏了，只好我买回家去吃了。当然是按照极其划算的处理肉的价格付的钱。高峰看在眼里，气在心里，心想为什么总是你来占这个便宜，嘴上又不好意思和老太太争，眼睁睁地看着小堂奶奶把一包包的卤菜带回家。

也是无心插柳，一老一少后来对于店里的营业额就不关心了，反正是国营的店，卖多卖少总店发的工资是一个数。小堂奶奶年轻时候是个先进工作者，现在临近退休，有点晚节不保，占国家的便宜占一点是一点。高峰知道她的心思，起初忍着，后来忍不下去了，就说，我也要，你把猪头肉留下，我好多朋友爱吃猪头肉。小堂奶奶说，我们家小堂也最爱吃猪头肉哇。高峰就带有恶意地说，你们家小堂不能再那么吃了，自己都快吃成个猪头了。

后来每到下午三四点钟高峰的狐朋狗友就来了。他们如果是从高峰这里走个后门，占个便宜把猪头肉买回家也算了，小堂奶奶也不会生气。高峰的朋友是赌着吃的，他们玩牌，谁输了就在几秒钟内把所有猪头肉吃完，赢的人在一边数数。看着他们这样糟蹋总店送来的猪头肉，小堂奶奶那个心疼啊，她说，明天不让总店送猪头肉了！不送了！高峰针锋相对，说，那什么都别送了，反正送了也卖不掉。小堂奶奶知道高峰什么意思，只怪自己腰板挺不直，只好气呼呼地提前下班，让这帮年轻人在卤菜店里胡闹。

高峰和他朋友的猪头肉游戏大概维持了一个月，后来就出了事。有一天是高峰自己赌输了，愿赌服输，只好把三盆猪头肉按时吃下了肚子。吃撑了，肚子很难受，这是正常的，是人的肚子吞进去这么多猪头肉都会撑着，所以高峰坚持着和他朋友打扑克，没想到后来就开始腹泻，一趟趟地跑厕所。高峰知道是猪头肉出了问题，只好把卤菜店的门关了，留在厕所边。猪头肉游戏也就被迫结束了。

总店的猪头肉从来没出过问题，怎么偏偏在他自己身上出了问题，高峰一直纳闷。过了很久以后，小堂奶奶已经退休了，高峰有一天心血来潮要清洗柜台，找到了以前小堂奶奶留下的半瓶肥皂水。看着那瓶子他突然就明白了，怪不得老太太那天临走那么恶狠狠地说，他们这么糟蹋猪肉，要遭天报应的！闹了半天，是小堂奶奶报应了他，高峰不由得心头一惊，说，这个老太太，看不出来，还很阴险嘛。

阴险也是应该的，大家知道，要不是小堂奶奶的阴险，高峰他们不知道要糟蹋多少国家的猪头肉！

鱼　头

一到过年居得胜夫妻俩便忙起来了，尤其是在傍晚时分，我们经常看见他们站在门口送客人，有时候是女的送，有时候居得胜送，有时候客人比较重要，夫妻两个一起送。居得胜尽管只是一个科级干部，但他的派头很大，一手叉腰，挺着将军肚子，像毛主席一样随意地挥手，女的毕竟会来事一点，热情地吩咐客人说，过年来吃饭，一定要来呀！

怎么能不热情呢？人家刚刚送来了年货。年货中又以鱼为多，青鱼、草鱼、黑鱼，都是从鱼塘里刚刚起上来的，有的还活蹦乱跳的。所以客人一走居得胜夫妇就忙开了。送来的鱼太多了，居家像个鱼铺子，黑鱼最受欢迎，养在水里多少天也不会死，其他鱼多了是累赘，他们夫妇只好合作着，一个刮鳞，一个剖鱼，及时地把鱼一条条地挂在绳子上，风干了以后就能腌了，腌了就不怕了，什么时候都能吃。

坛坛罐罐都派上了用处，还是不够用。居得胜的妻子就到邻居家借缸，说是要腌雪里蕻。邻居撇着嘴笑，说，什么雪里蕻，你们家的鱼腥了一条街了，没看见满街的猫都往你家跑？居得胜的妻子有点尴尬，说，我们老居的朋友也滑稽，就不能送点别的？尽是鱼，弄得我这几天看见鱼就犯恶心。邻居说，你犯恶心我不恶心，你家吃不了我来帮你吃好了。居得胜的妻子犹豫了一下问，鱼头你们家吃不吃？邻居说，吃，怎么不吃？你们不吃鱼头，都送我，我爱吃鱼头！

邻里关系当然是要搞好的，后来居家就把鱼头都送给了邻居。邻居家姓王，家里孩子多，乡下老人都活着，经济条件不好，过年时候别人大鱼大肉往家里搬，他们家就准备了一只猪头，几条冰冻带鱼，居得胜免费奉送的鱼头便让老王用来改善了伙食。老王人是聪明的，对于烹调是无师自通，青鱼头、草鱼头放在一只锅里，红烧了吃，又放了点辣椒，味道很鲜美，结果孩子们抢着吃，把鱼的眼睛都吃到肚子里去了。

老王家境不好，什么都不够吃，不能像别的邻居一样，做了有特色的菜就端一点给邻居尝尝，所以在很长一段时间里没有任何人知道老王会做那道红烧鱼头，即使是提供了鱼头的居得胜家，也没吃过。

世事一贯难以预料。物资匮乏的二十世纪七十年代像别的年代一样，终究也过去了。八十年代我们香椿树街刮起了一股破墙开店风，老王家也破了墙，开了一家饭馆。不知道是在哪儿受到的启发，他们的看家菜就是红烧鱼头。去老王家吃过的人都夸那鱼头味道好，说，从来不知道青鱼头草鱼头红烧了好吃，更不知道两种鱼头一起炖，味道会这么好！

居得胜夫妇后来也知道了老王鱼头的秘密，知道了就有一种莫名的辛酸。居得胜这几年混得不如意，喜欢骂人，说，他妈的，这

183

老王没良心,靠了老子的鱼头发的财,也不来意思意思。老王听说居得胜在家里骂人,就差伙计送了一盆红烧鱼头来,让他消气,可是居得胜夫妇看着鱼头都吃不下去。居得胜的妻子沉思良久,叹了口气说,当年是可怜他们哪,到底送给他多少鱼头,我怎么也记不起来了!

绸　布

下了桥右手第一家店铺就是成记绸布店,二十世纪七十年代成记与商业战线的其他兄弟单位一样,更名为爱民绸布店,但是总有些上了年纪的妇人,嘴懒,在街上碰了面,互相招呼着说,成记来了新的零头布,不要布票,去看看哪?

店铺的面积在我们街上算是大的,布柜是过去留下来的,嵌在三面的墙壁中,一匹匹色彩暗淡或者土气的棉布、府绸、尼龙、灯芯绒、粘胶布、的确良傻傻地站在那里,看着店堂里的女人们。女人们其实也没什么看头,穿得一片蓝一片灰一片黑的,与霓裳羽衣的要求相去甚远,说起来巧媳妇难为无米之炊,没有美丽的绸布哪来美丽的衣裳?它们这些布匹也是有责任的。

账台是个小玻璃房子,女收银员坐在里面就像坐在检阅台上,三股铁丝从各个柜台的上空通向这里,酷似如今城市中的高架桥,交通便捷。柜台上的营业员做好了买卖,把钱和布票夹在夹子里,夹子好比一架小飞机,上了航线,嗖的一声,就飞到了小玻璃房子里面。

或许是与布匹打惯了交道,爱民绸布店的营业员不管是男的还是女的，脾气也像布料一样温和柔软，缺乏其他商业战线的同志常有的莫名的火气和斗争方向。尤其是被女人们唤作申师母的那个，她见人就笑，不管你是好人坏人，只要你有布票，只要你听从了她的建议，选定了布料和长度，她就满足地微笑着，把布匹抱出来，啦、啦、啦，布匹在玻璃柜台上一串滚翻，将它的花纹和质地一点点地铺开，展示给你看。花纹是保守的掩掩藏藏的，质地是稀疏的不尽如人意的，也许正因为如此，布匹在出售的过程中不见一丝痛苦，相反是带有某种歉意，而申师母为人熟悉的微笑，你也可以看作是安抚性的笑容，这笑容的潜台词是：不是什么好料子，不过棉花那么紧张，上哪儿去剪从前那么好的布料呢，凑合着剪回去裁件衣服吧。

这申师母是二十世纪五十年代公私合营前成记的老板娘，不知道是幸运还是不幸，她的老板娘生涯刚刚开始就结束了。我们后来看着她在爱民绸布店里为人民剪布，把头发都剪白了。白了头发的申师母仍然保持着她的为人民服务的微笑，人缘一直很好。但有的女顾客私下里议论说，申师母现在不如以前那么热情了，你问她话她神情恍惚，更让人惊讶的是她剪了一辈子布，现在一下剪子手就抖，不知是怎么回事，好几个女顾客把纸包里的布打开后发现，布头竟然是歪的。

后来大家知道申师母得了病，得的是精神方面的病。她女儿能说出那个怪里怪气的病的名称，可惜大家都没记住，只是哀叹一个这么好的人怎么脑子出了问题，怎么不让街上的那几个泼妇恶汉得这个怪病。申师母离开了桥边的布店，天天坐在家门口晒太阳，膝盖上放着一只棉垫子，坐在那里仍然向人们微笑着，但你一眼能看

出来那是个病人,她的目光定定地盯着路人的衣服,她的花白的脑袋始终在向左右两边摇晃,好像在否定大家的穿着打扮:

不好看不好看。

你穿得不好看。

点　心

一个早市，一个午市，点心店里总是宾客盈门的。点心店里的两个营业员，一个胖女人卖筹子，当时大概四十岁左右的年纪，脸上长着雀斑，面色红润，坐在柜台后面时看上去十分健康，待早市散了她走出柜台来收碗，你才发现女人是个残疾人，一条腿拖着另一条腿走路的。另外一个小伙子是点心店唯一的大师傅，二十出头，模样可以说是很英俊了，只是说话结巴，结巴得还很厉害，好在他忙是忙在手上，在大灶上忙，你走到他面前也不是去和他攀谈，是去端面条、端汤团、端馄饨的，所以他结巴对别人一点也没有妨碍。

结巴小伙子的手艺不错，尤其是小馄饨做得好，虽不能像绿杨馄饨店那样的名店，奢侈到用鸡汤，但他舍得用荤油骨头，所以下午两点钟一过午市开张以后，街上嘴馋的男女老少包括附近纺织厂的青年女工都会结伴来吃馄饨，吃完馄饨喝完汤，勺子还舍不得告别碗，在碗边上敲一敲，说，明天再来吃一碗。

有个怪现象大家是后来才注意到的，每当年轻的纺织女工们叽叽喳喳地冲进点心店，胖女人的脸就会莫名其妙地沉下来，对她们极不耐烦,所以纺织姑娘们一出门就说胖女人的坏话,说她是怎么回事,好像我们吃的是她家的馄饨似的,天天阴着个脸,难道我们吃馄饨不花七分钱?但灶上的小伙子给纺织姑娘们留下了很好的印象,或许是结巴造成了小伙子的缄默和腼腆,他不怎么和纺织姑娘搭讪,但他的大漏勺向她们表达了他的心情和友善,他会多给姑娘们一个两个馄饨,个别长得漂亮又会说话的,得到的几乎是一碗半馄饨!

这年春天,很突然地,街上流传着一个耸人听闻的风化案子,人人手指点心店。大家不能相信的是这起风化案子的当事人,一男一女,竟然是小牛嚼了枯草——女方是点心店的胖女人,这不奇怪,曾经有邻居在背后评价她身残志不残,深更半夜经常像猫一样乱叫,还说胖女人的丈夫是如何如何的面黄肌瘦。令人不敢相信的是男方,男方竟然是点心店的那个小伙子,是那个小伙子和胖女人钻了近郊的菜花地,让好事的农民当场抓住,扭送去了派出所。

这事情一定是确凿无疑的,点心店盘点数天,而后重新开了门,大家拥进去吃点心,看见胖女人若无其事地坐在柜台上卖筹子,假装看不见食客们诡秘的不怀好意的表情,但她的小儿子在店里吃面,正好做了她指桑骂槐的工具,她说,吃你的面,眼睛贼溜溜的看什么看?人家的脸能当点心吃下去呀?食客们走到里面,看见一个秃头的老师傅在灶上忙,结巴而英俊的小伙子已经不在这儿了。

点心店名字就叫群众点心店,人民群众当然有权利继续在这里吃点心。放弃这权利的是那些年轻的纺织姑娘,自从那年春天以后她们再也不去群众点心店吃馄饨了。有的姑娘说话有分寸,说那儿的馄饨现在不好吃了,所以不去吃,有个姑娘则是快人快语,将矛头直指点心店里发生的不伦事件,她说,谁有胃口再进去?两个畜生做点心,脏不脏啊?恶心不恶心哪?

年轻姑娘毕竟年轻,看待问题感情用事了。年纪大一些的男性食客对事情的看法是最宽容的,他们说,你们试试去,让两块石头天天靠着,两块石头迟早滚到一起去!何况人家不是石头,人家是两个人,是一男一女两个人嘛!

白铁铺子

我们那里把修补铝制品叫作敲白铁,敲白铁的人便被叫作白铁匠。白铁匠一般是游街做生意,嘴里叫,手里敲,坏锅坏水壶拿出来补啦。房子里的人听见这声音便急急地冲出来,将一只漏了底的水壶或者黑乎乎的炒菜锅往白铁匠面前一扔,埋怨着他的手艺,说,去年才换的锅底,怎么今年又漏了?你再补不好我就把它扔了,去买新水壶来!听上去好像是对白铁匠的一种威吓,再不好好敲,让你以后没生意做!

不记得是哪一年了,街上凭空冒出了一家白铁匠店。五个中年或者接近老年的男人坐在两间临街的狭长形的屋子里,有的戴着老花镜,有的膝盖上铺着麻袋布,坐成一个半圆,乒乒乓乓地敲起白铁来。一贯很安静的街道一下子便变得不安静了,不仅不安静,简直是令人心烦。

细细向白铁铺里一看,你就知道有关方面开设这铺子是用心良苦。五个白铁匠,除了一个老孙货真价实,其他都是冒牌的,众人哑然失笑,原来里面坐着的尽是街上被打倒了的"牛鬼蛇神"。

一个姓汤的瘦老头是街上比较著名的人物,他的历史是最不干净也是最让人耻笑的，男子汉大丈夫，偏偏喜欢做逃兵，当国民党兵做逃兵情有可原，俘虏他让他参加了革命，本来是多么好的机缘，他不珍惜，还是逃。这么逃来逃去就给自己的档案抹了黑，把他归入"牛鬼蛇神"是一点也不过分的。

老汤原来跟一群女人一起加工纸盒子，他像贾宝玉在大观园一样如鱼得水，吃吃这个的豆腐，摸摸那个的屁股，好不自在。现在把他弄到这个白铁铺子来，老汤敢怒不敢言，其他"牛鬼蛇神"都夹着尾巴在洗心革面，他也不能消极怠工，就模仿着老孙，拿起小锤子，一心一意地敲白铁。老汤敲白铁敲得最响最密，但他不懂技术，怎么敲也是乱敲一气，他给旧锅旧水壶换的底，用手轻轻一掰，新的锅底就掉下来了，那些勤俭持家的妇女气得不行，拿着东西到白铁铺兴师问罪。老汤装糊涂，还问别的"牛鬼蛇神"，说，是谁补的这锅？纸糊的也比这结实嘛。别的"牛鬼蛇神"也来气，为了对付狡猾的老汤，他们在他补的锅底下一律用墨水写上一个"汤"。

老汤的坏名声在新的岗位上继续传播着，孩子们后来拿着铝锅铝壶来白铁铺子时，常常附加一个条件，我妈妈说了，我家的锅不让老汤敲！这种打击老汤倒是能承受的，促使老汤后来敲白铁技艺突飞猛进的是小组长老孙带回来的消息。有一天老孙从区里开会回来，忧心忡忡地看着老汤，说，你不能这么乱敲下去了，有的顾客向上面反映了，说你是破坏抓革命促生产的大好形势，上面也说了，你再这么干下去，要专门组织批斗会，斗你！

老汤其实是个胆小如鼠的人，年轻时他能逃，现在年纪大了腿脚不好，况且祖国山河一片红，他也无处可逃。于是他决定虚心学艺了，突然向老孙一跪，说，你收我做徒弟吧，你好好教，我好好学，否则把我揪台上去，你们也要陪斗的。

后来老汤敲白铁便敲得很好了。我们家有一只专门用来煮粽子的大铝锅是老汤晚年的手艺，用到二十世纪九十年代锅底也没掉。端午煮粽子的时候我母亲总要唠叨一句，老汤当年补的锅底呀。

锅还在，补锅的老汤早已经不在了。

理 发 店

街北的这家理发店紧挨着菜市场,所以每天人来人往的。有人进去理发,有人抱着婴儿进去给婴儿剃满月头,有人进去什么也不干,站在理发师的后面,看着人家理发,嘴里有一句没一句地和理发师(或者是顾客)聊天,莫名其妙地把理发店当成了茶馆。

炉子上长年煮着沸腾的开水,冬天的时候炉子和水汽使理发店显得特别暖和,夏天这炉子便讨人厌了,理发师们把它请到了外面去。封炉子是不行的,在没有热水器的年代里,理发店离不开炉子,理发师们空下来会提着那壶沸水爬到一只凳子上,小心地把沸水灌进自制的土水箱里,打开龙头,就可以为你洗头了。水温没有办法调节,全靠理发师的经验,有时烫一点,有时冷一点,没有什么人会埋怨的。

理发店里突然分配来一个姑娘,一个圆圆脸的留短发的姑娘来这里做了一名女理发师。大家都有点不习惯,不仅是来理发的店里常客不习惯,他们原来往大转椅上一坐,人是很放松的,什么话都说,现在一个姑娘站在旁边,有的荤话就不好出口了。这些人变得一本正经,理发师们也不习惯,他们的工作那么枯燥,原来有那么些老客来调剂一下,哈哈笑笑,时间过得就快一些,现在来了这个姑娘,大家都只挑能说的话说,于是理发店里就显得安静了许多,电推子嗡嗡的声音和剃刀在帆布上的刮擦声听上去都尖厉刺耳了。

女理发师也不自在,虽然穿好了白褂子,扶着一只转椅示意来人到她那儿去,可来人偏偏不往她那儿去。来理发的男人死心眼,姑娘家会剃什么头,弄不好剃个马桶盖出来让人笑话。来剪头吹风的女人心眼多,自己是女人还小看女人,信不过她,还是找熟悉的老王老李,人家正忙着,没关系,坐在一边等。

好在那个姑娘明白事理,遭此冷遇也不闹什么情绪,大人不要她理发,她就把那些半大的孩子拉到自己那里,几乎是强迫似的,将白围兜紧紧地扣住你的脖子,往哪儿看?看镜子,头别动,低一点。推子果断地响起来,头发已经掉了一圈,你想跑也跑不了啦。

凡事都有例外,我们街上小堂的哥哥就是一个例外。他有一天走进理发店,毫不犹豫地坐到了女理发师的前面,大家都看见他涨红了脸,指着自己的脑袋说,头发长了,你给我剃吧。女理发师或许是没有思想准备,一时竟然手足无措,她说,要不要——眼睛看着其他的理发师,理发师们却暧昧地看着她,不做任何表示,意思是你大胆地剃吧,剃成什么就是什么,人家就是找你剃,与我们不相干。

小堂的哥哥是醉翁之意不在酒,大家后来都发现了。发现以后都说这个家伙看上去木讷,实际上是诡计多端,其他小伙子追求女朋友,谁不是费了九牛二虎的力气,他却省心,往理发店一坐,坐了几次，就把女朋友追到手啦。

    女理发师姓陈，后来她果然做了小堂的嫂子。好在小夫妻俩后来的婚姻生活还算美满，男的女的都没吃亏的样子，否则我们真的要怀疑这小陈缺心眼了。

肉　铺

肉铺当时是一座看得见的幸福桥,至少对于那些胃口很大却又没有油水的孩子来说,如果他们的母亲早上挎着篮子去了肉店,那他们的午餐或者晚餐将是一种明明白白的幸福,这幸福盛放在盘子里,散发出久违的红烧肉的香味。街上王五六的儿子对幸福的造句竟然就是这样写的:幸福就是红烧肉。结果那小男孩让语文老师揪着耳朵推出了校门,老师说,你回家吃红烧肉去!王五六的孩子像王五六一样没头脑,还是一个劲地纠缠于肉的问题,他将书包在墙上砸过来砸过去,冲着老师愤怒的背影嚷,我们家从来没有红烧肉,我春节过年吃过一次,后来再也没吃过!

其实猪肉还是能买到的,只要逢周二、周四、周六,只要你肯在凌晨时分去肉店排队,只要你与肉铺里的几个店员保持良好的关系,你可以买到半斤以内的新鲜的"肋条",或者"坐臀",或者五花肉,或者新鲜的猪肝、猪肺、猪大肠,在半斤以内,丰俭由人。

可是为什么街上有的人到了七点钟太阳升得很高了才去肉铺,却照样拎回来热腾腾的新鲜猪肉呢,为什么不是逢年过节,有的人能够随意地把一只猪头用报纸包着带回家,卤了吃,腌了吃,猪耳朵那么大那么肥,一切一大盆,花很少的钱,就把别人一年才能积存的油水全部吃到肚子里去了?

这就要说起肉铺里的一个国字脸女人了。这女人尽管天天与猪肉和刀斧打交道,却是一个权力与智谋兼备的人,用现在流行的话语来说,是一个标准的女大腕。她在街上的地位与受人追捧的程度可以让北京的女部长嫉妒,她在工作中从不与熟人说话,但她的眼睛在说话,现在别来跟我拉近乎,反正我让你占点便宜就是啰。她的斧头也是长眼睛的,远的疏的不欺负你,但瘦的肥的按店规搭配好了,说是三两肉绝不多给一钱。相反的是那些多年与她保持着睦邻友好关系和互惠互利关系的人,这些人经常怀着一个令人心跳的秘密奔向肉铺,不知从国字脸女人那里捞了多少油水,这些人的脸色看上去就比别人红润一些,体形也要胖一些,他们以为自己保养得好,殊不知这与平时的营养也是分不开的,营养从哪儿来,当然从国字脸女人那里来。

国字脸女人后来不知怎么得了肝炎。肝炎要传染,饮服公司革委会研究决定让她离开了肉铺,离开肉铺到哪儿去呢,肝炎带了菌的人不能在饮食服务业工作了,就让她去了煤球店。大家知道那时候煤球也是要凭票的,煤球店的店员执掌煤权,国字脸女人虽然有点失落,但还是服从组织安排去了新的岗位,这么着她就和煤球店里的小兵他妈成为同事了。

也是人心不古,小兵他妈原来是用煤球和国字脸女人互通有无的,现在两个女人各自守着一架磅秤,谁也用不着谁,友谊很快就为了一些琐事彻底破裂了。女人一翻脸喜欢揭人之短,吵了没几句就把从前的秘密吵出来了。国字脸女人说,你现在像个标兵样子,我过去来买煤球,你收我五十斤的煤球票,称给我多少斤煤球?八十斤哪!小兵他妈妈不甘下风,结果就抖搂出一个更加惊人的秘密,她说,你倒是标兵了?我给你一块钱割三两肉,你给了我半斤肉不算,还倒找我两块钱!

卖 药

  我们街上的药材店是老字号，我很小的时候那店开着，里面有几个老头子站在幽暗的高大的柜台后面，露出一个饱经风霜的脑袋，无所事事地向街道张望，他们闲着是好事，可以想象的，如果他们像粮店那样忙起来，人民群众的健康一定出大问题了。药材店不知什么原因关了好几年的门，门口堆起了豆制品门市部的木头架子，那些粗笨的大木头架子好像存心堵着药材店的塞板门，一定是以为药品市场已经革命到底，人们不再需要中草药了。这肯定是有失偏颇的，代表的是西药的观点，有一年药材店忽然就重新开了门，平时街上一些病病歪歪的人便纷纷奔走相告了。
  原来的几个老店员却不在了，现在的两个店员都是姑娘，一个很年轻，另一个老成一些，但也是姑娘，反正不像是给人抓药的。她们站在药材店新置的日光灯下面，眉目让人看得很清楚，后面的小格子窗似的小药屉上的编号人们也能看清楚了，可是看清楚了不一定是好事，街上的人们仍然相信中医，可他们拿着药方却不一定去我们街上的药材店，老谋深算的人考虑问题很细致，革命需要小将的干劲，抓药这样的事却不需要他们，万一抓错了药呢？

药材店里很安静，两个姑娘总是比画着说话，有人进去买红药水或甘草枸杞之类的东西，仔细一观察，其中的一个姑娘竟然是个聋哑人！

哑姑娘对待工作的热情明显是好过另一个，她几乎是从早到晚端立于柜台后面，用聋哑人特有的明亮的眼睛看着来往路人，好像在说，把药方拿来，拿来，让我为你服务，服务！可是人们就是不能改变他们的偏见，即使偶尔有去药材店抓一服治头疼脑热的药方，他们也把药方交给那个会说话的小马姑娘。

凡事皆有例外，是金子总是有闪光的时候。哑姑娘也许是坚信这一条，一直无怨无恨地在药材店空站着。这年夏天罗平的姐姐连续几天在药材店门口徘徊，她向药材店里面偷看，热情的哑姑娘就向她招手，招了好几次手，罗平的姐姐就扭扭捏捏地进去了，进去以后却对着小马姑娘说话，你们卖不卖沙药水？小马姑娘摇头说，什么是沙药水？我们这儿只有紫药水红药水。被冷落的哑姑娘看看女顾客的嘴，对同事打了个手语，原来她知道沙药水在哪里，不仅知道，立刻扑进去取了一瓶放在柜台上。罗平的姐姐把药瓶抓着，对小马姑娘说，我消化不良，医生让我买三瓶。这小马姑娘看清了沙药水摆放的位置，很省力地过去又拿了两瓶。照理说药材店里的店员难得有为人民服务的机会，有人一下买三瓶药水应该高兴才是；没想到哑姑娘突然呜呜地叫起来，不仅叫，她还抢下了两瓶放在怀里。其他两个人都惊讶，罗平的姐姐更是急白了眼，隔着柜台对哑姑娘又抓又挠的。哑姑娘很机智，她突然抓起笔在纸上写了一个字：死。把纸团塞在罗平姐姐的手里就躲到一边去了。

罗平的姐姐没有给小马姑娘看那个字，所以这个纸团成了一个秘密，也使罗平的姐姐后来莫名其妙地做了哑姑娘的朋友。这年夏天街上流传着罗平姐姐未婚先孕的小道消息，又从市医院传来一个与沙药水有关的可怕的新闻，不止一个姑娘听信偏方，大量服用沙药水打胎，结果害了自己的性命。

凡与中草药有关的，哑姑娘什么都懂，小马姑娘不奇怪，她知道哑姑娘是这家老字号主人梁文儒的孙女。可是小马姑娘说，沙药水是西药哇，你怎么也懂？哑姑娘一下子就沉默了，后来她一边哭一边给饶舌的同事打手语，手语说，我妈妈就是服三瓶沙药水死的，她受苦太多了，不想活了。

茶 馆 店

　　茶馆店就是茶馆,不知道我们那里的人为什么多此一举,把一个简单的公共场所叫复杂了,如果推敲起来,别人会问,这茶馆店到底是什么意思,是馆还是店?或者有顶真的人问你,馆和店有什么区别?又或者问你馆和店这么叠在一起说明它除了喝茶还兼做茶叶铺子吗?你就会感受到吴方言有其累赘和无事生非的缺陷了,只好敷衍了事,说,其实就是茶馆!
　　我们街上那家茶馆店坐落在桥边,一座木结构的二层楼,远看会以为那是一幢普通的民居,楼栅上棕红色的油漆剥落多年,没上新漆,楼上的窗户是排窗,能开的都开着,不能开的都是窗销锈死了的。人从桥上过,视线与楼上窗子里的人头接触,看见那些脑袋多是花白的苍老的,有的背向你,有的是个侧影,一动不动,似乎懒得转动一下。你伏在桥栏上向下看,一眼能够看见老虎灶的水汽、灶火和堆得很高的砻糠,看见德明的奶奶苦着脸站在灶前,围着一个肮脏的围裙,将一壶一壶的开水透过一个铝水斗灌进一个热水瓶中,如果是夏天,德明的奶奶会突然叫一声,热杀哉!
　　这么人声鼎沸的地方,只能是一家茶馆,令人遗憾的是茶馆里面所有的高音低音都来自老年男性，偶尔有个女性怨恨的声音响起来，也是一个老年的女性，是德明的奶奶在抗议茶客们私自把茶叶盒打开，花了一毛钱，却又给自己新沏了一杯茶。

孩子们如果去茶馆店，一定是家里人打发去买开水的，这样的孩子手里提着两个热水瓶走进茶馆店，把两分钱往灶台上一只瓷碗里一扔，德明的奶奶就过来了。德明的奶奶乐于为孩子灌开水，嘴里是不肯放过批评的机会的。你们家没有煤炉的？连开水都不肯烧！德明的奶奶撇着嘴，转向一楼几张桌子说，这小孩倒是很勤快的，他们家大人，哼，懒得出蛆！

没有孩子喜欢街上的茶馆店。我也不喜欢。但是我想起从前的某个冬天，缩着脖子走在上学的路上，北风像一个疯狂的医生盯着你的脸，这儿给你一针那儿给你一针，可走过茶馆店时，棉帘子里扑出来一股热气，让你忍不住地要在门口站一站。站一站就站出了思想的转变，我听着茶馆店里传出几个评弹票友拿腔捏调地唱着什么弹词开篇，有人还在拨弄一把月琴，月琴也在业余地歌唱，隔着窗玻璃，看见的是一片温暖的热气，热气里老人们的脑袋若隐若现的。我突然发现做一个老头也是不错的，不用上学，再冷的天也不用怕，往热乎乎的茶馆店里一坐，喝茶，聊天，唱评弹，我认为这么着过冬是很快活的，这么着过了一生中所有的冬天就更快活了。

虚构的热情

我在许多场合遇到过许多我的读者,他们向我提出过许多有意思的话题,大多是针对小说中的某一个细节或者某一个人物的,那样的场合往往使我感叹文字和语言神奇的功能,它们在我无法预知的情况下进入许多陌生人的生活,并且使他们的某种想象和回忆与我发生了直接的联系,我为此感到愉快。

但是也有很多时候,读者的一个常见的问题会令我尴尬,这个问题通常是这样的:你没有经历过某某小说中所描写的某某生活,你是怎么写出来的呢?我总是不能言简意赅地回答好这个问题。碰到熟悉的关系较密切的人,我就说,瞎编的。遇到陌生的人我选择了一个较为文雅的词语,那个词语就是虚构。

虚构这个词语不能搪塞读者的疑问,无疑他们不能满足于这么简单潦草的回答,问题在于我认为自己没有信口雌黄,问题在于我认为我说的是真话,问题在于我们对虚构的理解远远不能阐述虚构真正的意义。

所有的小说都是立足于主观世界,扎根于现实生活中,而它所伸展的枝叶却应该大于一个作家的主观世界,高于一个作家所能耳闻目睹的现实生活，它应该比两者的总和更加丰富多彩，一个作家，他能够凭借什么力量获得这样的能量呢？我们当然寄希望于他的伟大的灵魂，他的深厚的思想，但是这样的希望是既合理又空泛的，它同样适用于政治家、音乐家、画家甚至一个优秀的演员，而对于一个作家来说，虚构对于他一生的工作是至关重要的。虚构必须成为他认知事物的一种重要的手段。

虚构不仅是幻想，更重要的是一种把握，一种超越理念束缚的把握，虚构的力量可以使现实生活提前沉淀为一杯纯净的水，这杯水握在作家自己的手上，在这种意义上，这杯水成为一个秘方，可以无限地延续你的创作生命。虚构不仅是一种写作技巧，它更多的是一种热情，这种热情导致你对于世界和人群产生无限的欲望。按自己的方式记录这个世界这些人群，从而使你的文字有别于历史学家记载的历史，有别于报纸上的社会新闻或小道消息，也有别于与你同时代的作家和作品。

虚构在成为写作技术的同时又成为血液，它为个人有限的思想提供了新的增长点，它为个人有限的视野和目光提供了更广阔的空间，它使文字涉及的历史同时也成为个人心灵的历史。

如今，我们在谈论博尔赫斯、马尔克斯、卡尔维诺时看见了虚构的光芒，更多的时候虚构的光芒却被我们忽略了。我们感叹卡夫卡对人的处境和异化做出了最准确的概括，我们被福克纳描绘的那块邮票大的地方的人类生活所震撼，我们赞美这些伟大的作家，我们顺从地被他们所牵引，常常忘记牵引我们的是一种个人的创造力，我们进入的其实是一个虚构的天地，世界在这里处于营造和模拟之间，亦真亦幻，人类的家园和归宿在曙色熹微之间，同样亦真亦幻，我们就是这样被牵引，就这样，一个人瞬间的独语成为别人生活的经典，一个人原本孤立无援的精神世界通过文字覆盖了成千上万个心灵。这就是虚构的魅力，说到底这也是小说的魅力。

　　我想同时代的许多作家都面临着类似的难题：我们该为读者描绘一个什么样的世界，如何让这个世界的哲理和逻辑并重，忏悔和警醒并重，良知和天真并重，理想与道德并重，如何让这个世界融合每一天的阳光和月光。这是一件艰难的事，却只能是我们唯一的选择。

散文的航行

从唐宋八大家到鲁迅,我们的散文传统怀着忧国忧民的一腔热血。鲁迅过人的尖锐和思辨力使散文一度发出了狮吼雷鸣之声,透过鲁迅,人们充分认识到,文字也是大力神。这是二十世纪上半叶的力量。如今大力神鲁迅已经被人们虔诚地供奉在文学的神殿上。榜样的力量是无穷的,但榜样的高度也是难以超越的,因此我们看到一种非常奇特的现象:人们信仰鲁迅,崇拜鲁迅,却在文字中无声无息地逃避鲁迅;鲁迅这盏民族魂的探照灯照亮了散文的旅途,但旅途上没有什么人。

然后我们应该谈到二十世纪上半叶另外一个伟大的作家沈从文。《湘行集》写于一九三四年,其时距鲁迅病故于上海尚有两年光景。抛却两人的私交不谈,他们的文字其实隆重地握了一次手,但人们容易忽略这种暗藏的符号及其意义。自此鲁迅一直伟大着,沈从文一直优秀着,但沈从文后起的优美和阴柔文字风格牵制了鲁迅的影响力,这并不是两大阵营力量对比的结果,但事实令人惊叹。在后来的散文漫长的航程中,鲁迅是船长,但舵手是沈从文,这艘大船的航线优美而柔和,驶向一个个名叫至情至性之岛,而我们知道船长鲁迅指定的目的地也许是火山，也许是地狱，也许是天堂。为什么这样？谁能说得清楚，也许是文字力量的均衡带来了航线的修改，也许是航线的修改带来了力量的均衡。

谁又能说得清楚，多年来散文的航行是效忠于船长，还是效忠于舵手，或者仅仅效忠了船自己？

我们都处于一个窃窃私语着的散文格局中，无论怎么看待散文传统，它必定是一把双刃剑，有时赋予你力量，有时却给你负担。由于这个时代人们的精神普遍处于一种漂流状态，作为记录真实感受和思想的散文也显得轻盈而零乱，又由于这个时代注重个性，人们在散文创作中纷纷选择自己的服饰、道具和配音设备，而选择放逐自己的人，环顾四周，已经找不到苏武牧羊的草场和鲁滨孙独居的小岛。

寻找灯绳

多年来写作已经成为我生活的最重要的一部分,这是一种既主动又被动的结果,其中甘苦我已有过品尝,但我不喜欢将其细细描述太多,更不喜欢那种夸张的戏剧化的自传性语言。我只想说,我在努力靠近我的梦想,我想趁年轻时多写些小说,多留几部长篇和小说集,作为一个文学信徒对大师们最好的祭奠。

对于美国作家塞林格的一度迷恋使我写下了近十个短篇,包括《乘滑轮车远去》《伤心的舞蹈》《午后故事》等。这组小说以一个少年视角观望和参与生活,背景是我从小长大的苏州城北的一条老街。小说中的情绪是随意而童稚化的,很少有评论家关注这组短篇,但它们对于我却是异常重要的。一九八四年秋天的一个午后,我在单身宿舍里写了四千多字的短篇《桑园留念》,那个午后值得怀念。我因此走出第一步,我珍惜这批稚嫩而纯粹的习作。

朋友们一般都认为我的三部中篇《一九三四年的逃亡》《罂粟之家》《妻妾成群》是我创作中最重要的作品。我同意这种看法。现在回头看这三部中篇,明显可见我在小说泥沼中挣扎前行的痕迹,我就此非常感激《收获》杂志,他们容纳了我并帮助我确立了自信的态度。《妻妾成群》给我带来的好运纯属偶然和巧合，对于我的创作来说，《妻》是我的一次艺术尝试，我力图在此篇中摆脱以往惯用的形式圈套，而以一种古典精神和生活原貌填塞小说空间，我尝试了细腻的写实手法，写人物、人物关系和与之相应的故事，结果发现这同样是一种令人愉悦的写作过程。我也因此真正发现了小说的另一种可能性。《妻》的女主人公颂莲后来成为我创作中的"情结"，在以后的几个中篇中，我自然而然地写了"颂莲"式的女性，譬如《红粉》中的小萼和《妇女生活》中的娴和箫。到目前为止，所谓的女性系列已都写成，我将继续"走动"，搜寻我创作中新的可能性。

小说是一座巨大的迷宫，我和所有同时代的作家一样小心翼翼地摸索，所有的努力似乎就是在黑暗中寻找一根灯绳，企望有灿烂的光明在刹那间照亮你的小说以及整个生命。

在去年的一篇小文章中，我曾就小说风格问题谈了几点想法。我一直认为当一个作家的创作形成所谓的风格之后，创作危机也随即来临，如何跳出风格的"陷阱"，如何发展和丰富创作内涵成为最迫切的任务。要不断地向昨天的作品告别，要勇于打碎原有的一切，塑造全新的作品面貌和风格，我想这才是写作生命中最有意义的阶段，也是最具挑战性的创作流程。正如我刚才的比喻，必须有勇气走进小说迷宫中的每扇门，每一个黑暗的空间。

从自己身边绕过去。

从迷宫中走出去。

试一试能否寻找那些隐蔽的灯绳。

我的读书生涯

很早以前,我读书几乎是不加选择的,或者是一部名著,或者是一部书的书名优美生动吸引我,随手拈来,放在床边,以备夜读所用。用这种方式我读到了许多文学精品,也读了一些三四流甚至不入流的作品。也有一些特殊情况,对某几部名著我无法进入真正的阅读状态。比如麦尔维尔的巨作《白鲸》,几乎所有欧美作家都倍加推崇,认为是习作者所必读的,但我把《白鲸》啃了两个月,终因其枯燥乏味而半途而废,悻悻然地还给了图书馆。那是好几年前的事了,我以后再也没有重读《白鲸》。如果现在重读此书,不知我是否会喜欢。但不管怎样,我不敢否认《白鲸》和麦尔维尔的伟大价值。

令人愉悦的阅读每年都会出现几次。给我印象最深的一次是读塞林格的《麦田里的守望者》。那时我在北师大求学,一位好友向我推荐并把《守望者》借给我,我只花了一天工夫就把书看完了。我记得看完最后一页的时候教室里已经空空荡荡,校工在走廊里经过,把灯一盏盏地拉灭。我走出教室,内心也是一片忧伤的黑暗。我想象那个美国男孩在城市里的游历,我想象我也有个"老菲苾"

一样的小妹妹,我可以跟她开玩笑,也可以向她倾诉我的烦恼。

那段时间,塞林格是我最痴迷的作家。我把能觅到的他的所有作品都读了。我无法解释我对他的这一份钟爱,也许是那种青春启迪和自由舒畅的语感深深地感染了我。我因此把《守望者》作为一种文学精品的模式,这种模式有悖于学院式的模式类型,它对我的影响也区别于我当时阅读的《静静的顿河》,它直接渗入我的心灵和精神,而不是被经典所熏陶。

直到现在我还无法完全摆脱塞林格的阴影,我的一些短篇小说中可以看见这种柔弱得像水一样的风格和语言。今天的文坛是争相破坏偶像的时代,人们普遍认为塞林格是浅薄的误人子弟的二流作家,这使我心酸。我希望别人不要当着我的面鄙视他,我珍惜塞林格给我的第一线光辉。这是人之常情。谁也不应该把一张用破了的钱币撕碎,至少我不这么干。

现在说一说博尔赫斯。大概是一九八四年,我在北师大图书馆的新书卡片盒里翻到那部书的书名,我借到了博尔赫斯的小说集,从而深深陷入博尔赫斯的迷宫和陷阱里。一种特殊的立体几何般的小说思维,一种简单而优雅的叙述语言,一种黑洞式的深邃无际的艺术魅力。坦率地说,我不能理解博尔赫斯,但我感觉到了博尔赫斯。我为此迷惑。我无法忘记博尔赫斯对我的冲击。几年以后我在编辑部收到一位陌生的四川诗人开愚的一篇散文,题目叫《博尔赫斯的光明》。散文记叙了一个博尔赫斯迷为他的朋友买书寄书的小故事,并描述了博尔赫斯的死给他们带来的哀伤。我非常喜欢那篇散文,也许它替我寄托了对博尔赫斯的一片深情。虽然我没能够把那篇文章发表出来,但我同开愚一样相信博尔赫斯给我们带来了光明，它照亮了一片幽暗的未曾开拓的文学空间，启发了一批心有灵犀的青年作家，使他们得以一显身手。

阅读是一件美好的事情。在阅读中你的兴奋点往往会被触发，那就给你带来了愉悦。那种进入作品的感觉是令人心旷神怡的。往往出现这样的情形，对于一部你喜欢的书，你会记得某些极琐碎的细节，拗口的人名、地名，一个小小的场景，几句人物的对话，甚至书中写到的花与植物的名称，女孩裙子的颜色，房间里的摆设和气味。

两年前我读了杜鲁门·卡波特的《蒂凡尼的早餐》，我至今记得霍莉小姐不带公寓钥匙乱揿邻居门铃的情节，记得她的乡下口音和一只方形藤篮。

有一个炎热的夏天，我钻在蚊帐里读《赫索格》，我至今记得赫索格曾在窗外偷窥他妻子的情人在浴室里给赫索格的小女孩洗澡，他的动作温柔、目光慈爱，赫索格因此心如刀割。在索尔·贝娄的另一部作品《洪堡的礼物》中，我知道了矩形床垫和许许多多美国式的下流话。

卡森·麦卡勒斯的《伤心咖啡馆之歌》我读过两遍。第一遍是高中时候，我用零花钱买了生平第一本有价值的文学书籍，上海译文出版社的《美国当代短篇小说集》。通过这本书我初识美国文学，也细读了《伤心咖啡馆之歌》。当时觉得小说中的人物太奇怪，不懂其中三昧。到后来重读此篇时，我不禁要说，什么叫人物，什么叫氛围，什么叫底蕴和内涵，去读一读《伤心咖啡馆之歌》就明白了。

阅读确实是一件美好的事情。

读纳博科夫

我所喜爱和钦佩的美国作家可以开出一个长长的名单，海明威、福克纳自不必说，有的作家我只看到很少的译作，从此就不能相忘，譬如约翰·巴思、菲利普·罗斯、罗伯特·库佛、诺曼·梅勒、杜鲁门·卡波特、厄普代克等，纳博科夫现在也是其中一个了。

读到的纳博科夫的头一部中篇是《黑暗中的笑声》，好像那还是他在苏联时候写的，没有留下什么特别出色的印象，作品似乎与一般的俄罗斯作品没有多少差别，师承的也许是契诃夫、蒲宁，写一个在电影院引座的姑娘的爱情故事。我现在一点也想不出其中的什么细节了，也许是我不太喜欢的原因，我一向不太喜欢那种旧俄风格的小说。

后来读到过纳博科夫的《微暗的火》的选译，发现纳博科夫的晦涩高深显然超过了巴思和巴塞尔姆这些后现代作家。小说中有一个叫金波特的教授，行为古怪乖僻、言辞莫名其妙、思想庸常猥琐，好像就是这样，我所捕捉到的人物形象就是这样，因为看的是选译，不能目睹全书风采，但至少《微暗的火》让我感觉到了纳博科夫作为伟大作家的分量。不光是他的奇异的结构和叙述方式，他透露在书中的睿智而又锋芒毕露的气质也让人顿生崇敬之心。

今年读到了《洛丽塔》，不知此本与其他版本相比翻译质量如何，反正我是一口气把书读完的，因为我读到的头几句话就让我着迷。我喜欢这种漂亮而简洁的语言：

> 洛丽塔，我生命之光，我欲念之光。我的罪恶，我的灵魂。洛——丽——塔：舌尖向上，分三步，从上颚往下轻轻落在牙齿上。洛。丽。塔。

洛这个女孩的形象并不陌生，不知怎么我会把她与卡波特《蒂凡尼的早餐》里的可爱的小妓女相联系。都是活泼、可爱、充满青春活力的少女，这种少女到了作家笔下，往往生活在充满罪恶色彩的氛围里，她愈是可爱愈是能诱惑人，其命运的悲剧色彩就愈加浓厚。那个小妓女如此，洛丽塔也是如此，只不过洛丽塔还年幼，只有十二岁，她被控制在继父亨伯特的欲望之绳下，因而她的命运更加酸楚动人，别具意味。

重要的是亨伯特，洛丽塔的继父和情人。这个形象使《洛丽塔》成了世界名著。

我想纳博科夫写此书是因为他对亨伯特发生了兴趣，《洛丽塔》的写作依据就是亨伯特的生活的内心依据。那么，亨伯特是什么？是一个年轻的中产阶级的绅士？是一个乱伦的霸占幼女的父亲？还是一个嫉妒的为恋情而杀人的凶手？我想都不是，亨伯特是一种欲望，是一种梦想，是一种生命，是一种苦难，也是一种快乐的化身，唯独不是概念和规则的象征。

从心理学的角度去分析亨伯特与洛丽塔的"父女"之恋是没有什么意义的。况且这是小说，不是病例。我觉得纳博科夫写的不是典型的乱伦故事，而是一种感人至深如泣如诉的人生磨难，乱伦只是诱惑读者的框架。再也没有比亨伯特的罪恶更炽热动人的罪恶了，再也没有比亨伯特的心灵更绝望悲观的心灵了，再也没有比亨伯特的生活更紧张疯狂的生活了，亨伯特带着洛丽塔逃离现实，逃离道德，逃离一切，凭借他唯一的需要——十二岁的情人洛丽塔，在精神的领域里漂泊流浪，这是小说的关节，也是小说的最魅人处。

亨伯特说："我现在不是，从来也不是，将来也不可能是恶棍，我偷行过的那个温和朦胧的境地是诗人的遗产——不是地狱。"

亨伯特不是众多小说中刻画的社会的叛逆者，不是那种叛逆的力士形象。这与他的行为带有隐私和罪恶色彩有关。因此我说亨伯特只是一个精神至上的个人主义者形象。这种形象是独立的个性化的，只要写好了永远不会与其他作品重复，所以，在我读过的许多美国当代作家作品中，亨伯特是唯一的。他从汽车旅馆的窗口探出头来时，我们应该向他挥手，说一声：亨伯特，你好！

作为一个学习写作的文学信徒，我所敬畏的是纳博科夫出神入化的语言才能。准确、细致的细节描绘，复杂热烈的情感流动，通篇的感觉始终是灼热而迷人，从未有断裂游离之感，我想一名作家的书从头至尾这样饱满和谐可见真正的火候与功力。当我读到这样的细节描绘总是拍案叫绝：

离我和我燃烧的生命不到六英寸远就是模糊的洛丽塔！……她突然坐了起来，喘息不止，用不正常的快速度嘟哝了什么船的事，使劲拉了拉床单，又重新陷进她丰富、暧昧、年轻的无知无觉状态……她随即从我拥抱的阴影中解脱出去，这动作是不自觉的、不粗暴的，不带任何感情好恶，但是带着一个孩子渴望休息的灰暗哀伤的低吟。一切又恢复原状：洛丽塔蜷曲的脊背朝向亨伯特，亨伯特头枕手上，因欲念和消化不良而火烧火燎……

事实上《洛丽塔》就是以这样的细部描写吸引了我。乱伦和诱奸是猥亵而肮脏的，而一部出色的关于乱伦和诱奸的小说竟然是高贵而迷人的，这是纳博科夫作为一名优秀作家的光荣。他重新构建了世界，世界便消融在他的幻想中，这有多么美好。

纳博科夫说："我的人物是划船的奴隶。"有了十二岁的女孩洛丽塔，就有了亨伯特。有了洛丽塔和亨伯特就有了《洛丽塔》这本巨著。

我们没有洛丽塔，没有亨伯特，我们拥有的是纳博科夫，那么，我们从他那儿还能得到些什么？

镜子与自传

一个人写自传，就好像在自己的桌前竖起了一面镜子，但是他如何描绘镜子里的那个人，其方法和习惯却很有讲究。因此在我们有关自传的阅读经验中，产生了对传主的真切的或模糊的形形色色的印象。

我们总是信服一个人对自我的陈述和描绘，总是以为一份自传需要负起证词似的责任，总是相信自传的镜子将准确地传达镜前人的形象和他的眼神，但是这样的阅读期待也许是幼稚而有害的。最近读了法国新小说主将阿兰·罗伯-格里耶的自传文字《重现的镜子》，更加深了这种感觉。阅毕合卷后我看见的是传主母亲的形象和一些不相干的人，我也看见了罗伯-格里耶的眼神，但那是注视另一位法国文化名人罗兰·巴特的鄙视和挖苦的眼神。

一个总是批评丈夫神经有问题的妻子，一个总是让儿子不要婴儿的母亲，一个因为丈夫不能及时点燃蜡烛而差点用刀杀他的中产阶级妇女，这个精彩的人物推翻了我对作者无视人物形象的陈旧印象，他笔下的这个母亲是如此真切，真切得无所保留。再看看罗兰·巴特吧。"罗兰·巴特在他生命中的最后日子丝毫不为意识到自己是个招摇撞骗的人而烦恼"，不仅如此，"他是个伪君子"，他还是个假"思想家"。作者如此无情如此尖锐地攻击另一位大师（其时罗兰·巴特刚刚因车祸遇难），着实让我目瞪口呆。

我相信这本书的创作是真挚的，但读后多少又有些失落，失落之处不在于对作者的德行的怀疑，这种怀疑是没有多大意义的。我的失落在于镜子里的罗伯-格里耶的形象竟然是斜睨着双眼的，我不仅希望看见他斜睨双眼的形象，也很想看见他的正视世界与人群的眼神，很想看见他审视自我的眼神。但那样的眼神恰恰是闪烁其词一带而过的，唯有他对去战后德国做工人生活的描写细致而和平。

不知怎么想起了另一位伟大的法国人卢梭，想起那本著名的《忏悔录》。当年我深深地为这颗自我袒露自我鞭挞的灵魂所感动，有一天读到关于那本书的文字，竟然说卢梭在自传中描绘的卢梭并非真实的卢梭。我从此多长了心眼，自传作为一面镜子多半是长了绿锈的铜镜吧，我们必须学会从铜镜中触摸镜中人的形象。还是罗伯-格里耶说得好，"我不是一个真实的人，我也不是一个虚构的人"。这也许正好泄露了自传的天机。

美声唱法、信天游和镣铐

如果想让一个人的声音无限地高亢、明亮、优美,靠一个原始的未经雕琢的嗓子,或者给一个八岁的男孩去势,不让他发育,不让他的嗓音变质——几个世纪前的意大利人就是这样做的,他们追求艺术的至真至美一向有一种疯狂的劲头,于是人类音乐殿堂中唱诗班男童和法利内利各占一侧,我们听到了所谓的天籁在一个成年人身上得以延续的奇迹。

曾经看过一个关于法利内利的电影,其中令人最难忘怀的是法利内利的哥哥亲手阉割了弟弟,从此跟着弟弟混吃混玩,飞黄腾达,而法利内利则一如既往地爱着他哥哥。除却剧情,让我疑惑的是伴随全剧的法利内利的歌声,那似乎不可能是他的原声,那么是谁在为他配唱呢,配唱人的声音应该不逊于真正的法利内利,但我几乎可以断定那是个女性,一个当今世界的卓越的女歌唱家。

想想这真是乱了套,既然女性的歌声同样迎合了人们对天籁的要求,当初是何苦来着呢?

可人类艺术就是经历了这些误解、曲折走到了今天,并且在误解与曲折中创造了艺术的辉煌,就像法利内利,就像巴洛克艺术、洛可可艺术和哥特式建筑。如今的人们崇尚自然反对雕琢，但是面对法利内利面对科隆大教堂时他们被震惊了，他们不得不承认有的艺术与自然唱了反调，却仍然伟大，崇尚自然这个放之四海而皆准的艺术理念竟然变成了一个似是而非的调门。一些热衷于总结艺术规律的人在这种时候就遇到了难题。

被现代文明喂养的人们致力于发展人类艺术遗产，但同时孜孜不倦地矫正和清除了艺术中违反人性的部分，包括阉人的歌唱。以美声唱法为例，这个世纪的代表人物是斯苔芳诺、帕瓦罗蒂、斯瓦茨科普夫、玛丽亚·卡拉斯，他们是仪表堂堂的正常男子和美丽动人的正常女子，我们这个时代再也不会为了获得一种歌声而去制造新一代的法利内利，因为我们相信帕氏的高音是人类最高亢的声音，对于歌声人们已不再有什么狂热的奢求。

但是我们必须承认有一部分艺术也被我们永远钉进了棺材之中，就像意大利人再也不能在集市上听到法利内利的歌声，就像沉稳实干的德国人无论如何努力，再也不能复制新的科隆大教堂。这是崇尚自然的现代人自己做出的选择，或许谁也没想到，追求艺术的真谛有时恰好是在毁灭艺术。人们并不自知，只是在偶尔的回首之时，看见自己的身后隆起了一座座艺术之坟。

前不久在杂志上读到一个作家谈及文学和舞蹈的文字，大意是反对在创作中戴镣铐跳舞，认为现代舞健康舒展而芭蕾病态等等。这不是个谬论，因为在某种创作境界的阐述上它完全正确，但是我意识到在涉及文学艺术的本质时它的指向有点似是而非。不知怎么就想到了信天游，想到陕西的一个民间歌唱家在唱信天游的时候，有专家在一边旁听，结果宣布他的声音之高度超过了帕瓦罗蒂的高音。不必将西洋歌剧和信天游做出井水不犯河水的鉴别,信天游的歌声通常被认为是未经雕琢的自然的民间艺术,但是当我们同时或者分别静听信天游的高音和帕瓦罗蒂的高音时,我们可能会惊讶地发现这两种高音同样是纯技巧的、不自然的声音,判断前者的高音浑然天成与赞美后者自然舒展一样都显得口是心非。更加令人惊讶的是在这个令人担忧的高音上,信天游歌手的拼命一搏加深了信天游天生的悲怆,而帕瓦罗蒂明显的美声技巧使歌剧华美的气氛也达到了高潮。

有一种事实人们不容易看清:艺术产生的过程天生不是一个追求自然的过程,因此艺术中的镣铐其实是艺术的一部分,就像美声唱法的发声方法,它对胸腔、喉头、鼻腔的控制与运用其实接近于科学,而不是人们通常所说的想唱就唱的自然境界。所有著名的男高音女高音在演唱会上常常大汗淋漓,细心的人会发现他们的喉头像一只被猛兽追赶的野兔,疲于奔命,而他们的胸腔就像埋藏了一颗炸弹,导火线正在燃烧。奇妙的是当你闭上眼睛时令人不快的视觉消失了,你听见的是美妙的高亢的不可思议的歌声,你听见的还有那声音中的镣铐也在发出美妙的和声。这时候我们可能会想到美声唱法是什么,美声唱法就是修饰每一个声音,让它们比人类天然的声音更加明亮更加优美。

信天游的本意不在此,人们知道的信天游是陕北的牧羊人赶着羊群在荒山野岭中向女性索取爱情的产物。信天游不求登堂入室,相比较于西洋歌剧,它是风马牛不相及的直抒胸臆的民间艺术,人们认为它朴素、自由、奔放,人们认为原汁原味的信天游应该有一种声嘶力竭的悲怆和热情,应该有黄土高原的泥土气息。但人们却没意识到一代代的牧羊人重复的其实是祖辈留下的腔调，唱信天游的牧羊人不知道自己的歌声最终能传到何方，所以他努力地一声高一声低地唱着，不顾歌声是否动听。最后当我们这些处在黄土高原以外的人也熟知了信天游，并且知道信天游应该如何哼唱的时候，信天游便成了一种艺术。它不再是自由的了，我们根据什么来分辨青海的花儿和信天游呢？我们依靠的就是对"原汁原味"的了解。

　　人们难以接受这样的说法：原汁原味是艺术的镣铐，但是艺术之所以成为艺术，必不可少的恰好就是这副镣铐。我们让人类的思想自由高飞，却不能想当然地为艺术打开这副镣铐。艺术的镣铐其实是用自身的精华锤炼的，因此它不是什么刑具。我们应该看到自由可与镣铐同在，艺术的神妙就在于它戴着镣铐可以尽情地飞翔。

短篇小说,一些元素

事实上我不知道如何选出一个经典的短篇选本,更不知道如何使它具备权威性;我唯一可以做的是把自己最喜欢的挑选出来,让读者与我一起分享这份阅读的快乐。

谈及短篇小说,古今中外都有大师在此领域留下不朽的声音。有时候我觉得童话作家的原始动机是为孩子们上床入睡而写作,而短篇小说就像针对成年人的夜间故事,最好是在灯下读,最好是每天入睡前读一篇,玩味三五分钟,或者被感动,或者会心一笑,或者怅怅然的,如有骨鲠在喉。如果读出这样的味道,说明这短暂的阅读时间都没有浪费,培养这样的习惯使一天的生活始于平庸而终止于辉煌,多么好!

当然前提是有那么多好的短篇可以放在枕边。

我这里挑选的作品有选家们都钟爱的作品,比如契诃夫的《万卡》和莫泊桑的《羊脂球》,我本想排除所有成为"经典"的作品,给人们一个全新的读本,但无论如何也不忍心放弃这两篇,因此我选入这两篇,相信读者早已读出了它们各自的经典意义,原谅我不在这里拾人牙慧。

首先让我谈谈读霍桑《威克菲尔德》的感受，我觉得它给我的震动不比《红字》弱小。一个离家出走到另一个街区的男人，每天还在暗中观察家人的生活，这样的人物设置本身已经让作品具备了不同凡响的意义。这个男人恐惧什么？这个男人在逃避什么？这个男人离家出走的直线距离不会超过一千米，但是我们作为读者会情不自禁地丈量他离社会的距离，离开伦理道德的距离，这就是《威克菲尔德》的鬼斧神工之处。一个离家出走几百米的男人因此比许多小说描写的漂洋过海的离家出走的人更加令人关注。而老奸巨猾的霍桑却不想摧毁什么，他让威克菲尔德最后又回到了家里："失踪后的第二十个年头，一天傍晚，威克菲尔德习惯性地朝他仍称为家的地方信步走去。"霍桑让这个人物"晚上不声不响地踏进家门，仿佛才离家一天似的"。就这样，在发出一种尖厉的令人恐慌的怪叫声后，霍桑也善解人意地抚慰了我们不安的感官，也扶正了众多紧张的良心和摇晃的道德之树。

辛格的令人尊敬之处在于他的朴拙的小说观，他总是在"人物"上不惜力气，固执己见地种植老式犹太人的人物丛林，刻画人物有一种累死拉倒的农夫思想，因此辛格的人物通常是饱满得能让你闻到他们的体臭，《傻瓜吉姆佩尔》就是他最具标志性的人物文本。与辛格相比，我们更加熟悉的大师福克纳一直是在用人类写作历史上最极致的智慧和手段为人类本身树碑立传。《献给爱米丽的一朵玫瑰花》被评论认为是吸收了哥特式小说的影响，哥特式小说与伟大的福克纳相比算老几呢？这是众多热爱福克纳先生的读者下意识的反应，但这不是福克纳本人的反应，他是不耻下问的。我们所读到的这朵"玫瑰"最终是经过圣手点化的，所以它阴郁、怪诞，充满死亡之气，却又处处超越了所谓"艺术氛围"，让人们急于探究爱米丽小姐的内心世界，她的内心世界就像她居住的破败宅第，终有一扇尘封之门。福克纳要为我们推开的是两扇门，推开内心之门更是他的兴趣所在，所以我们看见门被打开了，看到爱米丽小姐封闭四十年的房间，看见她的死去多年的情人的尸体躺在床上，看见枕头上的"一绺长长的铁灰色头发"，我们看见爱米丽小姐其实也躺在那里，她的内心其实一直躺在那里，因为福克纳先生告诉我们那是世界上最孤独的女人之心。我们读到这里都会感到害怕，不是因为恐惧，而是为了孤独。

孤独的不可摆脱和心灵的自救是人们必须面对的现实，我们和文学大师们关注这样的现实。博尔赫斯的《第三者》不像他的其他作品那样布满圈套，这个故事简单而富于冲击力，这也是我在他的无数精美之作中左顾右盼最后选定此篇的理由。《第三者》叙述的是相依为命的贫苦兄弟爱上同一个风尘女子的故事，所以我说它简单。但此篇的冲击在于结尾，为了免于不坚固的爱情对坚固的兄弟之情的破坏，哥哥的选择是彻底摆脱爱情，守住亲情，他动手结果了女人的生命。让我们感到震惊的就是这种疯狂和理性，它有时候成为统一的岩浆喷发出来，你怎能不感到震惊？令人发指的暴行竟然顺理成章，成为兄弟最好的出路！我想博尔赫斯之所以让暴力也成为他优雅精致的作品中的元素，是因为最优秀的作家无须回避什么，因为他从不宣扬什么，他所关心的仍然只是人的困境，种种的孤独和种种艰难却又无效的自救方法，也是人类生活中最重要的细节。

沉重的命题永远是我们精神上需要的咖啡，但我也钟爱一些没说什么却令人感动令人难忘的作品。就像乔伊斯的《阿拉比》,这是《都柏林人》中的一篇。写的是一个混沌初开的少年的感情世界,也许涉及了少年的初恋,也许什么也不涉及。少年手里抓着一枚银币,夜里独自一人坐火车去远处的阿拉伯风格集市,他原先想买什么的,原先大概是准备送给"曼根的姐姐"什么的,但他辛辛苦苦到了集市,却什么也没买,而集市也已经熄灯了。这就是小说的主要内容,你可以做出种种揣摩,对作家的意图做出深层次的理解。但我想对这样的作品,想象的补充是更加有趣的,想象一个少年夜里独自坐在火车上,想象他独自站在已经打烊的集市中的心情,回忆一下,你在那个年龄有没有类似的一次夜游,这也许更贴近了作家的本意。这也是对短篇小说的一种解读方法。同样的方法应该也适用于卡波特的《圣诞节忆旧》,严格地说这不像一篇虚构的小说,它很像一次无所用心的回忆,回忆作家幼年与一个善良而孩子气的老妇人苦中作乐过圣诞节的琐事。正因为无所用心而使叙述明亮朴素,所有悲伤全部凝结成宝石,在我们面前闪闪发亮。尤其是写到老妇人之死,作家是这样写的:又一个十一月的早晨来临了,一个树叶光光、没有小鸟的冬天早晨,她再也爬不起来大声说:"这是做水果蛋糕的好天气!"应该说《圣诞节忆旧》不是一篇很著名的小说,但我确信读者会被这么一种散淡而诚挚的作品所感动,并且终生难忘。

我之所以喜爱雷蒙德·卡佛,完全是因为佩服他对现代普通人生活不凡的洞察力和平等细腻的观察态度,也因为他的同情心与文风一样毫不矫饰。这篇《马辔头》里的农场主霍利茨是卡佛最善于描写的底层人物,破产以后举家迁徙,却无法在新的地方获得新的生活，最后仍然是离开去了更陌生的地方。这个失意的不走运的家庭人都走了，却留下了一只马臀头，让邻居们无法忘记他们的存在，也让我们感受到了这只马臀头散发的悲凉的气息。卡佛不是泛泛的"简单派"，因为他的节制大多是四两拨千斤，我们总是可以感受到他用一根粗壮的手指，轻轻地指着我们大家的灵魂，那些褶皱，那些挫伤，那些暧昧不清的地方，平静安详就这样产生了力量。

　　张爱玲是这个选集里唯一的一位汉语作家，需要澄清的是我并不认为她是在国产短篇小说创作中唯一青史留名者。我选《鸿鸾禧》，是因为这篇作品极具中国文学的腔调，是我们广大的中国读者熟悉的传统文学样板，简约的白话，处处精妙挑剔，一个比喻，都像李白吟诗一般煞费苦心，所以说传统中国小说是要从小功夫中见大功夫的，其实也要经过苦吟才得一部精品。就像此篇中两个待字闺中的小姑子二乔和四美，她们为哥嫂的婚礼精心挑选行头，但张爱玲说，虽然各人都认为在婚礼中是最吃重的角色，但"对于二乔和四美，（新娘子）玉清是银幕上最后映出的雪白的'完'字，而她们则是精彩的下期佳片预告"。张爱玲小说最厉害的就是这样那样聪明机智的比喻，我一直觉得这样的作品是标准中国造的东西，比诗歌随意，比白话严谨，在靠近小说的过程中成了小说，因此它总是显得微妙而精彩，读起来与上述的外国作家的作品是不同的，这也是我选《鸿鸾禧》最充分的理由。

把他送到树上去

——卡尔维诺《树上的男爵》读后

卡尔维诺在仰望一片茂密的树林时,发现粗壮杂乱的树干酷似一条条小路,树干之路是幽暗的,弯曲的,当它们向四面八方延伸,一种神秘的难以勾勒的旅程也在空中铺展开来。是光线的旅程,还是昆虫、苔藓或者落叶的旅程?许多从事文学和绘画创作的人都可能产生诸如此类的联想,但卡尔维诺慧眼独具,他看见了别的,他还在树上看见了一个人和他的家园。很可能是一瞬间的事,灵感的光芒照亮了卡尔维诺。这一瞬间,作家看见了"树上的男爵",他正从一棵树跳到另一棵树上去,那个在树上跳动的人影,正是作家守望的"人物"——所谓灵感来了,很多时候说的是人物来了。

有个人爬到树上去,不是为了狩猎和采摘,不是孩子的淘气,不为别的,是为了在树上生活!读者们无法忘记《树上的男爵》,其实是无法忘记一个爬到树上去生活的人。小说家从来都是诡计多端的,他们塑造的人物形象千奇百怪,套用如今商界的广告营销战略语汇,越怪越美丽,乖张怪僻的人物天生抢眼,印象深刻自然是难免的。但爬到树上去的柯西莫超越了我们一般的阅读印象，这个人物设置至今看来仍然令人震惊，在文学史上闪着宝石般的光芒。

《树上的男爵》出版于一九五七年，此时距离卡尔维诺的成名作《通向蜘蛛巢的小径》发表正好是十年时间，距离他的另一篇精彩绝伦的作品《分成两半的子爵》则相隔了五年时光。对于一个优秀的作家来说，青壮年期的十年时光应该是一段河流般奔涌的创作史，可以泛滥成灾却不允许倒流，而卡尔维诺似乎是斜刺里夺路狂奔，背叛自己的同时也脱离了保守的意大利的文学大军。卡尔维诺脱颖而出之时正是意大利二次大战的疮疤渐渐结痂之时（而他早已经在《通向蜘蛛巢的小径》中触及了那块溃烂时期的疮疤），战争年代他在破败的街道和酒馆里体会意大利的悲怆，在和平年代里他有闲适的心情观察祖国意大利了，结果从树上发现了自己的祖先。从开始就这样，卡尔维诺善于让人们记住他的小说。即使是在《通向蜘蛛巢的小径》中，人物也是不易忘却的，一个孤独的男孩，被同龄的孩子们所抛弃，却被成年人所接纳所利用。没有人会忘记男孩的姐姐是个妓女，而且是个和德国军官睡觉的妓女。我曾尝试拆解小说中的人物链条：皮恩——姐姐——德国军官——游击队，感觉它像一种再生复合材料，可以衔接无数好的或者很平庸的情节、人物关系（由此有了皮恩偷枪的故事，有了皮恩和游击队营地的故事）。这个人物链所滋生的小说材料是多快好省的，但具有一定的危险性——所有过于讲求效率的职业手段都有一定的危险。《通向蜘蛛巢的小径》也如此，看似牢固的人物链后来不知怎么脱了链，小说渐渐发出一种机械的松散无力的噪音，也许是从皮恩越狱后碰到"大个子"开始的，一切细节几乎都在莫名其妙地阻碍小说向辉煌处发展。我们最后读到了一个少年与游击队的故事，加上一把枪，很像一部二流的反映沦陷的电影。

一个过于机巧、科学的人物链对于具有野心的小说也许并不合适，而作家也不一定非要对"二战"这样的重大题材耿耿于怀，卡尔维诺对自我的反省一定比我深刻。五年过去后意大利贫穷而安详，卡尔维诺写出了《分成两半的子爵》，单就人物设置来说，已经抛弃了人们熟悉的模式，十年过后《树上的男爵》应运而生，令人震惊的卡尔维诺来了。

卡尔维诺来了，他几乎让一个传统的小说世界都闪开了。让亲人们闪开，让庄园闪开，甚至让大地也闪开，让一棵树成为一个人的世界，让世界抛弃孤独者。也让孤独的人抛弃他人的世界，这是二十世纪五十年代卡尔维诺对小说人物的设想，也是他文学生涯中一次最决绝而勇敢的小说实践。

少年男爵柯西莫可以为任何一个借口爬到树上去，不一定是为了拒绝吃蜗牛。反叛与拒绝在文学作品中的例子和实际生活中一样多，但卡尔维诺是处心积虑的，爬到树上去，爬到树上去——这声音是圣洁的，也是邪恶的，是人们能听见的最轻盈也最沉重的召唤。不仅仅是为了反抗，也不是为了叛逆，当一个孩子任性的稚气的举动演变成一种生存的选择之后，这个故事变得蹊跷而令人震惊起来。读者们大概都明白一个不肯离开树顶的少年身上隐藏着巨大的哲学意味，但每个人也都为卡尔维诺惊世的才华捏了一把汗，他怎么让这出戏唱完呢，柯西莫将在树上干些什么？柯西莫会不会下树，柯西莫什么时候下树？（大家都明白，柯西莫下树，小说也该结束了。）

卡尔维诺不让柯西莫下来，柯西莫就下不来。柯西莫在树上的生活依赖于作家顽强的想象力，也依赖于一种近乎残忍的幽默感。柯西莫在树上与邻居家的女孩薇奥拉的糊涂的爱情在人们的预料中，但他在树上与大强盗布鲁基的交往和友谊在小说中却又是奇峰陡生。布鲁基这个人物的设置同样让人猝不及防，他是个热爱阅读的浪漫的强盗，他强迫柯西莫给他找书，而且不允许是无聊的书，一个杀人如麻的强盗最后被捕的原因也是为了一本没看完的书，更奇妙的是布鲁基临刑前还关心着小说主人公的下场，当柯西莫告诉他小说中的主人公是被吊死的，这个沉迷于文字的强盗踢开了绞架的梯子，他对柯西莫说："谢谢，我也是这样，永别了。"

卡尔维诺放大了柯西莫的树上世界，这个人物便也像树一样长出许多枝条，让作家取之不尽用之不竭。柯西莫在树上走来走去，从十二岁一直走到年华老去。"青春在大地上匆匆而过，树上的情形，你们可想而知，那上面的一切注定是要坠落的：叶片，果实。柯西莫变成了老人。"老了的男爵仍然被作家缔造神话的雄心牵引着，沿着树上世界一直走到了遥远的森林里，传奇也一直在延续，树上的男爵亲历了战争，最后见到了拿破仑。作为真正的传奇，小说的结尾无情地挫伤了读者的热望和善心，柯西莫再也没有回到地上来，垂死的柯西莫最后遇到了热气球，奇迹开始便以奇迹结尾，我们最后也没等到主人公回归，小说却结束了。

请注意作家为他的人物柯西莫撰写的碑文，它不仅可以帮助我们理解人物，也帮助我们勾勒了卡尔维诺塑造这个人物的思路：生活在树上——始终热爱大地——升入天空。这碑文不知为何让我想起对卡夫卡《变形记》的读解：变为昆虫——体会人的痛苦——无处生活。

　　最汹涌的艺术感染力是可以追本溯源的，有时候它的发源就这么清晰可见：树上有个人。在我看来，《树上的男爵》已经变成一个关于生活的经典寓言，就像卡夫卡笔下的城堡，卡尔维诺的树也成了世界的尽头。然后我们不得不提出一个课堂式的问题，你觉得是哪一步棋造就了这部伟大作品的胜局，如果有人问到我，我会这么回答，其实就是一步险棋，险就险在主人公的居所不在地上，而是在树上。

　　总是觉得卡尔维诺优雅的文字气质后隐藏着一颗残酷的心，细细一想豁然开朗：有时候一个作家就是统治人物的暴君，对待柯西莫这样的人，放到哪儿都不合适，干脆把他送到树上去！

如何与世界开玩笑

——辛格《卢布林的魔术师》读后

谈谈辛格的《卢布林的魔术师》。

辛格与其他美国籍的犹太裔作家不同。不同点不仅在于他是唯一用意第绪语写作的一个，更在于他奇异的封闭型的题材资源。与索尔·贝娄的宽阔的从知识分子立场出发的全景式写作相比显得狭窄而固执，与菲力普罗斯冲动的反叛的写作相比显得那么迂腐而憨厚，但写作的结果是一个意外，读者们不得不说，辛格的作品是犹太裔作家中最守旧的，却是最动人的。

辛格三十一岁从波兰移民美国，尚算年轻，可是他似乎把好多面向新世界的窗子关上了，只留下一扇窗，对着幽暗方向的波兰故乡，在那样的窗后他守望世界，这个世界便表情凄惨地躺在《旧约》上了。辛格内心的季节有时是风雪交加的冬天，有时是电闪雷鸣的盛夏，犹太人像一只只飞鸟从欧洲的各个角落飞起来，盘旋着，却落不下地。辛格的写作任务是帮助他们落地。当然，用教科书的语言来说，辛格写作的核心是犹太人的民族精神和民族性格。如果想认识犹太人而苦于无门而入，打开辛格的小说读一下，也许就是一条捷径。

还是谈人物，谈谈《卢布林的魔术师》中的魔术师亚夏。

亚夏是个瘦小的魔术师，在波兰很有名，按照他的经纪人的设想，他未来有希望在整个欧洲引起轰动。按照文学从业人员的想象，魔术师的职业是个神神鬼鬼的职业，与压迫动物、骗术、障眼法、走江湖等神神鬼鬼的行径有关，人物塑造已有天生的优势，但作者不知为何并未利用这份优势，他避开了以魔术造势，以魔术为烟花爆竹为小说开路的惯常思路，仍然是极其老实地从人写开去，心无旁骛。亚夏是由四个女人簇拥而站的一个男性形象，按照小说的叙述顺序，第一个女人是他妻子，他的妻子埃斯特是个女裁缝，贤惠而善良，亚夏每隔数月便回家与她团聚一次，亚夏对她不坏。但是亚夏有一个异教徒的女助手玛格达，她深爱着亚夏，比妻子更殷勤地照料着亚夏，亚夏对她也好，把她母亲甚至弟弟的生活费用也负担了。第三个女人泽夫特尔，来自盛产小偷的村镇，不仅风骚，而且懂得利用亚夏这样的男人。第四个女人是华沙的大学教授的遗孀伊米利亚，一个生活窘迫而保持着高雅风范的女人，她是亚夏的爱情所在，也是他最爱的女人。至此，小说的人物关系虽然已经令人眼花缭乱，还不至于大跌眼镜。但辛格几乎是用一种恶作剧的叙事哲学在塑造亚夏这个人物，亚夏竟然还对伊米利亚十四岁的女儿哈利娜有所企图，并且"布好了圈套"。

很清楚，辛格先给亚夏这个人物戴上一顶可耻的淫荡的罪恶的帽子，然后他要想办法把帽子上的黑色洗涤干净，让它回归到犹太人的祈祷巾的颜色，这是亚夏这个人物存在的巨大价值，也是小说向前发展的动力和步骤。亚夏与四个女人的故事具备了令所有读者莫名兴奋的条件，但我们渐渐发现情欲与男女关系不是作家的叙述目标，这其实是一个关于罪恶和自我救赎的故事。亚夏身上的人物特性，聪明、狡诈、欺骗、贪婪、占有欲，渐进式地与他的良知、善良、宗教教育唱着痛苦的和声，也许作家本人有对一个民族做出隐喻的企图，但我们再冷静也不忍心把亚夏的毁灭看成一个犹太作家对自己民族特性的批判书。最令人痛心的是人的毁灭之路，甚至亚夏自己也感受到他的生活是令人窒息的。"他觉得他的生活像一部小说，情节越来越紧张，叫人连翻书页都不耐烦了。"而亚夏深夜潜入那个孤寡老人家里，企图用魔术师的巧手撬开保险箱的细节描写更让人紧张，读者应该很容易想起陀思妥耶夫斯基的《罪与罚》中主人公杀死房东老太婆的情节，但我们最终松了口气，一个伟大的犹太作家和一个伟大的俄罗斯作家对于人物悲剧命运的处置是不同的，寻欢作乐引发的暴力和阴郁的失败者的暴力也是色调不同的，亚夏最后放弃了偷窃与杀人的念头，跳窗逃跑时还崴了脚，然后读者也许会没心没肺地欢呼了，一个卢布林的魔术师，犯罪就应该是这样半途而废，应该崴了脚！

亚夏的觉醒值得品味。那是在犹太会堂里被同族兄弟的虔诚感化的结果吗？"那早已忘却的童年时代的虔诚现在又回来了，这是一种不要证明的信仰，一种对上帝的敬畏，一种对违反教条的悔恨。""我一定要做个犹太人，犹太人怎么样我就怎么样。"这可能形成一个解释，但不具备全部的说服力，依我的理解，亚夏的觉醒是被动的无法推卸无法逃避的觉醒，是见了棺材以后落下的眼泪，因此显得彻底，让人亦悲亦喜——还是得从女人们那儿寻找结论，忠心耿耿的玛格达认清她的爱情是无望的，上吊死了；贵夫人出身的伊米利亚发现她借助亚夏改善生活境遇的计划成为泡影后,当面与他撇清了原本黏糊糊的关系;而水性杨花的泽夫特尔当然也没有成为亚夏的救命稻草,在亚夏后来四面楚歌面临崩溃的时候她投入了一个人贩子的怀抱。于是亚夏最终回到了卢布林村庄的妻子那儿,完成了一次肉体的回归。我之所以称其为肉体回归,恰好是由于小说尾声部分亚夏有一个极其"形而上"的壮举,在结束了他漂泊的放纵的魔术师生涯后,亚夏成了一个自建牢笼自我囚禁的"圣徒"。犹太男女曾经观赏过亚夏走钢丝的壮举,现在则是围在石头小屋前观看亚夏的另外一个壮举,一个自我囚禁的忏悔者。到此,卢布林的魔术师彻底回到了卢布林,从肉体到精神,从道德到欲望,都回归了,只是人们注意到这一切附加了最残酷的条件:丧失自由。

记录另外一个声音是可耻的,但我肯定有人这么怀疑过亚夏自我囚禁时另一种心声:命运非要让我做一个好人、一个圣徒吗,好,好,那就把我关起来吧!

亚夏曾经以走钢丝闻名波兰,但读者分明看见他一直走在人性的刀锋上,走得鲜血四溅。追随魔术师的踪迹其实是追随一种尖锐的刺痛感,它由魔术师亚夏的脚底传导给我们,当然"变"过了魔术,变成一种幽默的疼痛了。

"你这半生闯荡只不过是和你自己和整个世界开了一场玩笑。"这是智慧的优雅的伊米利亚对亚夏的评价,依我看,这恰好也是辛格的苦心所在。辛格把亚夏这个人物抛到文学史上,不仅是拿犹太兄弟姐妹练靶,也是向全世界的恶行和道义晃了一拳,和我们大家开了一个善意的悲喜交加的玩笑。

我为什么写《妻妾成群》

一九八九年春天的一个夜晚,我在独居的阁楼上开始了《妻妾成群》的写作,这个故事盘桓于我想象中已经很久。

"四太太颂莲被抬进陈家花园的时候是十九岁……"当我最后确定用这个长句做小说开头时,我的这篇小说的叙述风格和故事类型也几乎确定下来了。对于我来说,这样普通的白描式的语言竟然成为一次挑战,真的是挑战,因为我以前从来未想过小说的开头会是这种古老平板的语言。

激起我创作欲望的本身就是一个中国人都知道的古老的故事。妻、妾、成、群,这个篇名来源于一个朋友诗作的某一句,它恰如其分地概括了我头脑中那个模糊而跳跃的故事,因此我一改从前为篇名反复斟酌的习惯,直接把它写在了第一页稿纸上。

或许这是一张吉祥的符咒,正如我的愿望一样,小说的进程异常顺利。

新嫁为妾的小女子颂莲进了陈家以后怎么办?一篇小说假如可以提出这种问题,也就意味着某种通俗的小说通道可以自由穿梭。我自由穿梭,并且生平第一次发现了白描式的古典小说风格的种种妙不可言之处。

自然了，松弛了，那么大大咧咧搔首弄姿一步三叹左顾右盼的写作方法。

《妻妾成群》这样的故事必须这么写。

春天以后窗外的世界开始动荡，我的小说写了一大半后锁在了抽屉里，后来夏天过去秋天来了，我看见窗外的树木开始落叶，便想起我有一篇小说应该把它写完。

于是颂莲再次出现在秋天的花园里。

我想写的东西也更加清晰起来。我不想讲一个人人皆知的一夫多妻的故事。一夫四妻的封建家庭结构正好可以移植为小说的结构，颂莲是一条新上的梁柱，还散发着新鲜木材的气息，却也是最容易断裂的。

我不期望在小说中再现陈家花园的生活，只是被想象中的某些声音所打动，颂莲们在雪地里蹑足走动，在黑屋里掩面呜咽。不能大步走路是一种痛苦，不能放声悲哭是更大的痛苦，颂莲们惧怕井台，惧怕死亡，但这恰恰是我们的广泛而深切的痛苦。

痛苦中的四个女人，在痛苦中一齐拴在一个男人的脖子上，像四棵枯萎的紫藤在稀薄的空气中互相绞杀，为了争夺她们的泥土和空气。

痛苦常常酿成悲剧，就像颂莲的悲剧一样。

事实上一篇小说不可能讲好两个故事，但一篇小说往往被读解成好几种故事。

譬如《妻妾成群》，许多读者把它读成一个"旧时代女性故事"，或者"一夫多妻的故事"，但假如仅仅是这样，我绝不会对这篇小说感到满意的。

  是不是把它理解成一个关于"痛苦和恐惧"的故事呢?

  假如可以做出这样的理解,那我对这篇小说就满意多了。

谁是谁的卧室

自从时尚的阅读圈把米兰·昆德拉先生纳入他们红红绿绿的书单后，昆德拉傲慢的形象开始闪烁起可疑的"星"光。我本来应该巧妙地躲避这些阅读热门，但无意中得到许钧先生的新译本《不能承受的生命之轻》，事隔数年之后再读昆德拉，忽然发现昆德拉的流行是有其必然性的，与时尚无关。当你小心地剥离开小说中一意孤行的唐突议论，当你把贝多芬、托尔斯泰、数字6、诺斯替教派、苏联占领等语汇抛在一边，剩下的其实是一个丰盈的自给自足的故事，关于爱，关于性，关于权力，关于放逐和拯救，关于背叛和忠诚，你会发现这部小说中非故事的部分是假象，假象所掩盖的那个故事，煞是好看。

说起来令人迷惘，文学史上的好多巨著，其故事基础不过是个通奸故事，比如《包法利夫人》《安娜·卡列尼娜》《红与黑》《红字》等，《不能承受的生命之轻》结构复杂，故事基础却并不复杂，是男女之事。这事说小也小，说大也大，但不管是以乱世浮生的悲凉腔调去说，还是以太平盛世的无病呻吟来说，说来说去都容易平庸，被读者看破机关。所以在福楼拜先生之后写男女之事，必然要挣脱艾玛这样一步三叹闯地狱的故事模式,用如今孩子们的话来说,要爽,要快,当然还要套用各行各业都适用的座右铭:包装不是万能的,但没有包装是万万不能的。

昆德拉一边写故事一边包装故事的习惯已经形成他的个人风格,在此不做讨论。(我一直试图解读小说中多次提及的俄狄浦斯王的故事与小说的关系,托马斯他们的哪一个夜晚哪一段旅程哪一颗心灵暗合了俄狄浦斯精神呢?托马斯他们是谁在杀父娶母,又是何人何时用针刺破自己的眼睛呢?不得而知,若要打破砂锅问到底,牵涉更多的恐怕是智商问题,而且是不输于昆德拉的智商,我没信心,又必须给自己一个结论,一懒就把其归结为小说的"内包装"了。)

我们仍然讨论人物。在《不能承受的生命之轻》里,所有的人物其实都是一个精心设计的套房,托马斯是起居室,起居室通向两个卧室。特蕾莎和萨比娜是两个卧室,只不过一间卧室门后藏着卫生间,比如说那个神秘的工程师,很像特蕾莎的卫生间,另一间则带着个储藏间,储藏着弗兰茨,一个容易被人忽略而其实内容很多的人物。有趣的设置就在这里:所有人都不是房子的主人,尽管托马斯因为地处要害,容易自大,但起居室有时也仅仅是一个卧室而已。

托马斯和特蕾莎是对方的卧室,大小不论,都是幽暗多于光明的卧室。托马斯是个好色之徒,尽管他是医生,是个真正意义上的来自布拉格的知识分子,但仍然是个好色之徒。高尚的好色之徒自有好色之道,尽管托马斯对特蕾莎一直存有非常抒情的幻觉,他觉得她是随一场大水漂流而来的篮子里的婴儿,但谁也不能确定他给予特蕾莎的是爱的怀抱还是性的怀抱,是怜悯,还是压迫。托马斯的自由空间意味着女人。"他在所有女性身上寻找着什么？肉体之爱难道不是同一过程的无限重复？"答案是："绝非如此，总有百分之几是难以想象的。""促使托马斯追逐女性的不是感官享乐，而是征服世界的这一欲念。"如此说来，特蕾莎对于托马斯来说，是自由的一个元素，也是世界的一部分了，特蕾莎能担当得起吗？特蕾莎担当不起，所以特蕾莎从开始获得托马斯的那一刻起，就在慢慢地失去他。特蕾莎在忠诚和背叛的双重行为中摸索他们的爱情的本质，托马斯枪击她的噩梦与其说是一种忧患的暗示，不如说是她对这份感情最终极的认识，在恐惧中她将自己的身体和灵魂顺利分裂。"她的灵魂一直被爱情蒙蔽着，当她跟工程师睡觉时，因为没有爱情，她的灵魂终于又恢复了视力。"特蕾莎从布拉格逃往瑞士，又从瑞士逃回布拉格，再从城市逃往偏僻的乡村，其间"牧歌"确实隐隐约约地如影相随，但这个词对特蕾莎的重要性，并不在于自由和安宁，恰好在于一次次爱的束缚，一次次不归的放逐，以及一个个命运的圈套。

托马斯和萨比娜是对方的卧室，很宽大，却过于荒凉了，他们的关系其实是性伙伴。萨比娜从某种意义上说是女性版的托马斯，她让所有的男人成为她生命中的过客，自己也一路漂泊，身体离波希米亚故乡越来越远，灵魂也越来越轻。萨比娜对遗弃与被遗弃充满了不同寻常的见解，她认为美就是被遗弃的世界。由于追逐美，萨比娜因此不在乎被人遗弃，也不在乎遗弃别人。较之于托马斯，画家萨比娜对自由的追逐要艺术一些、丰富一些，但也更令人费解一些。"我的敌人，并不是共产主义，而是媚俗！"这是萨比娜对自己的绘画思想的解释，恰好也是她终结与弗兰茨爱情的最武断最强硬的理由。萨比娜一生背叛了亲人、配偶、爱情和祖国,最后没什么可背叛了,于是感觉到自己周围一片虚空,最后便想火化成烟,获得那个"生命的轻"。

弗兰茨以为萨比娜是他的温暖的卧室,殊不知对方翻脸不认人,做了他的坟墓,由于他的教养和道德基础,酿成了种种媚俗的祸根,自己还一无所知。弗兰茨对萨比娜那句温柔到极点的爱情表白可以打动所有世俗男女:爱就意味着放弃权力。偏偏不能打动他所爱的女画家。女画家的思想和肉体永远比他先走一步。"弗兰茨骑着萨比娜背叛了他的妻子,而萨比娜骑着弗兰茨背叛了弗兰茨。"弗兰茨从萨比娜那里获得的还远不如特蕾莎从托马斯那儿获得的多,托马斯至少为了女友从瑞士回到了布拉格,而弗兰茨离开妻女家庭准备全身心投入萨比娜的怀抱时,萨比娜的反应是立刻收拾行李走人。弗兰茨最后死于一个远离欧洲的地方,死于混乱无序的泰国柬埔寨边界,死于一场无意义的意外,一个媚俗者最终由于"媚俗",惨遭厄运,尽管他无辜。

读小说,在很大意义上是读人物的结局命运。《不能承受的生命之轻》中的人物命运几乎也是令软弱的读者不能承受的。小说的最后,托马斯和特蕾莎死于卡车车祸,萨比娜在美国准备遗嘱,弗兰茨暴死异乡土地,昆德拉先生给所有这些人物准备了墓志铭:不能承受的生命之轻。言下之意,因为不能承受的生命之轻,他们死了。理解"轻"的危害比理解"重"的毁灭要难,在我看来,篡改词语总是会违背词语的初衷,但多说一句话却并不污辱读者的智商,所以在大家与那些人物告别之际,我要多说一句,他们比别人更不幸,别人被"重"压死,他们几个人,却活活地被"轻"压死了!

谈谈《包法利夫人》

大家好，欢迎大家到这儿来听我胡说八道。基本上，我是属于一个在书房里的作家，不常以这样的方式与读者见面，其实我挺紧张的。确定我今天讲的题目，有一段渊源。前不久，我在复旦大学参加一个中法文化交流，和一个法国作家探讨一些文学的问题的时候，那位作家突然冒出一句："福楼拜的《包法利夫人》算什么东西！"这句话让我很震惊。我想不是她出了问题，就是我出了问题。为什么对一部十九世纪的法国文学的经典，一个法国作家如此贬低它，而我作为一个中国作家，却下意识地要维护它？我想其中涉及的不是不同国别的文学观，而是不同的写作者的文学观，也许她不用多谈她不喜欢的理由，我却有必要谈我喜欢的理由。

所以我今天在这里谈的，也许是维护《包法利夫人》的理由。

一百多年的时间完全可以成就一部经典了。不管是什么样的时代语汇或是什么样的文学系统，来评价它，琢磨它，经典总是强大的，经得起推敲的，你可以不喜欢，但永不能为你的不喜欢找到令人信服的理由。而对《包法利夫人》的态度，自始至终都有一个世事沧桑在里面。福楼拜先生这部经典作品在十九世纪问世以来，一直风波不断。在它成为所谓的经典之前，引起了法国正统文学观念的强烈反弹，甚至有人认为它是一部不道德的书，有宣传堕落和诲淫之嫌，所以说，争议也是有历史了。《包法利夫人》一直是在风雨之中成长起来的，从这个意义上说，现在仍然有人不喜欢它，也正常，算是传统观点的变种。我们早已经告别了艾玛和包法利先生的时代，到了现在这个世纪，我们该如何来看待这部作品？我没有权威意见，只能提供我个人的观点。

昆德拉有一句话，是站在一个宽广的角度上，评价了《包法利夫人》，大概是这样说的："直到福楼拜的《包法利夫人》的出现，小说的成就才赶上了诗歌的成就。"这句话当然有它的时代背景，西方文学的叙事传统，是从诗歌中分离出来的，文学最早的叙事职能是由诗歌承担的，比如荷马史诗，很大程度上是叙事的。但我理解米兰·昆德拉的观点，应该不仅仅是从叙事的角度上说。何谓经典？确定经典的指标肯定不是一种两种，经典总是在整体上超越了人们对完美的想象，依我看来，《包法利夫人》甚至是一部超越完美的作品，可以说是现实主义小说经典中的经典。经典的背后往往隐藏着一个强大的文学思想。大家知道，福楼拜有一个著名的文学主张："作者退出小说。"这个口号在今天看来非常简单，但在当时却有着不同的意义。当时的作者写小说不是抱着上帝的心态，便是沉溺在一种苍白虚弱的浪漫主义情节里，特别是法国小说，一开始总是："一个美妙的黄昏，某某先生，某某夫人，在花园里如何如何……"而《包法利夫人》的第一句话就让人耳目一新："我们正在上自习，忽然校长进来了，后面跟着一个没有穿学生装的新学生，还有一个小校工，却端着一张大书桌……"小说发展到今天，不同风格作家叙述的姿势和腔调已经变得非常丰富,令人眼花缭乱。但在当时来说,用"我们"来叙述,确实是一个比较大的革命,而且在作品的推进中,"我们"这个叙述者是像云一样随时消失的,"我们"中一定有"我",那么"我们"是谁?"我"又是谁?福楼拜先生最著名的一句话:我就是包法利夫人。和他的"作者退出"的文学主张比较,看起来似乎是矛盾的。但仔细一想,这矛盾里其实包含了一个课题,这课题通过了一个文本去解决,那就是:一个作家怎样成为小说中的人物?把"作者退出小说"和"我就是包法利夫人"两句话放在一起研究,我们可以得出一个结论:一方面作者是退出了,另一方面是有"人"进入小说了,是谁呢?是作者变换了身份,作为一个小说人物进去了,作为作者的福楼拜已经变身为包法利夫人进入了小说,是与小说同呼吸、共命运地进入,退出实际上也是一种进入。我就是这样理解这两句话的。福楼拜先生所谓"作者退出"的口号,在当时也引起轩然大波。理解这口号其实是理解一种冷静科学的小说观念,"退出"意味着"进入",这姿态不是消极的,恰好是积极的,其实是让自以为是上帝的作家们寻找一个最佳的情感和技术的入口,因为读者是难以取悦的,他们从不退出小说,也不是天生那么容易进入小说,他们的位置不确定,需要被一个具体的活生生的人物引领进入小说,一个主观的热情过度的作者并没有那么大的魅力把读者带进去,所以一切都要拜托他人,这个他人就是小说中的人物。在《包法利夫人》中,这个人物是艾玛,艾玛就是福楼拜退出小说后留在里面的一个幽灵。艾玛是福楼拜的幽灵,所以福楼拜自然就是包法利夫人!我们还是来谈谈人物,《包法利夫人》中最重要的当然是艾玛这个女性形象。这个人物在一开始,作者没有把她作为一个重点来叙述,感觉她是隐藏在包法利先生的身后,突然跳出来的,跳出来以后灯光就一直打在她身上了。小说的一开始写的是包法利先生的青春,少年时代,第一次婚姻。顺便说一说夏尔的第一个妻子,迪比克寡妇,虽然是个次要人物,但即使这样一个人物形象也令人印象深刻。她是一个寡妇,嫁给了包法利先生,一段非常短暂的婚姻,谈不上什么幸福,但给双方提供了情感上的需要,因此有隔阂,也有依恋。她永远穿黑衣服,人很瘦,脸上还长了粉刺,福楼拜先生形容那女人穿着黑的收身的服装,犹如"长剑入鞘"。这女人为了得到包法利先生和公婆对她的爱,很可怜地夸大了自己的财产。如果那女子不得病,我们可以推测包法利先生的一生将在平庸平静沉闷中度过,是一种不幸,也是一种幸运,也可以成就一部别的小说,但这在福楼拜那里是不可能的,他化身为一个幽灵,或者说他就是艾玛,潜伏在夏尔的身后,迟早要跳出来,于是寡妇就病死了。一段短暂的灰暗的婚姻结束。作者借着婚姻的另一方,也就是包法利先生,抒发了对这种婚姻的看法,其中有深深的怜悯:"办完丧事,夏尔回到家里。楼下空无一人,上楼来到卧室,看见她的袍子还挂在床头,于是他靠在书桌上,沉浸在悲痛的梦境中,一直待到天亮。毕竟,她还是爱过他的。"请注意,这儿是"她"爱"他",没说"他"爱"她",所以说,夏尔失去的不是爱情,而是一段婚姻而已。这种对第二主角的叙述给人一个假象,误以为小说的延续会以夏尔为中心。从叙述上看似乎动机不明,从人物活动空间看有点局促,令人担心。小说写下去,艾玛出场后,一个个细节异峰突起,我们才知道,寡妇也好,夏尔也好,夏尔望子成龙的父母也

249

好，这些人物都是在为艾玛的出现腾挪空间，夏尔去寻找他的幸福，找到艾玛以后，他便慢慢退去，他在旁边稍息，一个很大的空间就出来了，艾玛跳出来，读者的注意力就都在她身上了。

夏尔是在帮农场主接断腿的时候与艾玛第一次相遇，人物相遇的契机和事件并没有什么可以多说的，但令人印象深刻的是艾玛以她的"手"出场，作者这么通过夏尔的眼睛描写艾玛的手："她指甲如此洁白，使夏尔感到惊讶，指甲光亮，指尖纤细，剪成椭圆形，比迪埃普的象牙还洁净。可她的手并不算美，也许不够柔和。"然后艾玛的眼睛出场："她有一双美丽动人的大眼睛，由于睫毛的衬托，棕色眸子变成了黑色。她的目光朝你瞥来，大胆坦率，天真无邪。"我想福楼拜先生无意让艾玛的手成为一个故事的隐喻，但是对那只手的描述多少可以看出一点阴影，艾玛的手会给她自己，会给夏尔缔造什么样的命运？艾玛这个人物形象一出场就是带有悬念的，福楼拜先生短短的几笔就把艾玛身上的矛盾性格点出来了。他说艾玛喜欢教堂是喜欢教堂外面的花卉，喜欢音乐是喜欢那些你情我爱的歌词，喜欢文学其实是喜欢文学的浪漫和刺激，这寥寥数笔不仅交代的是虚荣心，也把这个女人矛盾的不安分的心勾勒出来了。艾玛少女时代进过修道院，在修道院别人侍奉上帝，她却看了很多浪漫奇妙的小说，她就是在这样一个叛逆的暗流中长大的，这种天性使她想做贤妻良母又做不到，最后成了著名的包法利夫人。小说后面还有一段描写让人印象深刻，艾玛住在荣镇这样偏僻的地区，却订阅了大量的巴黎上流社会的报纸杂志，她知道巴黎哪个剧院在上演新的歌剧，巴黎高级裁缝师家的门牌号码。这也算是填补生活空白的方式吧。这样一个心在高处的女子却一生生活在乡村小镇，这种生活也许本身就隐藏着种种危险。火烧荒草不是悲剧，灯蛾扑火才是悲剧。艾玛的悲剧也许从她出生以后便开始了，而包法利先生的悲剧是他向艾玛求婚时开始的，包法利先生向艾玛的父亲吐露他的心思，父亲回答他："我现在不可能答复你，只要三十分钟就够了，你在农庄的路上等着，看我家的窗子，如果艾玛答应，我就把窗子打开，说明你娶到她了。"灯蛾都是盲目而热情地向火扑去，如果说艾玛是火，包法利先生就是灯蛾，他求婚时候在艾玛家外面的路上，魂不守舍地等了三十分钟，回头一看，窗子打开了，艾玛答应了他的求婚，火召唤着灯蛾，包法利先生和包法利夫人的命运，都在一瞬间决定了。

　　从整部小说来看，艾玛的悲剧命运就是在这场门当户对的婚姻中滚雪球，越滚越大。最初是一段短暂的可疑的幸福生活，可是这种幸福到底符合不符合艾玛的幸福观，大家都还不清楚，直觉告诉我们，好戏在后面。最初这段平静的新婚生活，艾玛得到的只是一种安宁的感受，而包法利先生，这位所谓的痴情男子，他的感受是不一样的。福楼拜写了句非常精彩的话："对夏尔来说，世界再大也大不过艾玛的一条丝绸衬裙。"一个女人在她丈夫心中具有如此重要的地位，这样的男女关系是不对称的，也是危机发生的土壤。小说中描写到燕子号马车，一次次来往于荣镇和鲁昂，来往于宁静沉闷的小镇和大城市之间，艾玛的堕落轨迹也像这辆马车，不急不慢，来往于家庭和情人之间。艾玛的内心世界是随着婚姻显示出乏味的本质后，一点点骚动起来的。在到荣镇以前，艾玛还没有厌倦她的生活，勇气还没有被自己和男人培养起来，小说的基调也比较光明灿烂，包法利先生和包法利夫人过着一段比较普通宁静的生活,但艾玛不安定的心注定是要寻找风暴的,只是在等待相应的天气,另外一方面,两个男人,莱昂和鲁道夫也在等待那样的天气,他们遇见艾玛就是遇见风暴。艾玛的悲剧在到达荣镇那一刻就埋下了伏笔。在燕子号马车上,她就莫名其妙地丢了小狗,这是很有意味的设置,东西丢失是一个不祥的预兆。果然到了客栈第一天就碰到了莱昂,风暴开始席卷艾玛的内心,后来不断陷入危险的感情旋涡,莱昂是其中一个重要的砝码。不过需要说明的是,即使在十九世纪,福楼拜的小说观念已经非常进步。在写到艾玛与莱昂感情的邂逅还是非常有节制的,只是写两人讨论文学、音乐。有趣的是,两人对于文学和音乐都没有很深入的了解,在一起偏偏就喜欢谈论这些,这是因为共同的虚荣心,也就是所谓的两个人的共同语言。大家知道,做成夫妻的人不一定有共同语言,而做成情人的,大多需要所谓的共同语言,哪怕这共同语言仅仅是一种文化虚荣心。既然说到莱昂,不妨让我们来看看福楼拜怎么描写艾玛生命中的几个男人。莱昂是一个律师事务所的实习生,所谓见识广博举止文明的年轻男子;艾玛和他走到一起有必然因素。艾玛第一次主动点燃了对方情感的烈火,但还是保留了一点理性。当艾玛挽着莱昂的手臂在街上走,只是被镇上的长舌妇说三道四,并没有发生性关系。直到他们之间感情升温,就在一层窗户纸快要捅破的时候,福楼拜却来了个急刹车,莱昂在母亲的逼迫下,离开了荣镇,去别的城市工作。这就是福楼拜的智慧和高明之处,其实是欲擒故纵。很明显,作者把莱昂设置成艾玛第一个真正意义上的情人的形象,艾玛的情感需要飞翔,要借助一个翅膀,就是一个她深爱的男性,而莱昂离去了,她的感情就像断了线的风筝,断线的风筝总是要落在地上的，飞过了，再掉下来，引起的是更深的飞的欲望，这欲望导致艾玛后来变本加厉的感情游戏。如果说包法利先生是艾玛生命中的站台，这站台是荒凉的、乏味的，而她感情生活中的两个过客，却是生机勃勃、充满诱惑力的。艾玛是个痛苦的女人，她的精神世界出现了神经质的空虚，这空虚注定被填补，也注定了第二个男人的出现。

鲁道夫出现了，他与莱昂有本质的区别，莱昂是一个羞怯的、拥有一颗浪漫心的青年，他与拥有一颗骚动的心的艾玛相遇，按照正确的文学手法去描述，很难引出一个非常壮美的故事，结局很可能就是一个人被改变了，从而两人的生活引入正轨，也就没有故事可说了。但鲁道夫和莱昂大相径庭，他就是一个如假包换的花花公子，他的使命就是与女性发生千丝万缕的关系，与新的陌生女子的艳遇是平衡他情感的唯一方法。他们的相遇，从鲁道夫角度看，是一个花花公子勾引女人的过程，像鲁道夫这样的风流男子，引诱或者摧毁一个女人，都使用类似的方法，即使女方智商平平，这样的方法也容易被女方明察秋毫。但是关键就在这里，艾玛的智商不容置疑，她明知道鲁道夫是一个花花公子，应该也有所准备，但是艾玛的空虚和寂寞是一个最强大的敌人。试想想，荣镇这样一个小镇，哪里包容得了艾玛这一颗野性的庞大的骚动的心，她永远都在寻找一种遭遇，就像包法利先生飞蛾扑火一样扑向她，她像飞蛾扑火一样扑向别的男人的怀抱，扑向危险的情感游戏。所以说欺骗并不存在，存在的是悲剧性的欲望和悲剧性的命运。艾玛和鲁道夫的第一次调情是一个非常经典的情节，后来的许多文学讲义都提到这一段描写。在荣镇当地举办的农业博览会上，台上是官员乏味的官僚主义的发言,台下是男女私情,台下的鲁道夫东一句西一句地试探艾玛的情感,福楼拜先生特意设置了语言的间隔,读起来非常奇妙,堪称经典。一男一女的调情夹杂着一个官员慷慨激昂的发言,多么讽刺,多么有趣。其实不管是从什么地方开始,艾玛投入鲁道夫的怀抱是一种必然。不像小镇上的其他女人,她意识到寂寞和空虚,不是去排遣寂寞和空虚,而是用极端的方法去消灭它们。这种不安分的女子,大多是把自己放在一种战争状态中,把自己送到了情感的战场,而这样那样的战役,都不是她能得胜的,胜利不属于她,失败、受伤甚至毁灭几乎是一种命定的归宿。鲁道夫和艾玛有过一段时间的浪漫,他们寻找各种不同的幽会地点,甚至是马房这样一些莫名其妙的地方。在所有浪漫的模式黔驴技穷后,风流成性的鲁道夫产生了厌倦,尤其是在艾玛想要为这段婚外情找个出路,几次三番流露出要私奔的情况下,灾难的结局出现了,在无法承受压力的情况下,他一走了之,剩下艾玛在空前的失落中一天天崩溃。

在《包法利夫人》这部小说中,围绕着艾玛,始终是有男人在她身前身后徘徊的。从人物关系的安排看,艾玛与包法利先生的夫妻关系是从头到尾的骨架,因此包法利先生始终是在她身后徘徊的男人,而莱昂和鲁道夫是从她面前经过的人,他们的来来去去,每一次都在推进故事的发展,也在改变艾玛情感世界的色彩,一会儿是阳光,一会儿是黑暗,当然,更重要的是两个男子的来来往往最终是要把艾玛带到深渊里去的。我前面说过,莱昂曾经离开艾玛,但他的离开是为了回来。有一次包法利先生带艾玛去城里看戏,又遇见了莱昂。于是艾玛在鲁道夫的怀抱里堕落了一次之后,又回到了莱昂身边。剧院的那次相遇使艾玛的悲剧命运走上了第一级台阶。所谓的旧情复燃在艾玛这里当然是一个情感的惯性，但莱昂那边，一切已经改变了。他从一个羞怯的青年成长为一个见过世面、知道如何与女子玩感情的男人，而此时的艾玛几乎把自己放逐到了汪洋大海之中，一个更有魅力的莱昂就是大海里的救生圈，她抓住莱昂自然再也不会放手。有了与鲁道夫私情的那些铺垫，以艾玛的这种性格，说她堕落也好，说她飞翔也好，速度会越来越快，变本加厉。她在与莱昂的第二次相遇后，欲望疯狂地燃烧，从此便只生活在欲望里了，与传统"道德"家庭几乎划清了界限。

让我们来看看艾玛后来加速的堕落：她对感情越是狂热地追逐，越是受到挫折，她在男人的眼里，已经由一头美丽的猎物变成一头令人恐怖的猛虎，谁愿意被一头猛虎追逐呢？艾玛最终的命运当然是被摆脱，我们可以清晰地看到艾玛在追逐感情时的处境，那可以说是令人揪心的，她想要得多一些，结果却丧失了所有：在对奢华的追求中慢慢丧失了金钱，在对自由的追求中慢慢丧失了别人对她的尊重，在对性的追求中慢慢丧失了母爱，结果她没有得到奢华，没有得到自由，甚至连她最狂热的爱情，也是竹篮打水一场空。小说的后来不再写艾玛的手了，但我们似乎看见了无数手，都在把她往一个万劫不复的深渊里拉，从财务指标上看，那个商人勒合先生的手是最黑的手，他不停地用艾玛喜欢的奢侈的衣服、窗帘、花边诱惑她，并给她赊账，为了利润，他把一个小镇医生的妻子培养成一个购物狂。从情感指标上看，两个情人的手是冷酷的，也是置人于死地的，莱昂的手虽然还揽着艾玛，但索取完了以后就推开了，鲁道夫目睹着艾玛的堕落，他干脆把手插在口袋里，采取袖手旁观的政策了。最值得注意的是包法利先生的手,那双手在艾玛的悲剧中有没有起作用,起了什么作用,可以从头开始探讨。包法利先生是个昏庸的男子,作为艾玛的丈夫,他从没了解过妻子,换句话说,甚至读者都比包法利先生更了解包法利夫人。从人物形象上看,包法利先生也是很值得研究的,从开篇率先进入小说,然后在后来慢慢退却,一直像一个幽灵徘徊在艾玛身后,他和艾玛是一对夫妇,却构成了奇特的互为阴影的关系。这个软弱仁慈拜倒在女人石榴裙下的男性形象从何而来,福楼拜先生写作中都有交代,没有十分突兀的东西。写到包法利先生的少年时期,母亲和父亲争夺对他的培养。父亲是见过世面的退役军人,一心想把夏尔培养成男子汉,包括让他在野地里走,甚至让他辱骂教堂里的唱诗班。但这个儿子在父亲那里受到强势的男子气概的培养后,一回头却扑进母亲温柔的怀抱,在这样的情况下,他对女性的态度、处世的方式,都是顺理成章的。这到底是个什么样的人呢?他是生活在父母爱的阴影下的男人,这个男子唯一一次在大事上的自决是他娶了艾玛,然后他把爱的阴影转嫁到艾玛的头上了,一方面从通常的理解说,他是一个最宽容的丈夫;另一方面,如果我们来分析小说里的手,包法利先生的手其实也是不吃素的,大家不要忽略小说中的一个细节,说包法利先生的医术平庸,却对沽名钓誉很感兴趣,一心想要成名,一次为一个跛脚人治病的时候,不假思索地挑断了他的脚筋,毁了他的人生,他对病人的痛苦并不怎么关心,却一直在病人是内翻足还是外翻足上纠缠不清,把别人的痛苦做了科研。

读者往往惊讶于包法利先生对艾玛超常的容忍,但是请注意,那种放纵和容忍对于艾玛来说也是一种负担。小说中提到一句话:

艾玛看着包法利先生，总觉得他的目光是这么无辜，那么爱她，她感觉像鞭子抽在身上一样。所以我说，包法利先生的手也是伸向艾玛的，"拿着一条鞭子"，以爱和仁慈的名义抽打艾玛。也可以说，这手对艾玛的放任自流来得很微妙，在艾玛死后，包法利先生最终死在了花园里，他的手又出场了，死时手里还抓着艾玛的头发，我们可以说他抓着对妻子的爱，是不是也可以说，他抓着的是自己的财产呢？当然与其说别人的手上有多少罪恶，不如说艾玛自己的手是一双自取灭亡的手，更加令人信服。无须掩饰的是，随着故事的深入，艾玛这个女人渐渐地令人痛恨起来，我们如果试图总结艾玛身上的性格和品质特征，可以得出以下结论：浪漫、虚荣、自私、叛逆、不甘平庸，这一切似乎适用于所有女性（包括男性），是人性正常的内容，不应该那么致命的，不是那么邪恶的。可是福楼拜先生描写的是在适当的社会条件下，所有人性之花都在尽情开放，包括恶之花，它也可以尽情开放。所以说，包法利夫人这个形象最令人震撼之处在于，我们看见了一棵寻常的人性之树，这树上却开出了不寻常的恶之花！到了小说的最后，其实有很多人手里都是拿着匕首横在艾玛的头上的，小说的结局大家应该比较清楚，包法利夫人家里破产，负债累累，最后选择自杀了结自己。艾玛服了砒霜，我觉得这是在乱箭穿心的情况下的必由之路，一个女人向世界无休止地索取，发现一无所获，而且负债累累，终于自己结束了，付出生命是用来逃脱，也是用来忏悔的。艾玛死后，包法利先生为她设的墓碑非常令人回味，墓碑上写道：不要践踏一位贤妻！我想这不是作者在墓碑上设置了一个讽刺的结局，事实上福楼拜先生已经变成了包法利夫人，让他对艾玛的一生做出总结，恐怕他总结出来的是一对对无休止的矛盾，艾玛，就是无休止的矛盾，就是无休止的人生的难题。我觉得这部作品伟大，不在于艾玛这个人物的伟大，也不在于这个故事的伟大，事实上，伟大的是福楼拜先生，在一百年前写下了一部关于人性的矛盾之书。人性的矛盾之书也是人性的百科全书了。

附提问：

问： 苏童老师您好，我们知道您现在在创作一个孟姜女的形象，您在重塑孟姜女这个女性形象的时候，有没有借鉴包法利夫人的塑造方式？

答： 这个没办法借鉴，因为包法利夫人与孟姜女的形象完全相反。写人物的方法，我自己都不清楚从哪儿来。我想一定是许多大师教我的，至于具体是哪一个大师，我也不知道。福楼拜先生的《包法利夫人》教了我很多，托尔斯泰的《安娜·卡列尼娜》也教了我很多。包括很多类型相似的人物，比如《红字》中的海丝特与艾玛有着相似之处。我觉得一个作家的阅读经验是很重要的，但具体发挥在哪部作品哪个人物哪个细节上，自己都说不清楚了。

问：《孟姜女》这个作品现在大概写到什么程度，能否介绍一下？

答： 快好了。孟姜女的形象80%完成了。

问：《孟姜女》是不是苏童老师最新的一部作品？

答： 对。

问： 前些日子看到一篇有关媚俗的文章，能否从《包法利夫人》、作家昆德拉谈谈现在社会媚俗的风气？

答：昆德拉批判过媚俗，但也有很多人认为昆德拉自己媚俗。媚是一个姿态，是贬义的，是迎合大众时尚。福楼拜的小说在十九世纪法国是特立独行的，首先在创作手法上，与巴尔扎克、雨果，司汤达都是不太一样的，提倡作者潜入小说人物，而不是全知全能地俯瞰式写作，因此，有了包法利夫人，成就非常高。具有革命性意义的东西，出现时都是特立独行、反传统的，但是时间会改变文化产品的色彩，从某种程度上说，雅和俗都不确定，都很脆弱。怎样理解媚俗在文化产品中的含义？媚当然是贬义，俗却不一定。这是一个关于大众时尚、趣味、口味的问题。阿加莎·克里斯蒂的侦探小说，美国作家爱伦·坡，他们的东西当然很俗，但他们的流行不是他们媚的结果，是俗的结果，这结果也不错呀。所以我觉得雅自然很好，俗也可取。但是迎合，也就是媚字，应该说是有问题的。没有任何一个作家可以迎合到一个阅读人群，你只能期盼相遇，而不能迎合。

问：苏童先生您好，电影改编了您的作品，您是否满意这些电影呢？

答：我基本上都满意。我对电影改编一直持一个比较开放式的心态，当一个作家和一部电影发生关系，如果说这部电影非常成功，它为你呼唤了一批读者，作家可以沾点光。如果电影拍得不好，也与我的作品无关，可以说是电影本身的问题。我进退自如。

问：我可能更多是从电影里认识您的作品，小时候看过《大红灯笼高高挂》，去年的《大鸿米店》也是改编自您的《米》。不知道大家有没有同样的感受，我看了开头就不愿再继续看下去，我觉得里面每一个人物都是脏脏的，不像西洋的东西很有美感，对人性也是，能不能谈谈您创作阴暗的原因？

答：我什么电影都能谈，就是《米》不能谈。《大红灯笼高高挂》《红粉》《茉莉花开》中传播最广的应该是《妻妾成群》的电影改编。《大红灯笼高高挂》一开始不觉得好，跟小说的出入很大，渐渐地看了一遍两遍，当看到第三遍的时候，我忘了这是我自己的作品，我用一个平常的心态去看一个别人的作品，觉得拍得不错。首先它在电影语言上有贡献。我在这片子里看见了瑞典电影大师伯格曼驾驭电影的能力，要把一部电影封闭在一个空间里，讲述一个故事，拍完所有的情节，所有的人物出场，都有命运走向，结局有清晰合理的交代，我觉得这是很要功力的。在这个封闭空间里，提供了一种剑拔弩张的关系，我觉得很有趣，是一种文学的手法，用这样的心态去看，我觉得确实是一部非常经典的电影。《红粉》其实是很不错的，但《红粉》的传播和流传不如《大红灯笼高高挂》。与《大红灯笼高高挂》不同，《红粉》完全是根据我的小说改编的，当然并不是因这个原因才说它好。《红粉》的叙述节奏，捕捉小说气氛的能力是非常强的，把小说中所有好的东西全用在了刀刃上，是非常耐看的作品。

问：我想问的是什么影响了您的写作，形成了您现在的写作风格？

答：影响我写作的东西很多，除了对文学的爱好，生活本身也是影响因素之一。这个要分时间段。青少年时期，就是对文学一种朦胧的爱好。另外，童年少年时期老师在哪一方面表扬你最多，你就会在哪个方面更下功夫。我的作文常被老师表扬，自然会喜欢写作。到大学以后，能够坚持创作，是另外的东西在影响我。我在

(二十世纪)八十年代初进大学,那是一个文学的年代,我们班上三十五个是诗人,五个是作家,我就是在这样一个文学大潮中走上了写作的道路。成为一个所谓的作家之后,又有新的东西影响我。这个就十分复杂,有自己喜欢的作家的影响,生活一定也能影响我,甚至世界观也在影响我。一个作家的作品会改变,是因为影响写作的因素都在不断地改变成长,在新陈代谢之中,在一切都不稳定的情况下,创作也是另外一种面貌,永远都有新的呼唤、新的诱惑、新的拒绝、新的追求在产生。

问:在网站上看到苏老师的简历,您在大学期间就发表作品,那您都发表了哪些作品,能否给我们做些介绍?

答:我大学时代写过一部知识青年回城的小说,是模仿当时同种类型的作品,是我的处女作。当时急于要发表,发表是我当时的第一目的。我以我姐姐回城为背景,模仿知青的口吻写了这部作品,发表在《青春》杂志上,得了"青春文学奖"。作品的获奖给了我很大的信心,对于年轻人来说是一次鼓励。看到自己的作品变成铅字是很兴奋的,这是一个开端吧,就像包法利夫人碰到莱昂一样,一发不可收了。

问:苏先生您好,我看过您的两部古典题材的作品,一部是《武则天》,一部是《我的帝王生涯》,我想问一下,是什么样的契机让您写这两部古典题材的作品?另外,您如何评价您的这两部作品?

答:《我的帝王生涯》是我的第二部长篇小说,在许多人看来,是我最好的一部长篇小说,也是我自己最喜欢的长篇小说。小说的由来完全是一个天马行空,没有什么酝酿。我突然想起来小时候的苏州评弹中总是会讲一些才子佳人、帝王将相的故事。我对以前宫廷印象全是从电影里看来的,从评弹里听来的,断断续续,来来回回,很不真切。我就想以这样的感受来叙述一个关于古代的故事,所以写了这么一个宫廷。我写的本不是历史小说,不能给它一个年代,里面应该具体的都模糊掉了,一切的重点放在做了假皇帝的孩子身上,这个孩子的成长非常戏剧化,大起大落,前半生是皇帝,后半生是个江湖艺人,在非常强烈的对比中展开了人生,这个方法诱惑了我,于是写了这部小说。《武则天》的创作比较复杂,有点商业色彩,写作的心态不太一样。武则天的写作方式对我来说比较累,我不太习惯于依赖素材写作,所有的东西都要做功课,在写武则天的时候我只是觉得累,要弄清楚唐代的这段历史才能写。《我的帝王生涯》对我的快乐是天马行空的,《武则天》是假装做学问的快乐。

问: 在这么多作品中,苏老师比较得意的是哪些呢?不满意的又是哪些?

答: 照理不该说哪部不太满意的,否则读者以后就不会买了,哈哈……只能说说自己满意的作品。推心置腹地说,我最满意自己的短篇小说。长篇最满意的是《我的帝王生涯》,中篇小说有《妻妾成群》《三盏灯》《罂粟之家》等。

问: 谈到文学,我有个问题想请教一下,作家为什么要写作,如果作为一个职业,它是否与物质利益相关?如果是为了逃避与这个世界结合,是否是对真理的探讨和追求?我想结合《包法利夫人》来说一下,作品最后说到了"不要践踏我的贤妻",这是不是作者思想的表白,是不是代表着对人性自由的追求?这种自由是不是人的本性，对于性爱，无法解脱无法逃避的一种东西？

答：这位读者对于这部作品的思考非常好。关于那句话我自己也没想透，为什么要设置这样的细节，我不知道这是福楼拜先生的一种反讽还是黑色幽默，而你的说法也是引入了比较大的概念。虽然福楼拜远离法国的政治生活，但也是有切入的，多处说到了伏尔泰。伏尔泰的出现也是人们反对教会、呼唤自由的一个象征，人们开始觉醒，开始思考，当时的正统思想是非常排挤的，有人造谣伏尔泰在监狱吃自己的大便而死的。对你恨之入骨，就会编造谣言来侮辱你。我们再来看艾玛之死，艾玛的墓碑上的墓词以最精简的话来概括她的一生，"不要践踏我的贤妻"是出自包法利先生之口，作为丈夫也好，福楼拜也好，还是最理性的人文主义者也好，说她是贤妻当然也有可取之处，不是对包法利夫人，是对自由的一种褒奖。

问：苏童老师，最近听说您与导演贾樟柯有一项合作，是您在为他改编剧本，还是他在改编您的小说？我想问一下，这部电影现在的情况怎么样？

答：改编我的《刺青时代》，至于电影的情况不清楚。

问：苏童老师您好，我们今天讨论包法利夫人有什么现实意义？谢谢。

答：这个问题我也考虑了，《包法利夫人》在当时遭到反对，是因为别人总想从中得到一点现实意义上的借鉴，但这部小说不是一部令人振奋的小说。这个牵扯到我们该怎么看待一部文学作品。我们对文学作品的要求，其实是有一种惯性的，我们希望它振奋人心，揭示现实，希望对我们的现实有用。以我的观点，我们不该对一部小说作品急功近利。说到包法利夫人这个人物形象，她不能说是一个典型的女性形象，否则，全世界男人就太失望了，也不会想要结婚，谁也不希望自己的妻子或女儿是艾玛，正面的道德榜样是需要的，但我们更需要学习人生、认识人生，哪怕这人生充满黑洞。那我们就来穿越这些黑洞，我们永远都不要去粉饰人性和生活，来满足我们一点点的心理安慰，我们也不要把文学看得那么重要，以为一部小说可以引导我们的生活。一部伟大的小说最大的作用就是提供某段人生、某一种生活，让你看看世界有多大，人性的空间有多大。我们说人性复杂也好，人的心灵多么宽阔也好，都是大到无边，无法估计的。文学作品帮我们认识到这一点，我想这就够了。我们不能要求更多的东西，小说毕竟是小说，有的小说会激励人，有的小说是帮助你认识世界，了解世态人心，有的小说只是让你了解文学本身。仅此而已。

周作人的"夏夜梦"

发现一个作家作品中的"另类",虽不及发现新大陆似的令人雀跃,却也使人眼睛发亮,好像在一片玫瑰园里撞见了一朵菊花。

偶然中读到《谈虎集》中那篇《夏夜梦》,竟然觉得从纸上见到了周作人先生年轻时的脸,比后来瘦,有祖传的严肃表情,比后来要尖刻,却没有后来的拘泥。他在年轻的文字中跳跃,而且扮鬼脸,哈哈大笑的时候在长袍里拔出剑来——这一份调皮与生动,或者说这一份刚毅与肃杀,不是我一厢情愿的美化或丑化,是《夏夜梦》中记述的五个梦给人一非同小可的感受。

五个梦被周作人先生归结为"夏夜梦",在一九二二年的《晨报》上发表,当然披着那个时代的梦的衣裳,只是其颜色暗淡得刺痛眼睛。

第一个叫作"统一局"的梦先声夺人,说的是作者梦见百姓在地安门围观一张由"饮食统一局长三九二七"颁发的告示,告示内容居然是如此:"目下收入充足,军民人等应该加餐,自出示之日起,不问男女老少,应每日领米二斤、麦二斤、猪羊牛肉各一斤、马铃薯三斤,油盐准此,不得折减,违者依例治罪。"

好一张美妙的梦中告示，更美妙的还有梦境中穿编号服的女人六八二和老头子三六八的对话，他们都为自己的胃口发愁。女人说，每天吃这个，很腻的，但是又怎么好不吃呢？老头子则说，实在吃不下，只好拼出治罪罢了。

当然是一个带有政治讽喻的超现实的梦，此梦人人能释，并且释出其中的反梦意味，但我不知怎的会想起遥远的卡夫卡来。卡夫卡虽然不是用反方向写作，但如果他有这个梦，还不知道会怎样演绎，成就又一部卡式小说呢。

第二个梦则更像一篇浓缩了的周家小说，说的是"长毛时代"，我和仆人"得法"在人人逃难的情况下等着"长毛"来，一个等着杀"长毛"，一个等待着被"长毛"杀。结果是"我"赶出去把"长毛"杀了，梦中那仆人的表现却令人称绝，跪在地上等着砍头的"得法"从容地立起，从容地走出去了。在他迟钝的眼睛里并不表示感谢，也没什么惊诧，但是因了"我"的多事，使他多了麻烦，这一种烦厌的神情却很容易地可以看出来了。

此梦也不用我多嘴，其强烈的国民批判动机已经显出悲怆之情来了，打人打在脸上，给红指印做纪念的手法。此梦虽短，让人想起其兄鲁迅先生名篇《药》中吃人血馒头的人来。区区一梦，言简意赅，小刀子捅得"国民"鲜血直流。

第五个梦"汤饼会"，我一直不敢精准地确定"汤饼会"到底是什么仪式，应该是跟婴儿降生有关系的吧。这个梦梦得最别致，居然梦见了小儿投胎时"证人"诵读的投胎条约。条约如下：1. 承认子女降生纯属个人意志，应由自己负全部责任，与父母无涉。2. 承认子女对于父母应负全部责任，并赔偿损失。3. 承认子女为父母之所有物。4. 承认父母对于子女可以自由处置。甲：随意处刑。乙：随时变卖或赠予。丙：制造成谬种或低能者。5. 承认本人之妻子等附属物间接为父母的所有物。

　　这第五梦借梦编造的条款，勇敢地骂起父父子子的伦理纲常来了，字字愤怒，是因怒生恶，恶向胆边生，就没有什么不敢骂的了，骂得特别，读得就过瘾，过瘾的同时就渴望看见一九二二年的周作人先生，血气方刚的他挥刀拔剑的时候自己也过瘾了吗？

　　"我手执钢鞭将你打"，也许是周氏兄弟的文训，但年轻时代的周作人先生打人打得如此别开生面，不能不说是惊喜了。

　　春梦如狗屁，夏梦却意味深长，其实在我看来，五个梦不是梦，是一种愤怒的心声吧。《夏夜梦》也不一定是杂文，也许是未能展开未能完成的小说呢。

王琦瑶的光芒

——谈王安忆《长恨歌》的人物形象

一部优秀小说里的主人公应该是一盏灯,不仅照亮自己的面目,也要起到路灯的作用,给别的人物做向导,指引他们的来路,也要起到更大的探照灯的作用,给整部小说提供空间照明。

从亮度和色彩上看,《长恨歌》读起来忽明忽暗,那是因为小说里的主人公王琦瑶很像是一盏灯,在从一九四六年到一九八五年这段漫长的时间段里,这盏灯忽明忽暗的,社会现实的变化很像一种不稳定的电压,导致这盏灯的灯光光源的不稳定,尽管这一束持续四十年的灯光不足以照亮上海的夜空,甚至不能完全照亮小布尔乔亚的狭窄地界,但对于王琦瑶的世界来说,这盏灯是一个完美的光源。

王琦瑶的世界是上海,很大也很小,上海在这篇小说里很像一个精心搭建的舞台,王琦瑶从不离场,很像一盏灯,其他的人物都是灯下的过客。过客走过灯下,在灯下逗留的时间有长有短,对灯的感觉有的依恋,有的好奇,有的既不依恋也不好奇,仅仅是需要一盏灯,当以程先生、蒋丽莉、老克腊为代表的这些过客走过灯下的时候，灯光有时无动于衷，无动于衷了很久，再慢慢亮起来（比如程先生），有时会随着来人的脚步声亮起来，亮了再暗淡下去（比如李主任、老克腊、康明逊），有时过客自己也是一盏灯，是来喧宾夺主的，于是王琦瑶这盏灯一方面要收纳别人的灯光，另一方面还要用自己的灯光覆盖别人的灯光（比如蒋丽莉、张永红）。但是不管怎么说，王琦瑶的灯光最终要熄灭，是宿命的灯光，它只能亮四十年，控制灯光的是定时开关，从她跟吴佩珍去片场看见那个扮演死人的女演员之后算起，只能亮四十年，这是一盏灯的使用年限，也是人物的最终命运。

我们来看王琦瑶到底是一个什么样的女人。在小说第一章的末尾，王安忆对人物俯瞰式的预先描绘很值得注意，可以看作是对王琦瑶气质的概括，也可以看作是王琦瑶出场的白皮书宣言，用的是一种很奇特的人和地点对照的手法，始终是将王琦瑶和上海弄堂统一在一起，意图是让她充当上海弄堂的灵魂，王琦瑶出场，上海的弄堂也出场了。

"上海的弄堂里，每个门洞里，都有王琦瑶在读书，在绣花，在同小姐妹窃窃私语，在和父母怄气掉泪。上海的弄堂总有着一股小女儿情态，这情态的名字就叫王琦瑶。这情态是有一些优美的，也不那么高不可攀，而是平易近人，可亲可爱的。它比较谦虚，比较温暖，虽有些造作，也是努力讨好的用心，可以接受的。它是不够大方和高尚，但本也不打算谱写史诗，小情小调更可人心意，是过日子的情态。它有点小心眼，小心眼要比大道理有趣。它还有点耍手腕，也是（耍得）有趣的，它难免有些村俗，却已经过文明的淘洗。""弄堂墙上的绰绰月影，写的是王琦瑶的名字——纱窗帘后面的婆娑灯光，写的是王琦瑶的名字——叫卖桂花粥的梆子敲起来了，好像是给王琦瑶的夜晚数更，三层阁里吃包饭的文艺青年，在写献给王琦瑶的新诗，出去私会的娘姨悄悄溜进了后门，王琦瑶的梦却已不知做到了什么地方。上海弄堂因为有了王琦瑶的缘故，才有了情味——因为这情味，便有了痛楚，这痛楚的名字，也叫王琦瑶。"

所以种种暗示都告诉我们，王琦瑶如果是一盏灯，它所发出的光芒首先是弄堂的光芒，反过来说，王琦瑶不一定能承担弄堂的灵魂这样的角色，但弄堂生活中最亮的光芒，也就是王琦瑶的光芒。

我们来看看王琦瑶身上闪烁的是什么光芒。

身世和经历：她是一个普通的上海弄堂女孩，家景既不很好，也不很差，十七岁参加上海小姐选美，获得第三名，有一个含蓄的意味深长的封号——沪上淑媛。推敲起来，这是一种留有余地的褒奖，这封号的主人一定是美丽的，但美得有分寸感，不是那么张牙舞爪咄咄逼人的，不是外滩和南京路的气势，它的美也是弄堂之美，谦虚地低了头的美，符合王琦瑶的身份，也符合弄堂的地位，褒奖王琦瑶，从某种意义上也是褒奖弄堂。王琦瑶在选美比赛中的角色和地位，也是上海的弄堂在上海的角色和地位，对王琦瑶的认同与否，对王琦瑶的认同程度，可以看出上海的趣味和胸怀。

但一个人不是一条弄堂，他是有内心生活的，人生的道路总比弄堂的路面要曲折得多要漫长得多，任何的风吹草动，都会给他留下记忆，有的记忆一生都是他的包袱，有的包袱可以随时丢弃，有的丢不了，也不愿意丢，所以有的人一生都是带着沉重的包袱前行的，王琦瑶就是这么一个带着包袱前行的人。十七岁她就得到了那个包裹，那包裹是在她三心二意半推半就的努力下获得的，最初是灿烂的，有重量的，但渐渐地包裹的颜色旧了，分量也越来越轻，当她意识到那包裹的意义时，包裹其实已经空空荡荡的了，王琦瑶后来一直拿着一个空包裹，从一个少女渐渐地徐娘半老，上海变成了一个红旗下的城市，一个城市的繁华还在，生机还在，但一个人的繁华已经不在了，一个人的青春已经过期了。王琦瑶就是一个过期的人，当她懂得繁华时，来敲门的是寂寞，她学会在寂寞中怀念繁华时，繁华已经变成一个无法挽留的过去时。总体上说，王琦瑶的命运比弄堂的命运更加复杂更加难以算计，但始终有一只无形的手，把王琦瑶和弄堂纠缠在一起，如果弄堂有记忆，王琦瑶是弄堂记忆中最亮的一盏灯，而弄堂恰好也是王琦瑶生命中最重要的一盏灯。在《长恨歌》里，王琦瑶一生中有两次离开弄堂，一次是在选美前后客居同学蒋丽莉家中，那个家是所谓的有钱人家的豪宅，还有一次是被李主任包养那段时间，住在爱丽丝公寓里，但一个是别人的家，一个虽然是家，却更像一个冷宫，是为无休止的等待和煎熬准备的。王琦瑶的一帘幽梦破碎以后，她还是回到了弄堂，弄堂的名字叫平安里，有趣的是，我们在这里甚至可以看出作者对人物前途的担忧，平安里，让王琦瑶在这里生活得平安一些吧。

但平安里是保不了王琦瑶的平安的，在王琦瑶的字典里，从来就没有承诺，从少女时代处理人际关系的方法开始，"王琦瑶就靠着这个不承诺保持着平衡。不承诺是一根细钢丝，她是走钢丝的人,技巧是第一,沉着镇静也是第一"。王琦瑶的人生哲学是一种弄堂哲学,作为另一种平衡,平安里对她的平安,也做不了承诺。而王琦瑶的一生如果写成一本字典,这字典里最大的两个字是"错失",她一生投入的唯一一次爱情是在爱丽丝公寓里做金丝鸟时对李主任的爱,独守空阁,天天等待着爱人,但当行踪不定的李主任利用仅有的两个小时空隙回到爱巢的时候,王琦瑶却恰好出门去了。时局混乱的时候,王琦瑶曾经有机会与吴佩珍一起去香港,但她为了等李主任回来,错过了去香港,等来的却是李主任飞机失事的噩耗。王琦瑶一生都在与人打交道,但这些交道打下来的记录都是空白,她错失了爱情、友情、亲情,错失了婚姻、家庭,唯一留下的女儿薇薇,最后也随着自己的丈夫去了美国,王琦瑶的时光要比别人长,因为她始终在等,她在四十年后依稀等到了什么,在"红房子西餐馆"请女儿女婿吃西餐的时候,王琦瑶"禁不住有些纳闷:她的世界似乎回来了,可她却成了一个旁观者"。在王琦瑶给女儿准备嫁妆的时候,那种"错过"的感觉更加到了无可挽回的地步——"王琦瑶给薇薇准备嫁妆,就好像给自己准备嫁妆。这一样样,一件件,是用来搭一个锦绣前程。这前程可遇不可求,照理说每人都有一份,因此也是可望的。那缎面上同色丝线的龙凤牡丹,宽折复褶的荷叶边,镂空的蔓萝花枝,就是为那前程描绘的蓝图。"可是,"王琦瑶从来没有给自己买过嫁妆,这前程是被她绕着走过的,她走出去老远四下一看,却已走到不相干的地方"。

王琦瑶是绕着她的前程走的,但是她的前程是什么,其实她也不知道,谁都不知道,她走到了一个不相干的地方,那么与她相干的地方在哪里？那个地方还在吗？其实她也说不清楚，我们谁都说不清楚。我们只能确认，"错过"这个词语可以贴切地描绘王琦瑶的生活状态，王琦瑶的光芒就是在一次次的错过中消耗的，所以说王琦瑶这盏灯亮了暗了，什么时候熄灭，都是一个消耗的过程。灯下的弄堂是旁观者，灯下的那些过客也是旁观者，他们都不同程度地进入了王琦瑶的灯光范围，进入了她的生活，但他们不能也不敢去掌控这盏灯的开关，不能阻止那种"消耗"，所以没有人能够维护或者修理王琦瑶这盏灯。

王琦瑶的灯光吸引了许多男女走到她身边，小说的人物关系很清楚，王安忆自己有一句话可能无关小说内在的主题，倒是非常清楚地解释了小说人物圈的设计思想，在《长恨歌，不是怀旧》这篇采访中，王安忆说，"《长恨歌》很应时地为怀旧提供了资料，但它其实是个现时的故事，这个故事就是软弱的小布尔乔亚覆灭在无产阶级的汪洋大海中"。《长恨歌》里用二十世纪四十年代做了背景，这不代表怀旧，关键在于从四十年代到八十年代，偌大的上海，偌大的人群，去说谁的故事？用谁的故事去关照这个现时？王安忆是从小布尔乔亚开始着手的，所以她设置的人物圈经过了谨慎的过滤和筛选，是一个小规模的小布尔乔亚的队伍，程先生、蒋丽莉、严家师母、毛毛娘舅等人围绕着王琦瑶这朵小布尔乔亚的花朵，在四十年的时代风云变幻里，在无产阶级的背景音乐里，被挤压，被调整，被冲散，然后是新的组合，渐渐变形，直至最后无产阶级的长脚、张永红加入这支队伍（这其中甚至也可以包括王琦瑶养育的无产阶级的女儿），随着王琦瑶的死，这支队伍便彻底覆灭了。

《长恨歌》里的人物几乎都是王琦瑶灯下的过客,来了又走,走了又回来的,主要是程先生和蒋丽莉。他们和王琦瑶组成的人物关系是小说里唯一一组纵深的人物关系,是三角恋爱的关系,但三个人的情感纠葛是在二十年后,随着蒋丽莉的死,做了了断,隔了两个时代,读起来便是一种很沧桑的三角恋爱,比平面的三角恋爱高明许多。王琦瑶、程先生和李主任三人之间也有模糊一些的三角恋爱的味道,虽然人物没有纠缠,但在第一部第四章里有一段很精彩的描写。"王琦瑶的世界很小,是个女人的世界,是衣料和脂粉堆砌的,有光荣也是衣锦脂粉的光荣,是大世界上空浮云一样的东西。程先生虽然是个男人,可由于温存的天性,也由于要投合王琦瑶,结果也成了个女人,是王琦瑶这小世界的一个俘虏(提醒男同学们注意)。李主任却是大世界的人。那大世界是王琦瑶不可了解的,但她知道小世界是由大世界主宰的,那大世界是基础一样,是立足之本。"在两个男人之间,王琦瑶选择李主任,是情的选择,也是世界观的选择,这一组人物关系由于李主任飞机失事,死了一个,后面没有做任何铺陈,但这两个男人加上王琦瑶,仍然组成了一个链条,传达着男女关系中最美好的声音,在王琦瑶的小世界里,李主任是情的化身,程先生是义的化身。情寿命不长,李主任寿命也就不长,义是要靠时间证明的,所以程先生活到了足够证明的时间,他死在"文革"的前夕。

《长恨歌》里的人物队伍不是被王琦瑶的美所吸引,就是被那顶选美的桂冠所吸引,并没有人被她的内心所吸引。当王琦瑶风华正茂的时候,他们向王琦瑶走来。有的是出于少女才有的同性间的纯真的友情,比如吴佩珍。有的目的中既有对友情的向往,也有对他人世界的侵占欲，比如蒋丽莉。有的人不知是出于情欲还是爱，比如李主任（这个人凭什么成为王琦瑶的"情"的化身，小说里没有足够的描写，我认为也是小说中不多的漏洞之一）。有的人最能代表小布尔乔亚的情感，爱着王琦瑶，更多的是爱照片里的王琦瑶，与其说爱王琦瑶，不如说爱的是一个梦。程先生就是这么一个典型的小布尔乔亚的人物，尽管程先生对王琦瑶的爱不食人间烟火，有点过，但是符合人物的心理逻辑。

当王琦瑶在无产阶级的背景音乐里开始她的新生活时，她身上的小布尔乔亚的气息吸引了另外一批人，除了用情专一的程先生外，另外有一批人来到王琦瑶的灯光下重温旧日的繁华梦，或者是要用这灯光来排遣自己的寂寞，比如严家师母、康明逊、萨沙，这些人不一定都来自无产阶级的阵营，萨沙甚至还是共产国际者的后代，但有一点是确凿无疑的，他们不是无产阶级，在二十世纪五六十年代工人阶级至高无上的上海，尽管王琦瑶自己是在靠替人打针注射谋生，但她的生活圈子仍然延续着旧时代的轨迹，她与气味相投者交往，只是那些人已经不是上海生活的主流，是边缘化的人群，是旧上海的遗老遗少了。

这个时期的王琦瑶像一条破烂的船停在狭窄的港湾里，已经没有梦想，港湾里任何一个小小的波浪都可以掀动这条船，所以，平庸的康明逊的出现，竟然改变了王琦瑶的人生，给她留下了一个私生女儿薇薇。这个时期的王琦瑶似乎开始堕落了，她周旋在程先生、康明逊、萨沙三个男人之间，很明显，三个男人都不能替代李主任在她心目中的位置，对于王琦瑶来说，李主任代表的那个情的世界是不可再生的，她只是在他们身上寻找依靠。三个男人都是矮子里的将军，人到中年的女人，她的矜持和伪装看上去成熟，感情世界和功利目的难以剥离，虽然有了弹性，但仍然是脆弱的。王琦瑶与康明逊的关系始终是两个过来人之间的试探，战战兢兢的，怕这怕那的，但是又互相需要，在王琦瑶看来，自己的前途已经不能托付给别的男人了，但她的欲望和身体还是在挑选男人，既然她是个不许诺的女人，那挑选康明逊这个不许诺的男人，是最公平的，也是最安全的。有关这对孤男寡女偷偷摸摸的情爱，就像一场凄凉的性别的战争，王安忆是敲足了战鼓，但省略了金戈铁马，刀光剑影。"这是揭开帷幕的晚上，帷幕后头的景象虽不尽如人意，毕竟是新天地。它是进一步，也是退而求其次，是说好再做，也是做了再说，是目标明确，也是走到哪儿算哪儿！他们俩都有些自欺欺人，避难就易，因为坚持不下去，彼此便达成妥协。"王琦瑶与康明逊的关系，在王琦瑶这边是对自我的妥协，但是王琦瑶处理与程先生的关系，是不妥协的，即使是在物品短缺的"三年困难时期"，她可以与程先生一起度过饥饿的白天，却把黑夜留给自己，从不留他过夜。她用这么一种奇特的方式来报答程先生的恩情，看起来是身体上的排斥，其实是对一种感情小心翼翼的维护，是世故，也是对程先生身上所体现的"义"的尊重。相反，王琦瑶与萨沙的关系，则充分体现了王琦瑶的弄堂哲学，你吃了我的，喝了我的，总要吃回来喝回来的，与我交朋友，我付出一分，你是要回报三分的，因此，萨沙这么个"除了有时间，什么都没有"的人，在王琦瑶和康明逊的感情游戏中，成了一个玩偶，一个牺牲品，王琦瑶在怀孕以后，甚至毫无顾忌地把"父亲"那顶帽子戴在了萨沙头上。这个时期王琦瑶作为一个女人的身份是值得注意的，一方面她开始堕落了，一方面似乎又正常了，王琦瑶成了一个母亲，尽管这母亲当得有点可疑。对于大多数女人来说，母亲的身份可以让她的灯光更亮，但对于王琦瑶来说，这是一个更暗淡的生命周期的开始，她蜷缩的世界里多了一个人，也多了一份责任。她从不许诺，但对于自己的亲生女儿，她不能不许诺，所以，我们从人性的角度来看，王琦瑶的生活多了一丝幸福，从另一个角度看却不一定，也许她遇见康明逊是遇见了苦难。至此，王琦瑶摇曳的灯光变得稳定了，可是也可能是更暗淡了。

然后是二十世纪八十年代，王琦瑶生命中的最后一个时期，仍然有人从她的灯光下来来往往，这个时期，她其实主要是在跟下一代打交道，张永红、老克腊、长脚这些人，这些人中，她与张永红的相遇是两个时代的美女的相遇，这相遇伴随着复杂的情感，多少带着一些对抗色彩，又不仅对抗，还在对抗中磨合，互相渗透互相影响。这就像一只老一点的五彩孔雀和一只年轻的白孔雀，它们走到一起，谁也吃不了谁，最后一起开屏了，谁也不吃谁。请一定注意王琦瑶和张永红的关系，她们的关系其实也影射了两个时代、两个阶层的对抗和磨合，同时也多少透露了作者本人对历史和现实的态度，那态度是和解的、与人为善的。当然，小说的后半部分王琦瑶与老克腊的忘年恋是重头戏，也是完成王琦瑶灯光最后一亮的强电流，从某种意义上说，这也是《长恨歌》中最精彩的人物安排。老克腊要从年老色衰的王琦瑶身上寻找虚幻，王琦瑶却在人生最后一个秋天，要从老克腊身上寻找现实，挽留失去的时光。她以为老克腊能够填补她内心的巨大的空白，但老克腊不是王琦瑶的填充物,也不是她的救命稻草。王琦瑶身上的传奇色彩满足了老克腊的好奇心,王琦瑶很像是老克腊私人收藏的古董,欣赏的意义大于其他意义,古董只能被陈列被展示,它是不可以情绪冲动,把收藏者揽入怀中的。王琦瑶一生在与男人的游戏中始终处于上风,在与老克腊的情感纠葛中,不可避免地处于下风了,其内在的原因还是不甘心,王琦瑶已经成了一个古董花瓶,但她不甘心做一个古董花瓶,于是破碎便成了她最终的命运。她的灯光明明暗暗地亮了几十年,最后的一亮没有亮出新的故事,而是新的事故,就像王琦瑶和老克腊之间年龄的距离一样,他们的情感世界其实相隔十万八千里,这种爱的结果,对于王琦瑶来说,仍然是两个字,"错过",也许还要加一个字:错。王琦瑶的选择都是错,所有错误的选择加在一起,其命运必然是"错过"。反过来看,我们也许可以发现,所有来到王琦瑶面前的人物,不管是怎么来的,不管是怎么走的,其结果都一样,承担了一个险恶的使命,都是来逼迫王琦瑶做出一个错误的选择。王琦瑶无法逃避那些人,为什么?因为她无法逃避她的命运。

王琦瑶的灯光最后灭于长脚之手,让长脚来熄灭王琦瑶的灯光,是否是一个最好的选择?我一直心存疑窦,这样看起来是一个偶然,也许符合现实生活中那些不期而遇的死亡逻辑,也许能暗指王安忆所说的让"小布尔乔亚死于无产阶级的汪洋大海"的主题,但是我觉得纵观整部小说,长脚如果一定要过失杀人,应该去杀别人,杀王琦瑶的,也许应该是老克腊,如果是这样,现有的《长恨歌》篇幅可能要更长,那个意味深长的"恨"字,含义也就更加悠长了。

同学们你们回去思考一下，为什么《包法利夫人》是自杀，为什么《长恨歌》里的王琦瑶是他杀，这两个人物的命运有什么重合的地方，又有什么样的不同，从人物的背后，你对作者的创作思想有什么认识，下堂课告诉我你们的答案。

小说是灵魂的逆光

一

我们的文学逐渐步入了艺术的殿堂。今天我们看到为数不少的具有真正艺术精神的作家和作品涌现出来。这是一点资本，我们不妨利用这一点资本来谈谈一些文学内部和外层的问题。不求奢侈，不要过激。既然把文学的种种前途和困境作为艺术问题来讨论，一切都可以做得心平气和，每一种发言都是表现，这就像街头乐师们的音乐，每个乐师的演奏互相联系又相对独立，但是你看他们的态度都是宁静而认真的。

二

形式感的苍白曾经使中国文学呈现出呆傻僵硬的面目，这几乎是一种无知的悲剧，实际上一名好作家一部好作品的诞生在很大程度上有赖于形式感的成立。现在形式感已经在一代作家头脑中觉醒，马原和莫言是两个比较突出的例证。

一个好作家对于小说处理应有强烈的自主意识，他希望在小说的每一处打上他的某种特殊的烙印，用自己摸索的方法和方式组织每一个细节、每一句对话，然后他按照自己的审美态度把小说这座房子构建起来。这一切需要孤独者的勇气和智慧。作家孤独而自傲地坐在他盖的房子里，而读者怀着好奇心在房子外面围观，我想这就是一种艺术效果，它通过间离达到了进入（吸引）的目的。

形式感是具有生命活力的，就像一种植物，有着枯盛衰荣的生存意义。形式感一旦被作家创建起来也就成了矛盾体，它作为个体既具有别人无法替代的优势，又有一种潜在的危机。这种危机来源于读者的逆反心理和喜新厌旧的本能，一名作家要保存永久的魅力似乎很难。是不是存在着一种对自身的不断超越和升华？是不是需要你提供某个具有说服力的精神实体，然后你才成为形式感的化身？在世界范围内有不少例子。

博尔赫斯——迷宫风格——智慧的哲学和虚拟的现实；海明威——简洁明快——生存加死亡加人性加战争的困惑；纪德——敏感细腻——压抑的苦闷和流浪的精神孤儿；昆德拉——叛逆主题——东欧的反抗与逃避形象的化身。

有位评论家说，一个好作家的功绩在于他给文学贡献了某种语言。换句话说，一个好作家的功绩也在于提供永恒意义的形式感。重要的是你要把你自己和形式感合二为一，就像两个氢原子一个氧原子合二为一，成为我们大家的水，这是艰难的，这是艺术的神圣目的。

三

小说应该具备某种境界，或者是朴素空灵，或者是诡谲深奥，或者是人性意义上的，或者是哲学意义上的，它们无所谓高低，它们都支撑小说的灵魂。

实际上我们读到的好多小说没有境界，或者说只有一个虚假的实用性外壳，这是因为作者的灵魂不参与创作过程，他的作品跟他的心灵毫无关系，这又是创作的一个悲剧。

特殊的人生经历和丰富敏锐的人的天资往往能造就一名好作家，造就他精妙充实的境界。

我读史铁生的作品总是感受到他的灵魂之光。也许这是他皈依命运和宗教的造化，其作品宁静淡泊，非常节制松弛，在漫不经心的叙述中积聚艺术力量，我想他是朴素的。我读余华的小说亦能感觉到他的敏感、他的耽于幻想，他借凶残补偿了温柔，借非理性补偿了理性，做得很巧妙很机警，我认为他有一种诡谲的境界。

小说是灵魂的逆光，你把灵魂的一部分注入作品，从而使它有了你的血肉，也就有了艺术的高度。这牵扯到两个问题，其一，作家需要审视自己真实的灵魂状态，要首先塑造你自己。其二，真诚的力量无比巨大，真诚的意义在这里不仅是矫枉过正，还在于摒弃矫揉造作、摇尾乞怜、哗众取宠、见风使舵的创作风气。不要隔靴搔痒，不要脱了裤子放屁，也不要把真诚当狗皮膏药卖，我想真诚应该是一种生存的态度，尤其对于作家来说。

四

　　诗歌界有一种说法叫Pass北岛，它来自诗歌新生代崛起后的喉咙，小说界未听过类似的口号，也许是小说界至今未产生像北岛那样具有深远影响的精神领袖。我不知道这种说法是好是坏，Pass这词的意义不是打倒，而是让其通过的意思，我想它显示出某种积极进取的倾向。

　　小说界Pass谁？小说界情况不同，无人提出这种气壮如牛的口号，这是由于我们的小说从来没有建立起艺术规范和秩序（需要说明的是艺术规范和秩序与百花齐放百家争鸣没有对应关系）。小说家的队伍一直是杂乱无章的，存在着种种差异。这体现在作家文化修养、艺术素质和创作面貌等诸方面，但是各人头上一方天却是事实。同样地，我也无法判断这种状况是好是坏。

　　实际上我们很少感觉到来自同胞作家的压力。谁在我们的路上设置了障碍？谁在我们头上投下了阴影？那就是这个时代所匮乏的古典风范或者精神探求者的成功，那是好多错误的经验陷入泥坑的结果。我们受到了美国当代文学、欧洲文学、拉美文学的冲击和压迫，迷惘和盲从的情绪笼罩着这一代作家。你总得反抗，你要什么样的武器？国粹不是武器，吃里爬外也不是武器，老庄、禅宗、"文革"、改革，你可以去写可以获得轰轰烈烈的效果，但它也不是你的武器。有人在说我们靠什么走向世界？谁也无法指点迷津，这种问题还是不要多想为好，作家的责任是把你自己先建立起来，你要磨出你的金钥匙交给世界，然后你才能成为一种真正的典范，这才是具有永恒意义的。

五

有一种思维是小说外走向小说内，触类旁通然后由表及里，进入文学最深处。具有这种思维的大凡属于学者型作家。

我们似乎习惯于一种单一的艺术思维，恐怕把自己甩到文学以外，这使作家的经验受到种种限制，也使作家的形象在社会上相对封闭。在国外有许多勇敢的叛逆者形象，譬如美国诗人金斯堡在二十世纪六十年代风靡美国的巡回演讲和作品朗诵；譬如作家杜鲁门·卡波特和诺曼·梅勒，他们的优秀作品《冷血》《刽子手之歌》《谈谈五位女神之子》中的非小说的文字，他们甚至在电视里开辟了长期的专栏节目，与观众探讨文学的和非文学的问题。可以把这种意识称为有效的越位。它潜伏着对意识形态进行统治的欲望（至少是施加影响），它使作家的形象强大而完整，也使文学的自信心在某种程度上得到加强。

我想没有生气的文坛首先是没有生气的作家造成的，没有权利的作家是你不去争取造成的。其他原因当然有，但那构不成灾难，灾难来自我们自己枯萎的心态。

童年生活在小说中

先给大家说个故事。故事的时间：一九一〇年十月二十八日凌晨五点。故事的地点：俄罗斯一个名叫波良纳的地方，小火车站上。人物：一个垂垂老矣的白胡子老人和他的私人医生，他们带着简单的行李，在小火车站寒冷的站台上等待火车。为什么要这么仓促和狼狈？因为是离家出走！为什么那老人还有一个私人医生？因为那老人不是别人，是伟大的托尔斯泰！这个故事发生在托尔斯泰临终前七天，是他缺少故事的一生中最后一个故事，也是最壮烈的一个故事。八十多岁的老人，突然萌生了少年的勇气和激情，因为这次冒险的旅程来得太晚，他没有走完这旅程，因为受了风寒，他在火车上就病倒了，所以没有到达目的地，他在一个名叫阿斯塔波瓦的火车站下了车，七天后死在这个小火车站的站长家里，于是一个伟大的作家宁静的一生不平静地拉上了帷幕，这帷幕后面藏着什么样的故事呢？

托尔斯泰研究专家们给出的答案是有历史依据的。这故事听上去有点俗气，但是事实，说白了是跟妻子怄气，逃避家庭纠纷（为了他对一个名叫切尔特科夫的朋友的过分的信任，他把最后十年的日记交给了一个"骗子",却不给妻子,他妻子索菲亚的愤怒似乎也情有可原)。按照这个故事的逻辑,这个伟大的作家是怄气怄死的,但是我们要研究的恐怕是另外一个被事件掩盖的事实,这个事实是暮年的托尔斯泰内心的事实,是临终前的一次冒险,是一次心灵的返老还童。我们甚至可以把托尔斯泰的这次出走看成是迟来的一次出走,它不是去寻找死亡,而是去寻找新生。他最后的足迹不是一个老人的足迹,恰好是一个孩子的足迹。在他生命的尽头,他对世界仍然是好奇的,也许没有妻子和骗子的阴影,没有多少世俗的愤怒和烦恼,有的是一颗探索世界的好奇心。

我们今天就要从好奇心开始,看看这伴随我们一生的好奇心,如何让我们延续了童年生活,让童年永恒,让文学永恒。

没有人能记得起自己的婴儿时期,但我们知道,每一个婴儿出生以后,总要睁开眼睛朝世界看一眼。医学专家说,这第一眼看了是白看,刚出世的婴儿由于没有光感,他们对外部世界的第一印象其实是模糊不清的。随着婴儿对光的适应和视力的自然调节,他们渐渐能看见母亲的脸,看见晃动的物体,后来能看见一个较为具体的童年世界。但是从严格的意义上说,不管是什么人,他们对世界的第一记忆,注定是丢失了的,是一种永恒的模糊,也是一种无法弥补的缺憾。没有人能真实地回忆婴儿时期对世界的第一次打量,他们到底看见了什么。我们现在所拥有的童年回忆,其实都跳过了第一次,不是残缺不全的,便是后天追加的,甚至是不折不扣的虚构的产物。

从某种意义上说,文学是延续童年好奇心的产物,也许最令作家们好奇的是他自身对世界的第一记忆,他看见了什么?在潜意识里，作家们便是通过虚构在弥补第一记忆的缺陷，寻回丢失的第一记忆，由于无法记录婴儿时期对世界的认知，他们力图通过后天的努力，去澄清那个最原始的最模糊的影像，最原始的大多也是最真实的，偏偏真实不容易追寻，即使是婴儿床边墙的颜色，也要留到好多年以后再下结论。

那么一个婴儿看见了什么，意味着一个作家看见了什么吗？寻回对世界的第一次打量有意义吗？作家们是否有必要那么相信自己的童年呢？借助不确切的童年经验，作家们到底能获取什么？这是值得我们讨论的。

我们可以说，童年生活是不稳定的、模模糊糊的、摇摇晃晃的，一部优秀的文学作品却应该提供给读者一个稳定的清晰的世界。读者需要答案，而作家那里不一定有，这其中隐藏着天生的矛盾。一个清醒的作家应该意识到这种矛盾，然后掩饰这种矛盾，一个优秀的作家不仅能意识到这种矛盾，而且能巧妙地解决这种矛盾。解决矛盾的方法多种多样，但是有一点是共通的，那就是这些优秀的作家往往沉溺于一种奇特的创作思维，不从现实出发，而是从过去出发，从童年出发。不能说这些作家不相信现实，他们只是回头一望，带领着大批的读者一脚跨过了现实，一起去暗处寻找，试图带领读者在一个最不可能的空间里抵达生活的真相。

我举一个例子，是关于加西亚·马尔克斯的。在大家的印象中，他的所有作品都贴了一张魔幻现实主义的标签，是非凡的想象力的结果，在我看来，想象力不是凭空而来的，所有的想象力都有其来源，在马尔克斯这里，想象力是他一次次向童年索取事物真相的结果，在《百年孤独》《霍乱时期的爱情》以及大多数作品中，都有他潜入童年留下的神秘的脚印。

马尔克斯八岁以前一直是跟着外祖父母生活的,他常常说,他从他们那儿接受的影响是最为深刻坚实的。那是一座阴森恐怖的房子,仿佛常有鬼魂出没,据他说,《枯枝败叶》中上校的那座房子就是以此为母本的,《格兰德大妈的葬礼》中格兰德大妈的房子、《恶时辰》中阿希思一家的房子,还有《百年孤独》中布恩地亚一家的宅院,都是以此为母本。他是这样回忆童年时代的家:"这座宅院的每一个角落都死过人,都有难以忘怀的往事。每天下午六点以后,人就不敢在宅院里随意走动了。那真是一个恐怖而神奇的世界,常常可以听到莫名其妙的喃喃私语。"紧接着他解释了六点钟的意义,"那座宅院有一间空屋,佩特拉姨妈就死在那里,另外,还有一间空屋,拉萨罗舅舅在那儿咽了气。一到夜幕四合时分,没有人敢在宅院里走动,是因为死人这时候比活人多。一到下午六点钟,大人就让我坐在一个旮旯里,对我说:'你别乱走乱动,你要是乱动,佩特拉姨妈和拉萨罗舅舅,不定谁就要从他们的房间里走到这儿来了!'所以,我那时候总是乖乖地坐着,我的第一部中篇小说《枯枝败叶》塑造了一个七岁的男孩,他自始至终就一直坐在一张小椅子上。至今,我仍然觉得,那个小男孩有点像当时的我,在一座弥漫着恐怖气氛的宅院里,呆呆地坐在一张小椅子上。"

我们来看马尔克斯的这段自述,涉及的地点是明确的,是他外祖父母的宅院,涉及的时间貌似清晰,其实让人心存疑窦,为什么六点钟以后鬼魂就出来了呢?为什么六点钟以后鬼魂开始开会喃喃私语呢?在外祖父母家里,到底谁看见过真正的鬼魂呢?到底是小说中的小男孩像童年的马尔克斯,还是童年的马尔克斯像那个椅子上的小男孩？这些都是连马尔克斯自己也无法确定的，但有一点可以确定，他借助这样回忆的方式，潜回童年时代，重温了一个意义非凡的姿势，这姿势就是一个七岁的孩子长时间地坐在一张小椅子上，坐在黑暗里。我们有足够的理由相信，成年后的马尔克斯应该不再害怕鬼魂，但他留恋最原始的恐惧心。我们说一个成年人的恐惧是具体的，有针对性的，针对人，针对物，针对命运和处境，甚至针对时间，而蒙昧的童年时代的恐惧却是混沌而原始的，针对的是所有已知和未知的世界，所以我们看见的是成年后的马尔克斯通过记忆，重新抢回了七岁时的那张椅子，在等待鬼魂的过程里重温了恐惧的滋味。鬼魂对成熟的读者来说仅仅是鬼魂，描述鬼魂对读者来说也许意义不大，但描述恐惧却是一项文学的任务，也是读者的需要。

我们从这个例子中可以清晰地看到马尔克斯是如何拜访消失的童年，利用一些确定的和不确定的童年记忆，抵达了一个非常明确的文学命题的核心——人的恐惧感。以下的图例也可以看作马尔克斯利用童年记忆完美解决前面所述矛盾的方式。

外祖父母的宅院——六点钟、黑暗——鬼魂——坐——恐惧

在马尔克斯的创作中，潜入童年还有一个秘密的动力，那就是童年时代的好奇心容易得到简洁的答案，他喜欢用那种简洁的答案来回答他在现实生活中久思而不得的疑问，大家一定记得《百年孤独》中那个为自己织裹尸布的女子阿玛兰塔，那实际上是马尔克斯的一位姨妈。"我有这样一位姨妈,她是一个非常活跃的妇女,每天在家里总要干点什么事情。有一回,她坐下来织裹尸布了,于是我就问她:'您干吗要织裹尸布呢?'她回答说:'孩子,因为我马上就要死了。'这个织裹尸布的姨妈同时也是个极其智慧的善于解决问题的人,有一天她在长廊上绣花,忽然有一个女孩子拿了一个非常奇特的蛋走了过来,那蛋上有一个鼓包。那时候我们家简直像一个解谜答疑的问询处,镇上谁有什么难事都要来问个究竟,碰到谁也解不了的难题,总是由我这位姨妈出来应付,而且人们总是能得到满意的答复。使我最为欣赏的是她处理这类事情时从容不迫的坦然风度,她转脸朝那个拿着怪蛋的姑娘说:'你不是问这个蛋上为什么长了一个鼓包吗?啊,因为这是一只蜥蜴蛋,你们给我在院子里生一堆火。'等生好了火,她便泰然自若地把蛋扔进火里烧了。"这个姨妈进入小说后,摇身一变成为阿玛兰塔,她在长廊里绣花时,竟然与死神侃侃而谈起来,非常乐观非常主动地参与自己的死亡。马尔克斯后来说:"她(指这位姨妈)的从容不迫的坦然态度帮助我掌握了创作《百年孤独》的诀窍,我在这部小说里,也像我姨妈当年吩咐人把蜥蜴蛋扔进火里烧了一样,神色自然,从容地叙述着那些耸人听闻奇谲怪异的故事。"

在这里马尔克斯泄露了一部分写作天机,另外一部分需要我们来分析总结,关于姨妈的记忆不仅是用来塑造阿玛兰塔这个人物形象的,生活中有好多"为什么"的问题,作家不好回答,或者没有足够的把握来回答,但回答是不可回避的,于是马尔克斯用了这么一种方法,请出童年记忆中的人物,让他们出来说话,正如《百年孤独》中的阿玛兰塔,她的光彩不仅是以从容而浪漫的姿态面对死亡，更在于她用独特的方式解读死亡，我们从这些例子中也可以隐约地看出，马尔克斯用来回答生活中的"为什么"时，并不信赖哲学或者哲学家，他更信赖他的姨妈或者别的一位什么亲朋好友，我们也可以说，在马尔克斯大量地利用童年经验创作时，无意中也创造了一门童年哲学。因为有了这个所谓的童年哲学，形成了一座来往自由的桥梁，作者也好，读者也好，你可以从一个不完整的不稳定的模模糊糊的童年记忆中走到桥的那边去，桥那边有我们迷乱的现实生活，而我们的生活中所需要的一些答案也可以从桥这边走到桥那边去，一切都可以被引渡，一切都可以被置换，过去是回答现在最好的语言，简洁是对付复杂最好的手段，正如死亡是对生命的终极阐述，而我们记忆中的童年生活从某种意义上说，就是我们的现实生活。

我们的当代文学作品中，也有大量地利用童年生活而试图架构那座桥梁的作家和文本。余华的早期创作中很明显地可以看到他潜入童年的痕迹，他试图依赖儿童时代的视觉记忆建立一个叙述角度。在《星星》中他写了一个在地上写字的小男孩，我爱爸爸，我爱妈妈，这很正常，但那个小男孩念这行字是倒过来念的，变成爸爸爱我，妈妈爱我了，这就使得小说的这段细节妙趣横生。当然童趣不是小说的目的，这种对儿童的方向感的利用，其实背后隐藏着某种叙事的野心，试图获得一个反方向，以这个反方向作为一种动力，去建立角度，去推动小说的发展。余华对童年生活的敏感尤其表现在他对方向、方位、线段等物理单位的顽固记忆上，在《十八岁出门远行》中，那个青年已经十八岁，准备开始离乡远行的新生活，但他对外面世界的判断仍然是儿童式的以点和线为基础的，尤其是对于人、汽车和公路的表述其实可以看作对点、线和面的表述，"通往远方的公路起伏不止""像是贴在海浪上，我走在这条山区公路上，我像一条船"。这是典型的小男孩对公路的记忆方式，人和汽车是点，公路代表方向，也是一个面，这样的记忆方式被移植到这短篇小说中，不动用情感，却动用天然的无师自通的物理学方法和数学知识，试图概括外面的这个陌生的世界。小说中的青年在公路上看不到汽车，唯一遇见的一辆汽车，还被司机无情地拒绝了青年搭车的请求，你也可以看成是点与点之间的互相拒绝，导致线的无法连接，方向自然便失去了，旅程无法完成，这种孤独和恐慌被如此这般地渲染，产生了意外的说服力。有趣的是在他后来的短篇小说《黄昏里的男孩》中，那个偷苹果的小男孩和水果摊主人孙福的故事中仍然可以清晰地看见叙述的坐标，这坐标还是依赖于一条路。"这是一条宽阔的道路，从远方伸过来，经过了他的身旁后，又伸向了远方。"——还是在利用童年视觉中对线的敏感，强调方向和线的形状。而作为小说中的两个人物，孙福和男孩，我们还是可以看作是两个点之间的连接，在这个故事里，两个点借助偷苹果的行为牢固地连接在一起，引发了一个关于惩罚的残酷的故事。孙福为了一个苹果，弄断了男孩的手指，带着他游街示众，在男孩无助地接受了孙福所有的惩罚之后，路又出现在他面前。"孙福走后，男孩继续躺在地上，他的眼睛微微张开着，仿佛在看前面的道路，又仿佛是什么都没有看。男孩一动不动地躺了一会儿，慢慢地爬起来，又靠着一棵树站了一会儿，然后他走上了那条道路，向西而去。"路在这里意味深长，这个略显残酷的故事，从人性意义上分析，可以说是一个人性的噩梦，但从另外一种角度上分析，它是一个男孩关于路的噩梦。借助一个男孩关于路的噩梦，作者带领读者体会了一个人性的噩梦。

　　在莫言的作品中，童年的记忆经验更是被无限放大的，我认为他作品中有一些符号是值得我们注意的，比如母亲的形象，比如一些昆虫，比如田野里的庄稼，都可以看作是童年经验在创作生活里得到了一次次的放大。首先放大的是童年时代的视觉刺激，它也给莫言带来了出人意料的叙述热情，母亲的形象是通过儿童目光塑造的，所以带有一个自然的仰视角度，因为这角度，母亲们都是丰乳肥臀，首先她们的身体就是放大了的，相对来说这些乡村母亲的情感世界也随之放大，被放大的情感世界无论多么原始多么热烈，都显出了合理性。而莫言的小说中一直有一个人畜世界，这世界里人与牲畜、庄稼、昆虫互相依赖，其中原因不仅在于那是农业社会的基本生活写照，也是来自一个朴素而原始的视觉记忆。在莫言早期的小说《欢乐》中，孩子眼里的母亲，身上爬满了跳蚤，他的写法看上去是那么疯狂和离经叛道，"跳蚤在母亲紫色的肚皮上，爬，爬！在母亲积满污垢的肚脐里，爬！在母亲泄了气的破气球一样的乳房上爬，爬！在母亲弓一样的肋条上爬，爬！在母亲的尖下巴上，破烂不堪的嘴上爬，爬！母亲嘴里吹出的绿色气流使爬行的跳蚤站立不稳，使飞行的跳蚤折了翅膀，翻着筋斗，有的偏离了飞行方向，有的像飞机跌入气涡，进入螺旋"。在这篇小说刚刚问世时，曾经有人愤怒地批评作者亵渎了母亲的形象，在我看来，里面不存在对母亲的亵渎，这是一次童年目光的延长，在跳蚤不具备任何象征意义时，在孩子不知道母亲的其他象征意义时，母亲和跳蚤在一起，只是一个人和一种昆虫在一起，就像一个人和一头牛在一起，谁也亵渎不了谁。如果说莫言在这部小说中多少有挑战人们阅读胃口的动机，那么这动机其实也是合情合理的，一个贫穷而肮脏的孩子，有一个肮脏而衰弱的母亲，如果那里面有悲伤，一定也有欢乐，关键在于，潜入童年世界以后，成人世界里的象征脆弱得像肥皂泡，母亲一旦得到了最原始的还原，跳蚤一旦受到了公平的文字待遇，奔涌而来的是一个生气勃勃的世界，那里有我们需要的理性，还有我们需要的感情，童年时代所掩盖的悲伤和欢乐，要作家进行一次次的回访，那也是再发现的过程。

我们要说，一个作家的写作风格千变万化，但细心地寻找，还是可以发现一种惯性，大部分重视童年的作家往往忍不住地跨过所谓的现实，去一个消失的时空寻求答案。我们还可以发现，这几乎形成了作家的迷信，还是以莫言为例，他的新作《生死疲劳》中的主人公西门闹被枪毙后转生为驴、牛、猪、狗、猴、大头婴儿蓝千岁，用六道轮回来解释生命的过程和时间的意义。莫言在小说开篇用了佛经，生死疲劳，从贪欲起。少欲无为，身心自在。但我更相信他在这部小说的写作过程中，听见的不一定是佛的声音，而是童年和青春期之前听见的那些乡村的声音，牲畜与人的声音，所有生命交织在一起后传来了最雄浑的声音。小说中人界与畜界的转换通道看上去有死亡把守大门，但其实是来往自由的，作者借转世为猪的西门闹表达了这种自由，"尽管这些狂热的人，赋予了猪那么多光辉灿烂的意义，但猪毕竟还是猪。不管他们对我施以何等的厚爱，我还是决定以绝食终结为猪的一生。我要去面见阎王，大闹公堂，争取做人的权利，获得体面的再生"。西门闹作为猪的任性当然包含了潜台词，人的生活是体面的，这恐怕也是一个孩子对人的生活和猪的生活做出的唯一理性的判断，而实际上掌控一切的仍然是儿童式的好奇心。大家知道，一个孩子对于生命的好奇是从不分类的，一头牛的生命一头驴的苦难，与一个人的生命和苦难在孩子的好奇心这里是平等的，所以这种写作方法的前提，本质上也并不依赖于六道轮回的理论，而是建立在一个孩子对生命本质的迷惑和追问中。莫言的狂欢式的人畜世界是一次对孩童世界的挽留，他在好多年以后试图回答一个孩子的问题，一头牛为什么是一头牛？一个人为什么是一个人？同一个世界里的不同生命，世界对他们的意义应该是不同的，那么这个世界有我们能追寻到的终极意义吗？

我们今天在这里讨论的所有话题都基于一个前提，那就是乐意利用童年并享受由此带来的创作乐趣的作家和作品。最近我偶然看到余华在博客上回答一个读者的问题时说："我们都被我们的童年生活所掌控，童年生活决定了我们生活的方向。"我想补充的是，信任童年，这是一种人生态度，也可以是一种创作态度。

我们通过以上文本的分析，也可以发现，童年生活通过文学这个管道，其实一直在我们身上延续甚至成长，它的意味其实是远远超出"童年"这两个字的。我们想想我们的生活，一个人一生中要迎来多少个黑夜。对于成年人来说，黑夜意味着时间和光线的变化，如果黑暗中没有入室行窃的小偷的身影，黑暗仅仅是黑暗而已。可是对于一个孩子来说，黑暗是一种可怕的事物，由于不依靠知识和经验，他们用最原始最活跃的感官去认识黑暗，于是黑暗对于孩子们来说成为神秘和恐惧的来源，这是事物被遮蔽被覆盖后带来的神秘和恐惧，也是成年人世界中容易被忽略的东西，所以对黑暗最好的描述一定是孩子的描述，同样地，一个人一生要迎来无数个日出，成年人世界的所谓太阳天天是新的，新的一天有新的开始，在孩子那里是不存在的。孩子送走了黑暗的困境，迎来的是日出的困境，太阳有可能毫不留情地照耀着他夜里尿床的痕迹，太阳出来了，他要去他不喜欢去的幼儿园，去他不喜欢去的学校，今天的太阳出来了，提醒他昨天的作业还没有完成，因此，当被遮蔽被覆盖的事物清晰起来以后，他的处境仍然充满了危机，新的一天如果预示着未来的话，这个未来是好是坏，他们从来没有把握，因为只有天真没有浪漫，太阳对他们没有什么寓意，太阳对他们来说是光的权力，这权力带来的是孩子们的焦虑和迷惘。所以即使是在对待日出日落这么一件事情上，我们也可以发现，孩子的敏锐是一种文学的敏锐，甚至是一种哲学的敏锐。爱尔兰的小说大师詹姆斯·乔伊斯的《都柏林人》描绘的其实就是他童年时代都柏林街道上的那些黑暗和那些日出，《阿拉比》一篇是个典型，那小说里有个男孩，为了给他心爱的女孩买一件礼物，在夜色中搭火车来到集市上，可等到他到了那个集市后发生了什么？集市上最后的一盏灯熄灭了！

　　那盏灯的熄灭是乔伊斯无意中为我们童年记忆做的一个最巧妙的注解，光意义不详，黑暗中我们一无所获。孩子永远是孩子，可他们能够看见所有的光，也能看见所有的黑暗。

　　并不是所有的作家都对他童年生活抱有唇齿相依的态度。比如法国作家安德烈·马尔罗就在他的《反自传》里说："我认识的绝大多数作家热爱自己的童年，我却憎恨自己的童年。"这个对童年生活的简洁的回顾看上去要推翻我所有的论调，其实不然，热爱也好，憎恨也好，一个写作者背负的行囊中，爱的行囊很重，恨的行囊一定也很重。这个作家好多人不一定熟悉，但他在法国家喻户晓，是文坛传奇人物，一生扮演过许多角色：飞行员、作家、政治家、冒险家、报人、艺术鉴赏家、批评家，甚至还当过文化部部长，在"文革"时代到过中国，死后是葬在巴黎先贤祠的，这个作家比较著名的作品是两部长篇小说《王家大道》和《人的命运》。也许以后我们有时间来探讨一个憎恨童年的作家与创作的关系，看对童年的恨如何成就一个作家的创作，但这不是现在的议题，我最后提出马尔罗来，只是要说明，一个作家对他的童年爱也好，恨也好，有童年是最重要的！我们今天的话题从托尔斯泰开始，那么也以托尔斯泰结束吧，托尔斯泰说过一句话，一个作家写来写去，终究要回到童年……

所以我们一定要记住，如果要记住人生，一定要记住自己的童年，如果你热爱文学也热爱童年，记得在文字中挽留你的童年，如果你热爱文学却不热爱自己的童年，没关系，记得在文字中利用你的童年，如果你不热爱文学也不热爱童年，那你来到这里是个错误，我对你无话可说！

文学作品中现实生活的魅力

　　绝大多数伟大的文学作品都要大量地涉及现实生活（平庸的也一样）。如果说我们每天遭遇的日常生活是海洋，这比喻是恰当的，但如果把作家比喻成一条鱼，从逻辑上推理，鱼在水里吐出的水泡就构成了文学，这比喻是否恰当，却要仔细斟酌了。我们知道鱼的优势，它是不会被水淹死的，但作家其实并没有这个优势，他们永远也不可能是鱼，他们如果在水里吐出泡泡，那其实是一种呼吸，仅仅为了生存，而不是文学。现实生活是危险的，充满风浪和种种的不测，人都有可能被这片浩瀚的海洋所淹没，反过来说，作家却无力用文字去淹没海洋，所以，在现实生活面前，所有人都注定是弱势群体。我们能与水共舞，却不能与海洋共舞，因此创作之事从某种意义上说，就是如何处理一个人与水的关系、与海洋的关系。对于作家和日常生活的关系，鱼水之情这个词只是描述了他们关系中相对和谐的一面，却不能描述他们之间的对立和矛盾，同时，这个词也无意中取消了作家这特殊行业的独立性，所以当我们寻找一个最恰当的对写作者有利的比喻时，也许要给写作者设定一个更有利、更自由、也更安全的位置，这个位置应该具备独立性，不在水面之下，而是在海水之上。作家不是鱼类，而是以鱼类虫类为生的捕捞者，我想到的是鸟类，那些以海为生的海鸟，它们是海洋的巡视者，从大海里捕捉食物，却永远飞在海面之上。他们是寻寻觅觅的，所有的食物被浩瀚的海水所笼罩，所覆盖，更多的时候，海面上并没有他们的食物，因此寻觅的过程看起来是个漫长的守候的过程，守候了才能发现，发现了才有资本去筛选和淘汰。

现实主义的文学传统，其关键词永远是现实生活，但每一部小说是现实，也不一定是现实，其实它就是作家从日常生活的海洋中寻获来的一堆食物，对于读者来说，它是否美味，取决于读者的胃口，甚至是偏见。从阅读的意义上说，一方面文学作品中的现实生活并不稳定，它就像一个开放的建筑工地，需要作家与读者共同搭建，读者不参与，那现实就不成立，而且会成为烂尾楼；另一方面，一部小说所涉及的现实生活无论多么恢宏宽广，其实都是装在一只碗里的，够不够你喝，也要看你的需求，作家告诉你那碗里的水是现实生活，可是到底是不是，喝了才知道，作家们总是努力地劝你喝下那碗水。所以一部文学作品也是作家们说服读者参与他（她）的现实的过程，这个过程如果顺利，读者会和作家一起，在不同的时空下交流对生活的看法。有时候，这种交流是从熟悉的日常生活开始的，有时候，读者不熟悉作家描绘的日常生活，却被作家说服了，被牵引到那陌生的生活中。我们所需要的现实不仅出现在我们肉眼的视线里，更多的时候，它藏匿在不为人知的角落里，藏匿在别人的生活中。别人的生活中，别人的一只碗里，有我们需要的现实，这就是文学的魅力所在。

古今中外的文学大师都成功地把陌生人领进了他自己的世界，

他们自己的世界有的很大，有的并不是太大。曹雪芹的《红楼梦》的世界就不大，但是很深。从某个角度上去分析曹雪芹的创作心理，很难排除这种可能：缅怀是最大的动力，他是在缅怀属于他的一个消失了的美丽世界。《红楼梦》里贾宝玉、林黛玉的生活当然是一种远离民间的贵族生活，这生活在任何时代都不属于普通人，是属于少数人的荣华富贵、声色犬马。《红楼梦》里的家族没落是富贵的没落，不是普通人的悲哀，但是一代一代的普通人都顺利地进入了宁国府荣国府，进入大观园，不一定与人物同喜，却会与人物同悲，为什么？一部伟大的作品，它碗里的食物一定是诱人的，不管它描述的世界离我们的日常生活有多远，总是能成功地逼迫读者，成为情感的当事人。你不一定饥渴，但是你会关注那只碗的命运。

　　人都生活在时间和事件之中，时间和事件是现实的屋顶和房梁，读《红楼梦》，就是在一个人的屋顶和房梁下发现大众所需的现实。贾宝玉的生活事件与我们无关，甚至与曹雪芹都无关，也许只是曹雪芹放大了的个人记忆，或者说，贾宝玉是一种盛极而衰的日常生活的当事人。而曹雪芹为了发动读者的情感响应，首先充当了情感的当事人，天上人间，繁花开过后落木萧萧，两种日常生活，一半缅怀，一半写实，两个态度合二为一，是曹雪芹在生活的海洋中觅食的态度。他提供给我们的食物，要我们看着山珍海味渐渐发霉长毛，是食物的困境，也是食用者的困境，其中的反差，自然地显现出人生和命运的无常，那就不单是贾宝玉的现实，也不单是曹雪芹的现实，而是我们大家的现实了。所以是不是可以这么说，总结《红楼梦》里的人生哲学，首先从总结贾宝玉生活的变化开始。我们可以发现，一无所获是贫穷潦倒的真相，同时也可能是荣华富贵的真相。贾宝玉的身后拖曳着一个巨大的现实的影子，贾宝玉后来的遁入空门，当然可以看作是看破红尘，他的看破红尘，是放弃，是逃避，甚至可以是掩饰，作为最后的出路，也是曹雪芹为自己清寒的生活寻找到的一个说法，一个解脱。（作为作者，第一情感当事人，他在这种角色里是能够获得最大的安慰和满足的，大家知道曹雪芹写《红楼梦》时的境遇，其实是宁荣二府后来的萧条凄清的忠实写照。）如果说有读者要从小说中寻求答案，如何从现实中解救自己，如何解决贾宝玉与现实的矛盾，答案其实是有的，那就是：惹不起我躲得起，三十六计走为上策。

《红楼梦》里对现实的态度是悲观的、出世的，在出世的选择背后，又有一个人世的世俗的基础。因为这缘故，所有世俗的读者也被曹雪芹牵引，成了情感的当事人。人物、作家和读者一起面对一个共同的现实，大家都在"大观园"里。

作家们在筛选和淘汰现实生活中的素材时，总是觉得那海洋太大，一只鸟飞不过地球上的全部海洋，如果说一个作家像鸟守候在海面上，一定是局部的守候。如果说他们像海鸟一样在海面上飞行，那飞行的距离也是有限度的。即使是这种有限度的飞行，也要依靠他们的方向感，依靠各自的直觉和经验，所谓作家的敏感，其实就是海鸟对食物气味的敏感。

通常来说作家们拥抱生活都是从局部开始拥抱，发现现实的真相也是从生活的局部开始的。张爱玲的现实世界就是由局部开始慢慢扩展慢慢深入的，她对人生对世界的怀疑，很大程度上建立在她对人的怀疑上，怀疑就是张爱玲世界观的局部，被她怀疑的生活中却隐藏着不容怀疑的现实。她喜欢怀疑这个态度，也凭借它写作，张爱玲的日常生活并不是那么宽广的、开放型的，但由于她这个怀疑的态度，使得她对生活中遇见的人，有着天生的小心、防范，和各个角度的千方百计的揣摩。她是一个能够拥抱世俗生活的人，但是偏偏不肯拥抱人，多愁善感不适合描述张爱玲对现实生活的敏感，工于心计同样也不适合，她就是一个矜持的防范者，始终带着一点点紧张，带着那惯性去预见生活的种种不测。所以，张爱玲笔下平缓的日常生活具有奇妙的悬念，那悬念来自人物的内心，情感的不确定，导致人物命运的不确定，因为从怀疑着手，小说里的世界从来没有彻底的乐观，也不是那么悲观，乐观也好悲观也好，处处是留着余地，我们可以说，为乐观和悲观留下的余地，也许就是现实的真相之一。

隔了一百多年的两位作家，还是一男一女，曹雪芹和张爱玲，看起来难以比较，其实比较一下还是有意思的。都是名门之后，命运对他们前恭后倨，他们都有着荣华富贵的血脉，见证的却是衰败和清贫。他们的世界是被颠覆过的，他们的人生是被改写过的，那么他们又将如何记述他们眼里的世界？如何再次改写自己和他人的人生？他们又是如何打动我们这些毫不相干的读者？我们很难去夸大曹雪芹或者张爱玲的创作胸怀，他们不是托尔斯泰，不是雨果，也不是鲁迅先生，他们是从个人出发从局部出发的，这个出发点不一定宏大，但恰好是这个不宏大的出发点造就了宏大的创作。《红楼梦》是一曲挽歌，曹雪芹出于缅怀之心，因为无法挽回失去的一切而看清了一切，曹雪芹提供的人生出路不是向前走，而是抽身离去，从本质上说这是逃避和放弃。对张爱玲来说，她显赫的家族背景和血统更多的是在发黄的家谱中,她对人生的态度更多的与经历无关,而是出于敏感的天性,她不描述人生的出路,也许是出于怀疑之心,也许她自己也不知道是否有出路,所以她不做结论,因此是站在这个世界的一角,不挽留,也不放弃,默默地坚持。"坚持"这个字眼,看上去不符合张爱玲的情调,但恰好是张爱玲唯一坚持的对现实的态度。作为读者,被一部小说所打动,是一个长长的情感链条的连锁反应,这链条的最后一节,是理性出来发言的,作者对人生的出路,对于未来可以不表态,但就现实生活来说,他需要有个清晰的态度,如何认识生活,如何打理现实,他们是要为读者做示范的。

尽管有点莽撞,我们也得挑选一个局部来说话。来看看爱情这个局部。张爱玲的《倾城之恋》就像篇名一样,写的是一场艰难时世里志在必得的爱情,《红楼梦》从爱情角度看,却是一场曲终人散、志在而不得的爱情。《倾城之恋》里的白流苏,让我想到了《红楼梦》里的林黛玉,流苏离婚后投奔了娘家,黛玉家道中落后来到了外祖母家,白公馆和荣国府作为两个时代的弱女子的栖身之所,一样的亲情淡漠,人言可畏。黛玉的孤独毕竟笼罩着亲戚们虚情假意的面纱,而流苏生活的时代,一切则是赤裸裸的,流苏无辜的灵魂每天经受着世俗的势利的拷打,我的感觉是在这样的拷打下,白流苏被拷打成了薛宝钗,所以白流苏是林黛玉的命,薛宝钗的心,她为自己寻找出路,出路是范柳原。对于曹雪芹的时代,对于林黛玉和薛宝钗来说,一个贾宝玉,代表着一个诺言,或者代表了金玉良缘的天作之合。而在张爱玲的目光里,对于白流苏来说,爱情与婚姻就是生存的条件,一个范柳原,代表好男人,一座好靠山，所以《倾城之恋》之所以倾城，不在于爱情的轰轰烈烈，而在于一场工于心计的几乎可以称作智力竞赛的恋爱，谈得让当事人心力交瘁，也让读者喘不过气来。但随着香港遭空袭，在人心惶惶中流苏和范柳原走到一起，流苏的爱情勉强成功，即使是这勉强的成功，还是令我想起了黛玉在潇湘馆的弥留时刻，也想起了薛宝钗的盖头被贾宝玉揭开的情景，薛宝钗也在一刹那间变成了无辜者，薛宝钗的美满婚姻刚刚开始，但从情感角度来看，她和林黛玉一样，也是一个弥留者了。在相隔一百多年的时空里，曹雪芹和张爱玲在做着同样的工作，为世间男女提供一个爱情的样本，这样本的一致性在于，都是一个女子把余生的幸福寄托在一个男子身上。黛玉和宝玉，爱得率性，爱得纯粹，爱得百分之百地投入，结局是生死两地，各奔东西；宝玉和宝钗，一个不爱，一个爱得顺应时势人事，结果是个错误。而张爱玲笔下的白流苏和范柳原，爱得理智，爱得犹豫，爱得有保留有心计，最后终成眷属。对比一下，我们实际上看到了关于爱情的古典风范和现代艺术，曹雪芹的时代男女性别角色是不平等的，张爱玲的时代，这不平等依然存在，可是一个值得探讨的问题是，在曹雪芹和他的继任者高鹗那里，他们其实通过黛玉之死传达了一次爱情观，又通过贾宝玉婚后的出走传达了一次爱情观，概括起来说，都是宁为玉碎不为瓦全。而张爱玲则让走入婚姻的白流苏传达了她的声音，守住瓦才守得住玉，或者说瓦和玉的分别根本就是不存在的。张爱玲的文字和心境都有古典情怀，她一生都是《红楼梦》的忠实读者，但她的目光不是曹雪芹的出世的目光，她是入世的，与现实有商量的，所以张爱玲笔下的男女下棋，不是贾宝玉和小姐丫鬟们那样下着玩的，下棋是赌一个命运，在与男性对弈的过程中,也是在和女性的现实下棋,要分出一个真正的胜负。张爱玲的女性也能胜出,尽管有时是险胜,有时可以说是惨胜。但坚持了,或许就是胜利。

曹雪芹也好,张爱玲也罢,他们都不是自己那个时代最好的代言人,但他们都是在一个狭窄的空间里传达了一种报时的钟声,这钟声里有对于时代的节奏的记录和模拟,但最准确也最坚定的是,这钟声传达了人心的节奏,读者们首先发现的就是这种人心的节奏,发现人心的节奏,也就发现了读者自己的内心。这时候大观园不再是宝玉、黛玉的世界,它是读者的现实社会了,张爱玲的上海和香港也不再遥远陌生,它对读者产生了真切的压力,是一种虚构的日常生活对人产生的压力,这压力是作家施加于读者头上的,同时也是读者自动参与的结果。在这样的阅读经验里,读者们是被操纵的,他们捧起一部作品,是要超脱于现实,但优秀的文学作品从来不具备休闲功能,它展示的貌似松弛的生活起初是别人的,最后必然成为你自己的,所以你最后是又被作家按在现实坚硬的板凳上了。阅读的失落在于此,满足也在于此。张爱玲的《对照记》里有一张照片,是她少女时代穿了一件并不合身的旗袍照的,旗袍的来历被她介绍得清清楚楚,是她的继母送的。她继母说,旗袍料子很好,但张爱玲说,"领口都磨破了"。值得注意的是张爱玲对那件旗袍的补充说明,那一段简短的文字恰好也说明了她的胸怀,她记得住别人的恩惠,也记住了那恩惠的瑕疵,她翻出那件旧旗袍向现实生活致敬,但光是致敬就不是张爱玲,张爱玲最具个性的声音是,不致敬,也是可以的。

从某种意义上说,我们看张爱玲的小说,就是在看那旗袍上磨破的领口,一件旗袍上也有生活飘飘荡荡,但现实的真相藏在磨破的领口上。我们沉溺在曹雪芹的《红楼梦》里,其实是在参与一个与我们毫不相关的大家族的葬礼,大家一枕红楼梦,枕的是曹雪芹的枕头,但是有了曹雪芹的枕头,我们在一夜之间看透了世态人心。张爱玲的旗袍,曹雪芹的枕头,因此具备了非凡的经典意义,即使在现在,我们仍然习惯于把《红楼梦》作为一部体会人生的百科全书,它的意义已经不是一个曹雪芹为自己的阶级唱一曲挽歌的意义了。再说张爱玲,她当然不可能企及曹雪芹的地位,但一只枕头有枕头的意义,一件旗袍有旗袍的意义,正如中国传统的旗袍不断地回顾世界时装舞台,张爱玲笔下的小世界同样不断地被大世界复制、抄袭。我们很难去界定张爱玲作品中超越她个人胸怀的意义,但她的小世界天生是滋生大意义的温床,比如我们经常说的世纪末情绪,你不能说张爱玲预见了世纪末,但世纪末的人心早就被她写过了。《倾城之恋》写于二十世纪三四十年代,不是什么世纪末的时代,但世纪末的情绪却始终荡漾在小说里,人心浮躁,处处危机,我们或者可以这样说,不是张爱玲预见了世纪末,而是她在白流苏和范柳原的故事里遭遇了世纪末。一个对应的事例是:二〇〇一年美国"9·11"事件发生之后,无数的美国大都市男女,都放弃了固有的一个人的生活,寻求感情,寻求婚姻,好多人像白流苏和范柳原一样,在一场灾难发生过后,结束了自我放逐,走入了婚姻。他们恐怕没机会看到张爱玲的小说,但张爱玲在好多年前就看见了他们的恐慌、他们的脆弱,还有他们的最后一个避风港,也是最后一个牢笼——婚姻。

我们总是迷失在现实生活中。有时候我们向明天索取幸福,那幸福却在昨天消逝了；有时我们向天空索取阳光，而天空给我们的是连日阴雨。所以作家的工作本质上是一种守候，守株待兔在文学的意义上不是愚蠢，而是明智。在发现生活之前，小说的宏大意义是不存在的，所有你在小说世界里发现的真理，最初都来自他人的生活，甚至是日常生活。

永远不要抱怨自己单调的生活，每天的日常生活里都隐藏着文学的黄金。普鲁斯特的《追忆似水年华》是一部鸿篇巨制，它的关键词当然是时间，纳博科夫对这部小说的评论是："整部作品是对宝藏的追寻和求索，这一宝藏就是时间，而隐藏宝藏的地方就是过去。"对于这么一部经典著作，好多读者是无法忍受作家寻求那个宝藏的过程的，小说写一次晚餐用了一百多页的篇幅，写一次晚会占去了半卷书的长度，但是对这种日常生活的不厌其烦的有点癫狂的迷恋恰好反映出普鲁斯特的坚定，他要发掘时间的意义，对所有的流动的事物都要特别关注。我们也可以说，《追忆似水年华》不是从追忆过去开始的，而是从描述现在开始的。如果没有捕捉到日常生活，也就捕捉不到时间，当然也就发现不了隐藏在"过去"的那份宝藏了。

气宇轩昂的文学史从某种意义上说，就是日常生活的掘金史。我今天还要给大家介绍的一位美国作家雷蒙德·卡佛，就是一个日常生活的掘金者。

读雷蒙德·卡佛会读出怪事来，不喜欢的人会认为这是个记流水账的作家，记得很固执很细腻罢了。这种歧见尚属正常，如果不喜欢卡佛的遇见个喜欢的，如果前者就小说的流水账倾向质问后者，恐怕后者一时会抓耳挠腮，对某种流水账的满腹爱意就像暧昧的心理异常，千言万语，不知从何谈起。怪就怪在这儿，卡佛的好处其实是很难用严谨恰当的文学语言去赞美的，以我的一己之见，说服一个乐观主义者赏识卡佛是徒劳的，说服一个崇尚经典文学价值体系的鉴赏者去热爱卡佛同样是徒劳的。卡佛其实就是一个记流水账的人，只不过那是一本男人的流水账，可以从低处往高处流。卡佛对文学样板的叛逆也是离奇的，别人努力从高处叛逆，他却是从低处开始。他几乎只用中学生的语文词汇写作。他抓紧了现实生活去写，几乎放弃了虚构带来的种种文字便利——这怎么就好？还是不能说服人，唯一可与我文章主旨匹配的说法是：卡佛可以令人把小说和现实生活混在一起，这种混淆感是有魔力的，也许由于卡佛的故事大多不成其为故事，更多是一种生活场景的有机串联，人物的心情在这种串联中便像乌云遮盖的山峰一样凸显出来了。

所以读卡佛读的不是大朵大朵的云，而是云后面一动不动的山峰。读的是一代美国人的心情，可能也是我们自己这一代中国人的心情。

没办法，只能将比喻用在讨厌比喻的卡佛身上了。要谈论这个被封为简单派的作家一点也不简单，人们通常会认为卡佛的创作标签是醒目的：关注日常生活，文字简洁朴素，几乎排斥所有的修辞手法，但你最终会发现你准备的标签贴完了，卡佛仍然面目不清。为什么？因为日常生活本身充满了弹性，生活总是比文字本身更深奥，它的面目本来就是多得无法统计，远远超过我们手里的文学标签。

卡佛对日常生活的专注和理解甚至影响了他的文体和修辞，他在写作上是有洁癖的。为了维护日常生活的真实性，他的小说文字也日常生活化，具体体现在他对许多正常的小说元素的排斥上，从修辞上看是一个完全的素食主义者，有发自内心的清规戒律，他大概极其痛恨对景物、心理之类东西的细致描写。我们做一种不严肃的猜想，如果有人请求卡佛去像肖洛霍夫那样描写顿河上的"苍白的太阳"，或者让他参照他祖国的大师福克纳去写白痴昆丁在忍冬香味中的心理流，卡佛也许会说，那你让我一头撞死算了！卡佛其实一直在挑战人们的阅读趣味，除了人物，该写的不该写的他都不写。所以当我们要谈论卡佛也只能从他笔下的人物着手——不知道是幸运还是不幸，卡佛的创作来源几乎是传统现实主义创作发生论的一次证明，一切都与个人经历有关。这样我们不得不简单谈一下卡佛的短暂的不如意的一生，他的研究者告诉大家，卡佛当过锯木工、送货员、加油工、门房，他十九岁娶了未婚先孕的妻子，不知道是主动还是被迫做了一个养家糊口的男人，卡佛后来抱怨他从没有享受过青春。卡佛也许自己都没有意识到，他是如何在无意中成了现实主义创作理论的宣传品，他是如何自然地利用自身经历中的资源，成长为美国文坛上罕见的"艰难时世"的观察者和表达者。但是创作的发生是一回事，作品却是另一回事了。不该被忽略的是卡佛笔下的美国人，他们身上散发的是卡佛本人的令人焦虑的那一丝酒气，它既不代表沉沦和悲剧，当然也不暗示大众印象中的积极开拓的美国精神，那一丝发苦的酒气，最多代表某种郁郁寡欢的心情。是的，卡佛小说中的男人大多是郁郁寡欢的，让人联想到作者本人，他的工人般粗粝的外表和敏感的内心世界。他对失败的男人形象的热衷几乎令人怀疑是一种变相的自恋，一种诉诸文字的自我性格和命运的分析报告。

到处都是失败的男人,到处都是麻烦缠身的男人,到处都是要舔伤口却找不到自己的舌头的男人。在卡佛的成名作《请你安静一点好不好》中,男主人公与妻子的紧张关系一开始虽没有明显的征兆,但是有非常隐晦的暗示。雷夫看见妻子穿白衣服戴红头巾站在阳台上时,联想到某部电影中的一幕场景,"玛丽安在戏中,可是他没份"。雷夫在诱逼妻子回忆她的那次红杏出墙的经历的同时,再次感到妻子在电影中,只不过这次他由于受辱而暴怒,戴绿帽子丈夫的角色使他有份闯入了戏中。雷夫离家出走后的表现很有意思,他去跟人赌博了,钱输光了,还莫名其妙挨了人打,然后作为一个全面受伤的男人回了家,回家后的表现更具深厚的意味,他在愤怒和沮丧中一遍遍让内疚的妻子住嘴:"请你安静一点好不好?"他妻子安静了,妻子最后安静地向丈夫的下体伸出一只手,结果一个顺理成章而又发人深省的结果出现了,丈夫也安静了!那对夫妻暂时好了,读者却怎么都觉得不好,尤其男性读者,似乎就是前面我所说的感受,最后是读者尤其是男性读者挨了卡佛的一记闷拳。

到处都是因受伤害而变得敏感的人,到处都是因为敏感而更加不幸的人,到处都是对生活失望的人,到处都是令他人失望的人,到处都是脆弱的融洽和深深的隔阂。《羽毛》中的叙述者怎么也记不住他的朋友兼同事巴德的妻子奥拉的名字,但他和女友还是被邀请去巴德家做客了,两对甚至两对夫妇以上的男女聚在一起的场面在卡佛的短篇小说中并不少见,比如《我们谈论爱情时都说些什么》,但《羽毛》里的两对男女聚会的开始也是告别的开始,一晚上的聚会到底发生了什么呢?可以说什么也没发生,也可以说什么都发生了。巴德家养了一只美丽的孔雀,还有一个八个月大的婴儿。这婴儿起初是在幕后哭着,奥拉无意把婴儿抱出来,可是"我"的女友佛兰出于女性交际的本能坚持要看看可爱的婴儿,结果就弄出了事情,千呼万唤始出来的婴儿当然预示着某种危险,是一个丑陋的怪婴!随着这怪婴的曝光,巴德夫妇的创痛也彻底地展示在"我"和佛兰面前,可是切记参观别人的创伤是要付出代价的,这难得的家庭聚会成为唯一的也是最后的一次,谁也见不到谁的孩子了,从此只有几根孔雀的羽毛作为"我"和巴德友情的见证。在另一篇小说《卧铺车厢》中,另一个经不起伤害的男人梅耶坐穿越法国的火车去看八年未见的儿子,但这次旅程因为一次意外完全失去了目标,梅耶的手提箱被小偷偷走了,于是乌云忽起,我们看见的是只有卡佛先生能准确描绘的一种男人,这种男人在遭受不幸的时候做出顺流而下的选择,让不幸延续下来,梅耶就是这样,他在斯特拉斯堡的车站上看见了等候他的儿子(已经是一个年轻男子),但是他不下车!他怀着一种无以名状的哀伤、恐惧和来历不明的愤怒和复仇心拒绝了那个车站。他留在火车上,居然很快对法国乡间景色留下了深刻的印象。

美国导演罗伯特·阿特曼曾经把卡佛的九个短篇和一首诗拍成了电影《捷径》,他说,"我把卡佛所有的故事当作一个故事",这当然是典型的导演使用小说的"捷径",不过这个说法启发了我,我假设把卡佛笔下的所有人物当作一个人,那么他是谁呢?无疑是卡佛自己,这不能怪我思维老套,所有完美的虚构都会令人生疑,怀疑作家是拿自己的灵魂与什么什么神或者什么什么魔鬼做了交换。

卡佛小说里的一切尖锐得令人生畏,如果说他"杀人不见血"

有点夸大他对读者的精神压迫的话，说他拿着刮胡子刀片专挑人们的痛处割可能比较被人赞同。有批评家论及卡佛的世界观，说是黑色的。怎么会呢？那是把追求简单叙述的卡佛一起简单化了，我反而觉得卡佛是个很复杂的作家，只有复杂的作家会对语言有超常的狠心肠，杀的杀，剐的剐，留下的反而是文字锻造的一把匕首。我一直试图用标准的评论腔调总结我在卡佛作品中发现的现实生活的真相，结果却不好意思写出来，竟然都是些不通顺的自作聪明的网络语言：

比如希望在绝望之中，力量在消沉之中；比如剧痛在温情之中，缠绵在无情之中；又比如干净的罪恶、简单的复杂啦，诸如此类。不仅同学们容易被我引入歧途，卡佛在天之灵听见，一定会被我搞糊涂的。

所以我最后必须老老实实交代这堂课的授课宗旨，其实就是，发现文学，从发现生活开始，而发现生活，要从日常生活开始。